D1675192

Sturm
in
Moordevitz

Über das Buch:

Der Neffe von Hauptkommissarin Katharina Lütten stößt nach einem Sturmhochwasser am Strand auf freigespülte Knochen und ein Medaillon mit dem Wappen derer von Musing-Dotenows, der Familie von Katharinas Freundin Johanna. Johannas Cousine Ilka verschwindet und wird tot in der Ostsee aufgefunden. Der unheimliche Nachbar von gegenüber benimmt sich merkwürdig – ist er der Mörder? Dann verschwindet Johannas Großmutter und Johanna gerät in Lebensgefahr. Hat Katharina es mit zwei Fällen zu tun? Oder doch nur mit einem?

Die Lösung liegt in der Vergangenheit – Johanna und Katharina stellen überrascht fest, dass ihre Familiengeschichten sich im 19. Jahrhundert schon einmal gekreuzt haben. Was geschah wirklich mit Ludwig Lüttin und Hedwig von Musing-Dotenow in dem tobenden Unwetter am 13. November 1872, als Küstenstädte und Dörfer vom Ostseewasser verschlungen wurden?

Über die Autorin:

1964 in Mönchengladbach geboren und aufgewachsen driftete Wiebke Salzmann immer weiter nach Osten: Nach einer Zwischenstation zum Studium der Physik in Braunschweig fand sie 1998 in Mönchhagen bei Rostock ihre zweite Heimat. Die Rostocker Heide war dann auch der Ort, an dem sie die Idee zu ihrer ersten Geschichte hatte. Seit mehreren Jahren liegt ihr Schwerpunkt auf komischen Krimis mit regionalem Bezug.

Wiebke Salzmann ist selbstständige Lektorin für Physik und Mathematik. Ihre Freizeit verbringt sie mit der Ortschronik von Mönchhagen und als Schriftwartin und Öffentlichkeitsarbeiterin der Freiwilligen Feuerwehr Mönchhagen. Wenn sie tatsächlich mal nichts schreibt, findet man sie im Garten oder auf dem Fahrrad irgendwo zwischen den umliegenden Dörfern.

Sturm in Moordevitz

Wiebke Salzmann

TW

Text-Wirkerei

© 2023 Wiebke Salzmann, Mönchhagen

Lektorat: Yvonne Schlatter (spannungs-lektorat.de)
Coverdesign: © 2023 Wiebke Salzmann
Satz & Layout: Wiebke Salzmann
Illustriert von: Wiebke Salzmann (mit Ausnahme der Seiten 264, 286, 308, siehe dort)

Verlagslabel: Text-Wirkerei (text-wirkerei.de)

ISBN Hardcover: 978-3-347-92250-1

Weitere Ausgaben:
ISBN Softcover: 978-3-347-92249-5
ISBN E-Book: 978-3-347-92251-8
ISBN Großschrift: 978-3-347-92252-5

1. Auflage 2023

Druck und Distribution im Auftrag der Autorin:
tradition GmbH, An der Strusbek 10, 22926 Ahrensburg, Germany

Inhalt

17. Juni 1872

Stralsund, 17. Juni. Der Dampfer „Hertha" geht von heute bis zum 17. August täglich (Sonntags ausgenommen) um 2 ¾ Uhr Nachmittags von hier nach Rügen ab.

Stralsundische Zeitung, Dienstag, den 18. Juni 1872

Das der Stadt Greifswald gehörige, im Greifswalder Kreise und im Levenhäger Kirchspiel belegene Gut Krauelshorst mit einem Gesammt-Areal von 404 Morgen 158 ☐ Rth. Magdeb. oder 103 Hectar 37 Ar 43,8 ☐ Meter neuem Maaß soll von Trinitatis d. Js. ab auf die noch laufende Pachtzeit bis Trinitatis 1891 anderweitig zur Verpachtung aufgeboten werden und ist zu diesem Zwecke ein Termin auf den 6. Juni d. J., Morgens 10 Uhr, auf dem Rathhause angesetzt, wozu Pachtlustige hiermit eingeladen werden mit dem Bemerken, daß die Besichtigung des Guts nach vorgängiger Meldung bei dem jetzigen Pächter jederzeit freisteht und die Verpachtungs-Bedingungen, sowie die Guts-Karte und das Flur-Register schon vor dem Termine in unserer Kanzlei eingesehen werden können.

Stralsundische Zeitung, Mittwoch, den 19. Juni 1872

Kirchenmauer von Pantlitz

"Es reicht nicht." Bauer Wilhelm Lüttin stützte den Kopf auf die Hände und starrte auf die Papiere, die vor ihm auf dem Tisch lagen. Seine Frau Maria-Katharina und die beiden erwachsenen Söhne Ludwig und Ludger saßen vor ihm am Tisch. Der erst zwölfjährige Christian stellte die Teller für das Abendbrot vor die Familienmitglieder.

„Und was bedeutet das?" Im Grunde wusste Maria, was das bedeutete. Nur die verzweifelte Hoffnung, ihr Mann hätte vielleicht doch eine Lösung, trieb sie zu der Frage.

Ludger hieb auf den Tisch. „Dass wir hier weg müssen! Dass wir jahrelang umsonst geschuftet haben für das reiche Freiherrn-Pack!" Er sprang auf und lief kreuz und quer durch die Küche des Bauernhauses. „Man sollte die ..."

„Halt den Mund!" Maria wurde selten laut, auch jetzt nicht, aber wenn ihre Stimme diese Schärfe bekam, tat man gut daran, zu tun, was sie sagte.

Widerstrebend setzte Ludger sich wieder, lehnte sich zurück und schob die geballten Fäuste in die Hosentaschen.

„Wir müssen uns was überlegen. Wie wir das fehlende Erbstandsgeld aufbringen." Ludwig zog die Blätter zu sich herüber. Und zweifelte an seinen eigenen Worten. Der Betrag, der als Ablösesumme für den Hof aufgebracht werden musste, war einfach zu hoch. Auch dann, wenn er berücksichtigte, dass der Eiskeller im Eigentum des Freiherrn bleiben würde. Den Zugriff darauf würde er nicht hergeben wollen.

„Aber klar. Der Herr Bruder hat mal wieder einen Plan. Einen ach so vernünftigen Plan." Ludger starrte Ludwig zornig an.

„Dein Bruder macht sich immerhin Gedanken über uns und den Hof!", fuhr Bauer Wilhelm seinen zweitältesten Sohn an. „Während du dich heute schon wieder den ganzen Tag bei diesem Fischer rumgetrieben hast, statt hier zu helfen! Aber damit ist ja wohl bald Schluss, wie man hört."

„So? Was hört man denn?", zischte Ludger seinen Vater an.

„Dass Hinrich Meier seine Jolle bald verliert. Weil ihm die Schulden über den Kopf wachsen. Dann können er und seine Frau bald Sand tragen. Oder willst du ihnen dabei etwa auch noch helfen?"

Ludger öffnete den Mund, schloss ihn unter dem durchbohrenden Blick seines Vaters aber wieder.

„Nun, Ludwig", wandte Wilhelm sich wieder an seinen Ältesten. „Du hast einen Plan?"

„Nein", Ludwig seufzte, „habe ich nicht. Aber ich weiß, dass der Freiherr Arbeiter sucht. Wenn ich dort ..."

„Du willst zum Dank dafür, dass sie uns den Hof wegnehmen, auch noch für die arbeiten?", zischte Ludger.

„Wenn sie mir gutes Geld dafür zahlen."

Wilhelm lehnte sich zurück und schloss kurz die Augen. „Für den Betrag müsstest du zwei Jahre arbeiten. Wir brauchen das Geld schon Johannis nächstes Jahr." Johannis, der 24. Juni 1872, war in einer Woche. Sie hatten also gerade mal ein Jahr und eine Woche, um das Geld zusammenzubekommen. Dann öffnete er die Augen wieder. „Aber eine andere Möglichkeit haben wir nicht. Es sei denn, wir geben den Hof gleich auf und gehen. Ich werde morgen beim Freiherrn um einen Zahlungsaufschub von einem weiteren Jahr bitten."

Seufzend erhob Maria sich und machte sich in der Diele am Schwibbogenherd daran, das Abendessen zuzubereiten.

Als sie das Feuer auf dem Herd anfachte, zog Rauch durch die Diele und durch die Öffnung in der Decke nach oben über den Heuboden. Sie hatte gehofft, irgendwann auch einen Herd mit Schornstein zu bekommen – so wie ihre Schwester Louise, die im selben Dorf, Moordevitz-Ausbau, zwei Höfe weiter lebte. Louise hatte mit Karl Tarnow finanziell die weitaus bessere Partie gemacht und obendrein auch auf dem elterlichen Hof bleiben können, weil Tarnow und nicht Wilhelm Lüttin vom Freiherrn den Zuschlag für dessen Pacht bekommen hatte. Alle zwölf Jahre lief die Pacht aus und der Hof wurde neu vergeben. In der Regel bekam der alte Pächter den Zuschlag wieder, wenn er nicht zu schlecht gewirtschaftet hatte, aber Marias Eltern hatten sich zu alt gefühlt. Sie lebten jetzt bei Louise auf dem Altenteil. Maria warf einen Blick zum Tisch hinüber, auf ihre drei Söhne. Zumindest in diesem Punkt hatte sie mehr Glück als ihre Schwester, der es versagt geblieben war, Kinder zu bekommen.

Aber unter den gegebenen Umständen würde Maria wohl bis an ihr Lebensende mit einem Rauchhaus zufrieden sein müssen. Es hatte so gut geklungen, als Moordevitz und damit auch Moordevitz-Ausbau auf Erbpacht umgestellt wurde. Die Bauern sollten endlich Herren ihrer Höfe sein, man würde nicht mehr alle zwölf Jahre mit Ablauf der Pachtzeit Angst haben müssen, dass der Grundherr den Hof an einen anderen verpachtete. Aber so nach und nach waren die Schwierigkeiten ans Licht gekommen. Nicht nur, dass weiterhin Pacht zu zahlen war – das Erbstandsgeld drohte nun, ihnen das Genick zu brechen. Und wenn sie es nicht aufbrachten, mussten die den Hof verlassen.

Heute

Jörn sah Ilka hinterher und fragte sich, ob seine Schwärmerei für die neue Mitbewohnerin es wirklich wert war, sich hier den eisigen Nordostwind um die Ohren wehen zu lassen. Ilka beachtete ihn gar nicht, sie war voll und ganz mit dem Rinnsal Ostseewasser beschäftigt, das durch die Dünen ins Graadewitzer Moor lief. Sie rannte über den Strand und machte Fotos und verschwand schließlich mit ihrem Laptop zwischen den Schilfhalmen, auf der Suche nach ihrem Messrohr, das irgendwo da im Moorboden steckte und hoffentlich brauchbare Daten liefern würde.

Jörn ging den Strand entlang, der im Moment nur aus einem knapp meterbreiten Streifen zwischen Wellen und Dünen bestand. Der Nordostorkan der letzten Nacht war abgeflaut zu einer mäßigen Brise, trieb das Wasser aber immer noch auf den Strand. Letztlich war das das, worauf Ilka die ganze Zeit gewartet hatte – einen Sturm, der so stark war, dass er die Ostsee die Dünen durchbrechen ließ und das Meerwasser in das dahinterliegende Überflutungsmoor trieb. Immer wieder stapfte Jörn durch Lachen aus Meerwasser und stieg über Äste oder ganze Bäume. Schließlich stand er vor einem beinah meterdicken Baum, dessen quer liegender Stamm ihm den Weg versperrte. In seiner Krone hing eine Bank fest und wiegte sich träge mit den Ästen in den Wellen.

Über den Baum mit der Bank zu klettern, würde mehr Anstrengung erfordern, als Jörn aufzubringen bereit war. Also machte er kehrt und schlenderte zurück. Ilka war noch nicht wieder aufgetaucht. Hoffentlich fand sie ihr Messrohr unversehrt. Ohne die Daten würde auch Jörn nicht weiterarbeiten können, denn er entwickelte das Simulationsprogramm, mit dessen Hilfe die Daten ausgewertet und die Entwicklung des Überflutungsmoores prognostiziert werden sollte.

Er stocherte mit dem Fuß im Sand. Wenn man sich auskannte, konnte man nach Stürmen Bernstein oder Fossilien am Strand finden. Aber Jörn kannte sich nicht aus. Er würde den Knochen eines T. Rex nicht von einem Bernstein unterscheiden können. Knochen vom T. Rex waren hier allerdings auch nicht zu erwarten.

Eher schon ein Totenschädel.

Jörn verharrte mit erhobenem Fuß mitten im Schritt und starrte auf die bleiche Knochenfratze, die vor ihm im Sand steckte.

Dann fiel er auf die Knie und kratzte vorsichtig um den Schädel herum den Sand weg. Das gab es doch nicht – das war allen Ernstes ein Totenschädel. Jörn ließ sich auf die Fersen nieder, der erste Schreck ließ nach. Er würde wohl die Polizei rufen müssen. Am besten erst mal Tante Katti. Auch wenn er sie, wenn es mal einen ernsten Grund für einen Anruf gab, lieber nicht „Tante" nennen sollte. Sie war mal gerade acht Jahre älter als er und mochte das überhaupt nicht.

Er zog sein Handy aus der Tasche und tippte auf ihre Nummer. „Katti? Du, ich hab am Strand einen Schädel gefunden."

„Was soll das jetzt wieder für ein Blödsinn sein?", grollte Hauptkommissarin Katharina Lütten ihren Neffen an.

„Das ist kein Blödsinn, echt nicht. Diesmal nicht. Da steckt ein Knochenschädel im Sand. Hat der Sturm wohl freigespült. Ich schick dir 'n Foto, dann glaubst du mir."

„Vielleicht."

Nachdem er ihr das Foto geschickt hatte, herrschte eine Weile Schweigen. „Okay", meldete sich Katharina dann wieder. „Mal sehen, wen ich von der KT erreiche. Wir kommen, so schnell es geht. Bist du allein da?"

„Nein, mit Ilka."

„Johannas Cousine? Aber nicht auf die Idee kommen, da herumzugraben und noch mehr Knochen zu suchen!" Sie legte auf.

Und Jörn sah sich stirnrunzelnd um. Endlich teilte sich das Schilf und Ilka kam hervor.

„Ich dachte schon, ich muss das Moor nach dir absuchen", sagte Jörn erleichtert. Zu viel geballte Natur war nicht sein Ding, jedenfalls nicht in echt. Am Computer simuliert auch nur deshalb, weil er so mit Ilka zusammenarbeiten konnte.

Ilka bückte sich, fuhr dann auf wie von der Tarantel gestochen. Sie wich hastig mehrere Schritte zurück, bevor sie zitternd stehen blieb.

Verdutzt sah Jörn zu ihr hinüber. „Was ist denn? So tief, wie das Skelett hier im Sand steckt, liegt das schon länger hier. Sonst wäre es auch nicht schon zum Skelett skelettiert. Der Mörder rennt hier garantiert nicht mehr rum. Und die Knochen tun dir auch nichts, also beruhige dich."

Ilka kam vorsichtig zwei Schritte näher, blieb dann aber wieder stehen. Sie starrte auf die Knochen.

„Trotzdem. Ich will hier weg."

Jörn schüttelte den Kopf. „Das geht nicht. Wir müssen auf Katti warten. Also auf die Hauptkommissarin. Katharina Lütten. Ist meine Tante."

Er wiederholte sich, Ilkas offensichtliche Angst machte ihn nervös. Unwillkürlich musterte er den Strand, sah nach rechts, sah nach links. Wie erwartet war hier nichts und niemand außer ihnen beiden. Noch nicht einmal mehr die Dünen, die hier vor ein paar Tagen noch einen durchgehenden Sandwall gebildet hatten. Auf etlichen Metern hatte die See die Sandhügel in der letzten Nacht abrasiert und die Lücke geschaffen, durch die sie jetzt ins Moor fließen konnte.

Er schüttelte sich, um die Beklemmung loszuwerden. „Alles okay", beruhigte er Ilka. Und sich selbst. „Das Skelett, also vorausgesetzt, hier liegt noch mehr als nur der Schädel, liegt nicht erst seit Kurzem hier."

Hoffentlich kam Katti bald, langsam wurde Jörn kalt. Er wollte sich wieder aufrichten, um die Knie aus dem kalten, feuchten Sand herauszubekommen, verlor dabei aber das Gleichgewicht und landete auf dem Hintern. Um sich aufzufangen, stützte er die Hände hinter sich auf, dabei verfing die rechte Hand sich in irgendwas. Er schüttelte sie, um den vermeintlichen Seetang loszuwerden, er hasste das glibberige braune Zeug. Aber der Tang hing fest. Er wandte sich um und betrachtete seine Hand.

Es war kein Tang. Es war eine dünne goldene Kette. Vorsichtig zog er daran und allmählich gab der Sand ein Medaillon frei.

Ilka beugte sich vor, kam aber nicht näher. „Was hast du da? Was ist das?" Ihr Atem ging keuchend.

„Ein Schmuckdings. Medaillon heißen die, glaube ich. Wo man so Zeug reintun kann. Fotos." Er betrachtete das Medaillon von allen Seiten. „Hier ist ein Datum. 2. November 1872. Wow, das ist ja richtig alt. Die Frage ist, ob das Skelett genauso alt ist."

Er wandte sich wieder dem Schädel zu und betrachtete ihn sinnend. Fasziniert strich er dem Schädel mit einem Finger über die glatte Knochenstirn.

Bei dem Anblick wich Ilka wieder einen Schritt zurück. Sie wandte den Blick ab, sah übers Meer. Dann runzelte sie die Stirn, ihre Augen blickten nachdenklich. Jörn sah erleichtert, wie ihre Panik abzunehmen schien.

„Im November 1872 war die große Sturmflut", erklärte Ilka. „Vielleicht wurde er damals hier vom Meer angeschwemmt und mit Sand überdeckt. Und hundertfünfzig Jahre später vom Meer wieder freigelegt."

„An der Ostsee gibt es keine Sturmfluten. Weil es keine Gezeiten gibt, also auch keine Flut. Wenn schon, dann sind es Sturmhochwasser."

„Hör auf zu klaukschietern, Jörn. Sturmhochwasser ist ein viel zu umständliches Wort."

Jörn hatte schon wieder anderes im Kopf. Er nahm Ilka das Medaillon ab und drehte es wieder um. „Das Wappen ..." Fasziniert betrachtete er das in die Vorderseite eingravierte Wappen. Diagonal von oben rechts nach unten links verlief ein leicht gewelltes Band, gekreuzt dazu war eine brennende Fackel abgebildet. Über beiden war ein Totenkopf zu sehen, darunter saß eine Maus.

„Ach du ... das ist ja unser Wappen!" Ilka starrte auf das Medaillon, während ihr Mund und Augen vor Verblüffung offen standen.

„Also, nun erzähl mal." Katharina zückte Block und Bleistift. Als Jörn die Brauen hochzog, fiel sie ihm ins Wort, noch bevor er das erste aussprechen konnte. „Und kein Kommentar zu meinen analogen Arbeitsmethoden."

„Tante Katti, als ob ich jemals deine Arbeitsmethoden in Zweifel ziehen würde."

„Soll ich dich erst zu mir ins Büro einbestellen, oder erzählst du mir endlich, was ihr so früh hier treibt und wie ihr auf die Knochen gestoßen seid?"

„Ist es bei dir im Büro warm? Okay, okay, ich red ja schon."

Katharina hörte sich an, wie Ilka unbedingt heute am frühen Morgen, nach Abflauen des ersten Herbststurms, an den Strand wollte, um zu sehen, ob die Ostsee durch die Dünen gebrochen war. Hinter den Dünen lag das Graadewitzer Moor, ein Überflutungsmoor. Seit der Küstenschutz an dieser Stelle aufgegeben war, verdiente es diesen Namen auch wieder – bei Orkan aus nördlichen Richtungen konnte die Ostsee die Dünen überwinden und das Moor überfluten.

„Überfluten?" Mit hochgezogenen Brauen musterte Katharina das kümmerliche Rinnsal, das durch den Sand ins Moor gluckerte. Braun erstreckten sich die Schilffelder des Moores, an zwei Stellen unterbrochen durch dunkle Wasserflächen. Ein paar Baumgerippe waren die Überbleibsel eines Wäldchens, das sich entwickelt hatte, als der Wasserspiegel künstlich abgesenkt gewesen war. Der Wald der Graadewitzer Heide erhob sich hinter dem Moor.

Ihr Neffe zuckte die Schultern. „Na ja, es kommt eben jetzt ab und zu Meerwasser ins Moor. Und die Folgen für den Wasserhaushalt im Moor zu untersuchen, das soll mal Ilkas Masterarbeit werden."

„Aha." Katharina machte sich ein paar Notizen und sah dann wieder Jörn an. „Und was hast du damit zu tun? Hier gibt es doch keine Quanten oder so Zeug? Halt, nein. Es geht dir nicht um die Moorforschung. Dir geht es um die Moorforscherin, stimmt's?"

Ihr Neffe grinste nur und wechselte dann etwas zu offensichtlich das Thema. „Was macht ihr denn jetzt mit dem Skelett? Ist es alt?"

Die Kriminaltechniker hatten vorsichtig im Sand gegraben und weitere Knochen freigelegt. Es schien sich tatsächlich um ein vollständiges Skelett zu handeln. Katharina sah nach links hinüber zu den weißen Gestalten, die im Sand hockten.

„Wie alt es ist, muss dann wohl Jack the Rüpper feststellen." Ihr Blick fiel auf eine Gestalt mit Fotoapparat, die sich von links dem Fundort näherte. Sie verzog den Mund. „Okay, das war es erst mal. Wenn ich noch was wissen will, weiß ich ja, wo ich dich finde."

„Warte mal, ich habe noch ..."

„Nee, lass mal, das klären wir später." Katharina winkte ab und entfernte sich hastig nach rechts. Sie kam nur ein paar Schritte weit, bis sie Jörns Schritte hinter sich hörte und dann am Ärmel gepackt wurde.

„Nu warte doch mal. Hinterher machst du mich wieder zur Schnecke, weil ich was Wichtiges vergessen habe. Hier! Nu guck doch mal!"

Widerwillig drehte Katharina sich um und musterte das, was Jörn ihr hinhielt. Ein rotgoldenes Medaillon.

„Und? Jörn, was ist damit?" Ungeduldig warf sie einen Blick auf die Gestalt mit dem Fotoapparat. Zu spät. Die Gestalt winkte. Er hatte sie gesehen und erkannt.

„Das Wappen!" Jörn drückte ihr die Rückseite des Medaillons jetzt förmlich ins Gesicht. „Das ist Johannas Wappen auf dem Medaillon!"

„Himmel, Jörn, wenn Johanna das hier verloren hat, dann bring es ihr und lass mich ... Moment. Du meinst, das Medaillon gehört zu dem Skelett? Wo hast du es gefunden?"

„Ja, eben! Direkt neben dem Schädel im Sand."

Gut. Das war tatsächlich wichtiger als der Kerl mit der Kamera. Katharina betrachtete das Medaillon gründlich. Sie hatte es noch nie gesehen. Von daher war es unwahrscheinlich, dass es Johanna gehörte. Immerhin wohnten sie schon seit über einem Jahr zusammen auf Schloss Moordevitz. Sie kramte eine Plastiktüte aus ihrer Jackentasche und hielt sie Jörn hin. Der ließ das Medaillon hineinfallen.

„Ich zeig es Johanna, vielleicht fällt ihr was dazu ein. Oder besser noch, ihrer Großmutter. Und jetzt muss ich dringend hier weg!" Hastig wandte Katharina sich in Richtung Dünen, oder vielmehr dem, was an dieser Stelle noch davon übrig war. Sie sprang über den Meerwasserbach und versteckte sich hinter dem fast kahlen Sanddorngestrüpp.

„Ach, der Typ von der Ostsee-Presse ist dein Problem?", hörte sie Jörn noch rufen. „Ha, Presse-Piet übernehme ich."

Katharina verdrehte nur die Augen, als sie beobachtete, wie Jörn dem Kamera-Menschen den Weg verstellte und ihm dann mit Sicherheit etwa zehnmal so viele Fragen beantwortete, wie selbst Presse-Piet zu stellen in der Lage gewesen wäre. Man durfte gespannt sein, was für Geschichten morgen in der Zeitung zu lesen waren. Immerhin hatte sie selbst jetzt tatsächlich eine Fluchtmöglichkeit. Sie bückte sich und machte sich langsam hinter Sanddorn und Dünen auf den Weg Richtung Parkplatz. Das Letzte, was sie hörte, war Ilkas wütender Protest gegen ein Foto von ihr. Überrascht wandte sie den Kopf. Okay, Protest hatte bei Presse-Piet noch nie was genützt. Aber eine derartige Aggressivität hatte sie Ilka nicht zugetraut. Allerdings kannte sie die Cousine ihrer Freundin und Mitbewohnerin Johanna von Musing-Dotenow zu Moordevitz auch nicht so gut. Nicht einmal die beiden Cousinen hatten engen Kontakt.

*

Ja, da war sie. Zufrieden betrachtete er die Todesanzeige. „Henriette Tarnow, auf immer unvergessen." Für einen Moment verschwammen die Buchstaben vor seinen Augen. Fünfundachtzig Jahre war seine Großmutter alt geworden, ein langes Leben. Und dennoch ... Er ballte die Fäuste. Sie hätte noch mindestens neunzig werden können. Sie war kerngesund gewesen, hatte noch all ihre Sinne beisammen gehabt. Lediglich auf ihren Blutzucker hatte sie achten müssen, aber dank der Medikamente das Problem im Griff gehabt.

Er holte tief Luft, sein Blick fiel auf den Heide-Anzeiger, den er, ohne es zu merken, zusammengeknüllt, sogar regelrecht zusammengequetscht hatte. Vorsichtig glättete er die Seiten wieder, blätterte den Rest der Zeitung durch. Lokales aus der niedersächsischen Kleinstadt, in der er lebte, Sport, Wetter. Auf der letzten Seite Kurioses aus aller Welt, Klatsch und Tratsch. Ein Dreijähriger war mit dem Familienhund abgehauen. Am Ostseestrand hatten zwei Studenten ein Skelett gefunden. Nichts, was ihn weiter interessierte ... Wie magisch wurde sein Auge plötzlich von dem Bericht aus Musing-Dotenow angezogen. Neben dem Skelett war ein Medaillon aufgetaucht mit dem Wappen der Freiherrnfamilie, die auch hier eine Villa besaßen, weshalb der Heide-Anzeiger diesen großen Bericht mit Foto wohl für nötig hielt. Und da stand der Name der Studentin.

Ihr Name. Niemals würde er diesen Namen vergessen. Und da, auf dem Foto, das war sie. Sie wandte sich ab von der Kamera, hielt den Arm vor das Gesicht, aber das war sie ohne Zweifel.

Er hatte sie gefunden.

*

„Steht da einer?" Ilka trat seitlich vom Fenster zurück und schielte vorsichtig am Rahmen vorbei nach unten. „Du, Jörn, guck doch mal – steht da einer!?"

Jörn stoppte den Film, den er gerade sah, erhob sich vom Sofa, als wöge er drei Tonnen, damit auch alle merkten, wie unpassend er die Aufforderung, sich zu erheben, gerade fand. Er stellte sich neben Ilka, die sich an die Wand neben dem hohen Altbaufenster drückte, und sah hinaus auf die nächtliche Straße.

Auf dem Fußweg gegenüber, vor dem unverputzten dreistöckigen Backsteinhaus vom Ende des 19. Jahrhunderts stand eine Gestalt. Sie befand sich genau zwischen zwei Straßenlampen, also an der Stelle, wo es am dunkelsten war.

„Ja, meine Güte, da steht einer. Ist wohl eine rauchen oder wartet auf seinen pinkelnden Hund."

„Siehst du denn einen Hund? Oder Zigarettenglühen?", flüsterte Ilka und beugte sich vor, schielte durch das Fenster.

Jörn warf ihr einen Blick zu. Sie schien nervös, oder nein – Ilka hatte Angst. Gut, dann sollte er sich blöde Bemerkungen sparen und diese Angst ernst nehmen. Er trat näher ans Fenster und musterte den Typen, denn es schien sich um einen Mann zu handeln, und scannte dann mit Blicken dessen Umgebung. Nichts, kein Hund, kein weiterer Mensch. Und keine glühende Zigarettenspitze.

„Vielleicht hat er so ein E-Dings", überlegte Jörn laut. Im gleichen Moment war ihm klar, dass er dann die Dampf-wolken sehen müsste.

„Der guckt doch zu uns hoch!" Ilka fuhr zurück und presste sich jetzt mit dem Rücken an die Wand.

Sie hatte recht, der Kerl da unten hatte den Kopf in den Nacken gelegt.

„Ilka, beruhige dich. Wir haben kein Licht an, der kann uns nicht sehen. Und jetzt – geht er weg. Ja, er haut ab." Als der Mann die Laterne passierte, konnte Jörn in deren Lichtschein noch erkennen, dass kurze, wohl eher dunkle Haare hatte, dann verschwand der Mann um die nächste Straßenecke.

Jörn wandte sich zu Ilka um. „Was ist denn? Kanntest du den?"

Ilka schüttelte den Kopf. „Nein – ich – keine Ahnung. Ist schon gut."

Bevor Jörn weitere Fragen stellen konnte, verließ Ilka den Gemeinschaftsraum der Studenten-Wohngemeinschaft und schloss sehr nachdrücklich ihre Zimmertür.

*

Johanna wickelte sich die Wolldecke um die Beine und lehnte sich zurück in ihrem Terrassenstuhl. Nach der ersten Sturmnacht dieses Herbstes zeigte der Oktober sich wieder von seiner goldenen Seite. Sie reckte das Gesicht in die Sonne, die von einem Himmel schien, der so blau war, als hätte er noch nie von Unwettern gehört. Johanna nippte von Herthas sagenhaftem Kakao und stellte die Tasse zurück auf den Gartentisch. Die Sonne sank bereits, in spätestens einer Stunde wäre es zu kalt, um weiter auf der Terrasse zu sitzen. Immerhin war ihr Vorfahr so schlau gewesen, die Terrasse auf die Südwestseite von Schloss Moordevitz zu bauen, so hatte man hier abends recht lange Sonne. Zudem hielt das Schlossgebäude hinter ihr den Wind ab, der immer noch kühl aus Nordost wehte. In den beiden Flügeln des Schlosses befanden sich die drei Wohnungen für Johanna selbst, ihre Mitbewohnerin und Freundin Hauptkommissarin Katharina Lütten und die Haushälterin Hertha. Im Mittelbau war Herthas Reich, die große Schlossküche, die früher ein Wintergarten gewesen war. (Wobei eigentlich das gesamte Schloss Herthas Reich war.) Die großen Glastüren des ehemaligen Wintergartens befanden sich direkt hinter Johanna. Vor ihr dehnte sich der Garten, der links an einen Park und unten an den Wald der Graadewitzer Heide grenzte.

Johanna nahm ihr Handy und tippte auf die Nummer, die ganz oben im Adressbuch angezeigt wurde.

„Adelheid Freifrau von Musing-Dotenow zu Moordevitz, die Ältere", meldete sich eine ältere Dame, mit einem deutlichen Lächeln in der Stimme.

„Johanna Freifrau von Musing-Dotenow zu Moordevitz, die Jüngere", erwiderte Johanna, musste dann lachen über dieses Ritual, mit dem beinahe jedes Telefonat mit ihrer Oma begann. Denn natürlich wusste jede dank der modernen Handys und ihrer Display-Anzeigen, wer am anderen Ende war, auch ohne die umständliche Namensnennung.

„Wie geht es dir, mein Kind?"

Auch das gehörte dazu. Johanna schaffte es nie, zuerst nach dem Befinden ihrer Großmutter zu fragen.

„Danke, mir geht es gut, hier läuft alles seinen Gang. Wir haben endlich auch den Keller renoviert und Hertha richtet Vorratsräume ein, als stünde uns ein langer, harter Winter bevor."

„Ach ja, die gute Frau Böhmer. Sei dankbar, dass du eine so gute Seele für deinen Haushalt gefunden hast."

„Bin ich, Oma, bin ich." Und das stimmte, obwohl Johanna niemals gewagt hätte, ihre Haushälterin Hertha Böhmer als gute Seele zu bezeichnen. Zumindest nicht in deren Anwesenheit. Johanna und Katharina bevorzugten die Bezeichnung „Hausdrachen". Aus dem heimlichen Lächeln, das sie kürzlich in Herthas Augen gesehen hatte, schloss Johanna, dass Hertha diesen Spitznamen ebenfalls nicht ungern gehört hatte. Und genau genommen hatte nicht sie Hertha gefunden, sondern umgekehrt.

„Aber sag mal, Kind, was ist denn da bei euch los? Am Strand liegen Knochen?"

Einen Moment war Johanna verblüfft. „Woher weißt du denn das, Oma? Genau davon wollte ich dir gerade erzählen."

„Ach, das stand im Heide-Anzeiger. Irgendein Mitarbeiter der hiesigen lokalen Presse hat mitbekommen, dass unser Familienwappen im Zusammenhang mit den Knochen aufgetaucht ist. Stell dir vor, Kind, die Presse war sogar bei mir und wollte mit mir über das Skelett sprechen. Ich musste einen Schwächeanfall simulieren, um die Dame loszuwerden. Glücklicherweise hat sie offenbar Ilka auf dem Foto nicht erkannt, es wäre nicht schön, wenn das Kind damit auch noch belästigt würde. Dieser Physikstudent, der mit ihr am Strand war, hat sich wohl etwas intensiver mit der Presse unterhalten."

Etwas intensiver mit der Presse unterhalten. Das war die Untertreibung des Jahres. Jörn hatte es genossen. Weil er kein eigenes Zeitungsabo hatte, war er am nächsten Tag zum Frühstück ins Schloss gekommen und sie hatten sich gefühlt stundenlang seine Beschreibungen des tollen Fotos von ihm anhören müssen. Obwohl das Foto vor ihrer aller Augen gelegen hatte.

„Und was bitte soll ich über irgendein Skelett am Ostseestrand wissen?", fuhr Adelheid fort.

Johanna meinte förmlich zu hören, wie ihre Oma den Kopf schüttelte. „Das Medaillon, Oma. Das Medaillon zeigt tatsächlich das Wappen derer von Musing-Dotenow. Katharina lässt die Knochen von Frau Dr. Rüpke, also von der Rechtsmedizinerin, untersuchen, sie soll eine Altersbestimmung machen. Das Medaillon trägt das Datum vom 2. November 1872, es ist also recht wahrscheinlich, dass das Skelett aus dem 19. Jahrhundert stammt. Fällt dir dazu was ein?"

Eine Weile schwiegen beide. Dann meldete sich Adelheid wieder zu Wort. „Nein, nicht direkt. Aber war nicht im November 1872 das furchtbare Hochwasser? Es gab damals in Mecklenburg-Vorpommern zum Glück nur wenige Tote – es ist immer schrecklich, so etwas zu sagen, denn natürlich ist jeder Tote einer zu viel. Aber für die entsetzliche Zerstörung, die das Wasser anrichtete, waren um die dreißig Tote dennoch überraschend wenige, denke ich."

„Dieses Skelett könnte einer von ihnen sein. Oder eine. Hat unsere Familie damals Tote zu beklagen gehabt?"

Johanna hörte ihre Oma seufzen. „Ja. Da gibt es eine mysteriöse Geschichte, die nie ganz aufgeklärt wurde. Und wenn ich ehrlich bin, Kind, habe ich im Moment anderes, was mich beschäftigt."

Johanna wurde hellhörig. „Oma, der Schwächeanfall war doch nicht ..."

„Der war simuliert, mein Kind. Keine Sorge, deiner alten Großmutter geht es gut. Körperlich jedenfalls ist alles in Ordnung."

Johanna horchte auf. „Und seelisch?" Denn an der geistigen Gesundheit der fast Neunzigjährigen gab es keinen Zweifel.

„Ach weißt du, Kind, wenn man so alt ist, und im Freundeskreis mehr Leute gehen als kommen, dann kann das schon mal ..."

Johanna war erst Mitte dreißig und wusste nicht so recht, was sie darauf sagen sollte. Denn das Sterben von Freunden und Verwandten im Alter war nichts, was man mit ein paar fröhlichen Bemerkungen à la „Das wird schon wieder" wegwischen konnte. Johanna wusste auch, wessen Tod ihre Oma zurzeit belastete. „Deine Nachbarin fehlt dir."

„Ja, Henriette Tarnow war eine so liebenswürdige Person. Ihre Gesellschaft fehlt mir wirklich."

Obwohl Frau Tarnow erst vor einigen Monaten im Seniorenheim das Appartement neben dem von Oma Adelheid bezogen hatte, hatte sich zwischen den beiden alten Damen eine Freundschaft entwickelt, die über eine nachbarschaftliche Beziehung – selbst eine gute – hinaus ging.

„Übermorgen ist ihre Beerdigung. Und das – belastet mich etwas."

„Das verstehe ich, Oma. Aber ist Frau Tarnow nicht schon vor fast zwei Monaten gestorben?"

„Ja, allerdings. Es ist unglaublich, wie lange sie für die Einäscherung gebraucht haben."

„Du – soll ich kommen? Und mit dir zusammen dahin gehen?"

„Das würdest du tun, mein Kind? Das wäre mir tatsächlich sehr lieb. Zumal unsere Ilka ja nicht mehr hier arbeitet. Sie wäre sonst sicher gern mitgekommen, sie hat mich immer sehr unterstützt. Zu schade, dass sie gehen musste."

„Sie musste gehen?" Johanna war zu verblüfft, um die Frage nicht zu stellen. Alles, was sie bisher gewusst hatte, war, dass ihre entfernte Cousine Ilka nach ihrem Wechsel an die Universität Spökenitz natürlich keinem Nebenjob mehr in einem Seniorenheim in Niedersachsen nachgehen konnte.

„Naja, ich glaube, sie hatte ein Verhältnis mit einem der Pfleger. Und auch, wenn sie es natürlich nicht offiziell verbieten können, sieht die Heimleitung es nicht gern, wenn die Mitarbeiter untereinander Beziehungen eingehen. Und als dann noch dieser heftige Streit zwischen den beiden im wahrsten Sinne durch die Flure hallte, da hat die Heimleiterin beide wohl sehr nachdrücklich verwarnt. Nun, ein derartiges Verhalten hätte ich, wäre ich die Leiterin, auch nicht geduldet. Im Aufenthaltsraum herrschte Totenstille. Die einen waren wie ich erschrocken, die anderen versuchten natürlich, zu verstehen, worum es bei dem Streit ging." Adelheid kicherte nun doch kurz. „Der arme Enkel der Frau Tarnow, der genau in diesem Moment aus der Richtung des Geschreis kam, wurde sofort belagert und mit Fragen bombardiert. Aber er hat sich deutlich diskreter verhalten als meine Mitbewohner und nur höflich gegrüßt. Ilka hat nie etwas erzählt und ich fand, es geht mich dann auch nichts an."

Johanna schwieg ein paar Augenblicke, zuckte dann aber die Schultern. Ilkas Beziehungsprobleme waren nicht ihre Baustelle.

„Gut, Oma, dann machen wir das so. Ich begleite dich auf die Beerdigung."

„Wenn deine Arbeit das zulässt? Zumal ich dich jetzt auch noch mit meinen Finanzen belästige?"

„Oma, deine Finanzangelegenheiten sind nicht lästig, das erledige ich gern für dich. Und die Bank wird sich schon nicht in den Ruin wirtschaften, wenn ich mal einen Tag nicht da bin. Zumal Tante Weber mein Büro gegen alles verteidigt, was mir zu nahe kommen will."

Rettungsschuppen, Warnemünde

11. Juli 1872

Das Dampfschiff
„Hertha"
wird Sonntag, den 14. Juli, bei günstiger Witterung eine
Extrafahrt nach Hiddensee
machen.
Abfahrt von Stralsund 8 Uhr Morgens.
Rückfahrt von Hiddensee 3 Uhr Nachmittags.
Passagiergeld für die Hin= und Rückfahrt incl. Fährgeld bei
Hiddensee 22 ½ *Sgr.* à Person.

Stralsundische Zeitung, Donnerstag, den 11. Juli 1872

Es werden bis auf Weiteres Personen via Hamburg und Bremen
pr. Segelschiff nach New-York zu Preisen von 32 Rthl resp. 22
Rthl durch mich befördert.
Personen, die das Zwischendeck benutzen und pr. Dampfboot via
Stettin gehen wollen, liefere ich, wenn selbige sich durch mich
spediren lassen, von hier frei bis Stettin.
Richard Diekelmann, Langenstr. N° 9, 1 Treppe, concess. Agent
des Baltischen Lloyd, Stettin

Stralsundische Zeitung, Donnerstag, den 11. Juli 1872

$\mathfrak{H}$edwig hob ganz sacht die Spitzengardine und sah hinunter in den Garten. Löwenmäulchen und Rittersporn standen in voller Blüte. Hedwig liebte den Juli mit seinen farbenprächtigen Stauden und Sommerblumen. Die Stimme des Gärtners lenkte ihren Blick zu den sommerblühenden Rosen. Wortreich wie immer erklärte der Gärtner dem neuen Knecht, wie man beim Schneiden der Rosen vorzugehen hatte, damit die Blüte möglichst lange andauerte. Wie sie gehört hatte, kam der Knecht von einem Hof in Moordevitz-Ausbau und verstand vermutlich mehr von Weizen als von Rosen. Vor Hedwigs innerem Auge versank der Schlossgarten, das helle Haar des Gärtnergehilfen wuchs zu einem im Sommerwind wogenden Weizenfeld, seine Augen wandelten sich in Kornblumen, die blau aus dem Weizen leuchteten. Als die kornblumenblauen Augen unvermittelt nach oben zu ihrem Fenster sahen, ließ sie die Gardine erschrocken fallen. Hitze stieg ihr in die Wangen. Hatte er sie gesehen?

„Hedwig, so sag doch auch mal was!" Ihre Schwester Ottilie würde niemals so etwas Vulgäres tun, wie mit dem Fuß aufzustampfen, schaffte es aber ohne Weiteres, dieses Stampfen in ihre Stimme zu legen.

Hedwig hatte die letzten Sätze des Gespräches über ihren Träumereien verpasst. Sie tat, als müsste sie dringend ihre Nase putzen, sie konnte Vater und Schwester unmöglich mit hochroten Wangen gegenübertreten. Sie selbst brachte der Diskussion mit ihrem Vater, dem Freiherrn Gustav von Musing-Dotenow zu Moordevitz, bei weitem nicht dasselbe Interesse entgegen wie ihre Schwester Ottilie. Tante Charlotte, die mit ihrem Stickzeug auf dem Sofa saß, würde sich in diese Diskussion nicht einmischen, aber Hedwig war sicher, dass ihr kein Wort, keine noch so geringe Nuance in der Stimmung entging. Die Gattin von Gustavs Bruder Friedhelm war seit dem Tod der Mutter die Hedwig am nächsten stehende Verwandte und häufig beim Freiherrn und seinen beiden Töchtern zu Besuch. Die seit beinahe zehn Jahren aus der Mode gekommene Haushaube, die Charlotte immer noch trug – aus grünem Samt mit einem Volant, der ihr über die Schultern fiel – täuschte den Eindruck einer lieben alten Dame nur vor und diente eher dem Schutz vor dem kalten Zug, der in Schloss Moordevitz zu jeder Jahreszeit durch die undichten Fenster den Weg in die Räume fand. Die Weigerung, sich in Kleider mit ausladenden Turnüren zu hüllen, sagte deutlich mehr über ihren Charakter aus.

Endlich fühlte Hedwig sich in der Lage, sich umzudrehen.

Tante Charlotte sah ihrer Nichte aufmerksam ins Gesicht. Dann legte sie ihr Stickzeug beiseite, stand auf und trat ans Fenster.

Hedwig wandte ihre Aufmerksamkeit dem Freiherrn und Ottilie zu. „Entschuldigt, ich fürchte, ich habe den Anfang eurer Unterhaltung nicht ...“

„Natürlich nicht." Ottilie seufzte. „Aber wenn Mademoiselle sich für fünf Minuten in unsere irdischen Sphären herabbequemen könnten? Hier gibt es echte Probleme zu lösen!" Ottilie trug im Gegensatz zu ihrer Tante eine äußerst ausladende Turnüre. Hedwig fragte sich manchmal, wie die Schwester sich in dem Gestell aus Stahl und Rosshaar überhaupt noch setzen konnte. Die Schwester legte zudem Wert auf die modische Sanduhrform und trug entsprechende Korsetts, in denen die Hüfte ausgestopft wurde, während die Taille so schmal wie gerade noch möglich geformt war. Hedwig war viel zu oft draußen im Wald und am Strand unterwegs, als dass sie diesen Mode-extremen nacheifern wollte. Statt des schweren Seiden-moiré, in den Ottilie sich gern gewandete, bevorzugte Hedwig weichen Baumwollmusselin. Wobei der Klei-dungsstil bei weitem nicht der einzige Streitpunkt zwischen den Schwestern war.

„Bitte, Mädchen, bitte!" Gustav Freiherr von Musing-Dotenow zu Moordevitz hob entnervt die Hände. „Zunächst einmal ist das Ganze auch nicht dein Problem, Ottilie, sondern meines. Und ich sagte dir bereits, dass ich gewillt bin, den Lüttins die Fristverlängerung zu ge-währen."

Jetzt wurde Hedwig hellhörig. Lüttin? Das war der Name des neuen Knechts, Ludwig Lüttin. Sie trat zum Vater, der an seinem Sekretär saß.

„Wir sollen noch zwei Jahre auf das Geld warten, das uns bereits in einem Jahr zusteht?" Ottilies Stimme stemmte die Arme in die Seiten, während Ottilie selbst untadelige Haltung bewahrte.

„Das mir zusteht, liebe Ottilie. Und ich sehe im Moment nichts, was dagegen spräche. Wir müssen wohl kaum das Schloss verkaufen, wenn wir das Erbstandsgeld von den Lüttins erst in zwei Jahren erhalten, zumal ich mit Wilhelm Lüttin eine Ratenzahlung vereinbart habe. Der Lohn von Ludwig Lüttin wird direkt auf die Summe angerechnet. Zudem will Lüttin auf die fällige Reparatur des Daches verzichten und diese dann selbst übernehmen."

„Und was würde passieren, wenn diese Familie das Erb-standsgeld nicht zusammenbekommt?" Hedwig zupfte an dem Spitzendeckchen, das das Buffet zierte. Ihr Herz klopfte ein wenig mehr, als angesichts des Schicksals einer im Grunde wildfremden Familie angemessen gewesen wäre.

Gustav Freiherr von Musing-Dotenow zu Moordevitz lehnte sich in seinem Stuhl zurück und sah seine ältere

Tochter kopfschüttelnd an. „Ottilie hat recht, du lebst wirklich zu entrückt. Wenn die Lüttins das Erbstandsgeld nicht zahlen können, müssen sie den Hof verlassen."

„Damit würde das Land uns gehören. Wir könnten es anderweitig nutzen. Oder vergeben. Gewinnbringender." Ottilies Stimme hatte eine Nuance, die Hedwig nicht ganz einordnen konnte. Irgendwo zwischen Unsicherheit und Hoffnung.

„Schluss jetzt." Der Freiherr erhob sich. „Der junge Lüttin wird zwei Jahre lang hier arbeiten, bis die Lüttins das Geld aufbringen können. Die Lüttins bleiben. Sie sind eine anständige, ehrbare Bauernfamilie, wie man sie so leicht nicht noch einmal finden würde."

Er wandte sich zum Gehen. Die Klinke schon in der Hand drehte er sich noch einmal zu Ottilie um. „Und mit Sicherheit wird auf unserem Land keine Industriellenvilla oder gar eine rauchende, laute Fabrik entstehen."

Ottilie konnte ihre Fäuste diesmal nicht hindern, sich zu ballen.

Hedwig zog die Gardine wieder ein wenig zur Seite. Die Sonne ließ die weizenblonden Haare leuchten, als Ludwig Lüttin sich zu den Rosen bückte.

Zwei Jahre. Das war eine lange Zeit.

Es klopfte an der Tür und Tante Charlotte rief ein „Ja, bitte?" hinüber. Die Tür öffnete sich einen Spalt und ein kleiner dunkelhaariger Mann, der die dreißig kaum erreicht haben dürfte, steckte den Kopf durch den Spalt und sah sich kurz im Raum um. „Ich hoffe, die Damen verzeihen die Störung, ich dachte den Freiherrn hier anzutreffen?"

„Oh, mein lieber Herr Bankier Weizmann!" Charlotte erhob sich freudestrahlend. „So kommen Sie doch bitte ganz herein, damit wir uns nicht nur mit Ihrem Kopf unterhalten müssen."

Nachdem der junge Mann ihren Worten Folge geleistet hatte, fuhr sie fort: „Aber ich muss Sie enttäuschen, der

Freiherr ist vor wenigen Minuten gegangen. Hedwig, wärst du so lieb, den Herrn Bankier in das Arbeitszimmer deines Vaters zu begleiten?"

Hedwig runzelte kurz die Stirn, nickte dann aber ergeben. Es war ihr völlig klar, was die Tante bezweckte. Bisher war sie auch dem Bankier auch durchaus nicht abgeneigt gewesen. Bis die Gedanken an Weizenfelder mit Kornblumen den an kleine, schmächtige Bankiers verdrängt hatten.

„Wenn Sie erlauben ..." Weizmann stockte und drehte seinen Hut in den Händen. „Ähm, ich hoffe, ich erscheine nicht zu dreist, wenn ich mir die Frage erlaube, ob die jungen Damen belieben, am Sonntag zur Eröffnung der neuen Seenotrettungsstation zu fahren? Ich bin gut mit dem Lotsenkommandeur bekannt und könnte für ganz hervorragende Plätze die Sorge tragen."

Hedwig hätte fast die Augen verdreht. Seenotrettung, du lieber Himmel, glaubte er allen Ernstes, sie würde sich für so etwas interessieren?

„Was für eine wundervolle Idee!" Charlotte schlug begeistert die Hände zusammen. „Allerdings müssten Sie, mein lieber Herr Weizmann, auch die alte Dame erdulden."

Weizmann verneigte sich leicht. „Ich wüsste nichts, was mir willkommener sein könnte als Ihre Begleitung."

Nachdem Hedwig den Bankier zu ihrem Vater gebracht hatte, eilte sie zurück in den Salon. Charlotte war wieder mit ihrer Stickerei beschäftigt, Ottilie saß untätig auf der Chaiselongue gegenüber.

„Tante", stieß Hedwig hervor, „müssen wir wirklich den Sonnabend am Hafen verbringen? Wenn das Wetter so windig bleibt, ist es im Schlosspark sehr viel angenehmer. Und dieser Weizmann ..."

„Ist ein netter, höflicher Mann. Und im Übrigen durchaus wohlhabend", versetzte Charlotte seelenruhig, ohne groß von ihrer Handarbeit aufzublicken.

Hedwig bekam Unterstützung von unerwarteter Seite.

Ottilie fiel ein: „Er ist bisweilen aber – wie soll ich es ausdrücken – nun, er hält sich nicht immer an die Konventionen. Man hörte, er soll selbst schon bei Rettungsaktionen hinausgerudert sein mit diesem Lotsenkommandeur. Und sich an den Übungen beteiligen." Sie klang, als käme Seenotrettung für sie gleich hinter Mistschaufeln. „Aber nun ja, sie sind eben beide nicht von Stand."

„Und er ist kleiner als ich." Hedwig bewegte sich Schritt für Schritt wieder Richtung Fenster, versuchte, einen Blick in den Garten zu erhaschen.

„Nun, mein Kind, natürlich träumen wir alle von einem stattlichen Mannsbild. Aber lass dir gesagt sein, im ständigen Auf und Ab des Lebens ist die Größe der Brieftasche mitunter wichtiger als die des Mannes."

Charlotte war unbemerkt hinter Hedwig getreten und stand nun dicht hinter ihr. „Mach keine Dummheiten, mein Kind", raunte sie. „Einen Gärtnerburschen würde mein Friedhelm wohl kaum als geeigneten Kandidaten ansehen." Charlotte lachte leise, ihr Blick ließ aber durchaus Besorgnis erkennen. „Und wir werden am Sonnabend zur Eröffnung der Seenotrettungsstation gehen. Allein schon, weil ich selbst gern hingehen möchte. Für den Park bleibt dir noch der ganze Sonntag."

Aber sonntags würde Ludwig nicht arbeiten. Hedwig seufzte.

Mit „geeignetem Kandidaten" meinte Tante Charlotte zweierlei. Sie und ihr Friedhelm waren kinderlos geblieben, was Friedhelm, je älter er wurde, umso mehr belastete. Er wünschte sich einen Erben, einen männlichen Erben, verstand sich. Und deshalb hielt er zum einen Ausschau nach einem geeigneten Herrn, der sich von ihm adoptieren und damit zu einem von Musing-Dotenow machen lassen würde. Zum anderen hielt Charlotte ständig Ausschau nach einem geeigneten Heiratskandidaten für Hedwig. Wobei sie durchaus nicht abgeneigt war, das eine mit dem anderen zu verbinden. Immerhin wäre auf die Weise sichergestellt, dass Schloss Moordevitz weiterhin in der Familie derer von Musing-Dotenow blieb.

„Also bleibst du bis zum Wochenende?", lenkte Hedwig die Tante rasch vom Thema „Gärtnerbursche" ab.

Die nickte. „Das hatte ich vor. Friedhelm ist bis übermorgen noch unterwegs und ich werde die Gelegenheit meines Besuches bei euch nutzen, morgen das Waisenhaus in Dotenow zu besuchen. Ich habe nicht den Eindruck, dass man dort mit meiner finanziellen Unterstützung so umgeht, wie es vereinbart war."

Hedwig warf der Tante einen kurzen Blick zu. Wenn das Waisenhaus in Dotenow glaubte, mit der alten Dame nach Belieben umspringen zu können, weil ihr Ehemann sich nicht für die sozialen Projekte seiner Gattin interessierte, würde es bald eines Besseren belehrt werden. Charlotte hatte das Vermögen in ihre Ehe eingebracht und unterstützte neben dem Dotenower Waisenhaus noch ein Krankenhaus und ein Heim für gefallene Mädchen in Orten, deren Namen Hedwig vergessen hatte. Charlotte war großzügig in ihren Zuwendungen, duldete aber keinerlei Abweichungen von den Absprachen.

Heute

Oh ja, bitte!" Johanna sperrte begeistert den Mund auf und Dr. Jacqueline Rüpke, allgemein nur Jack the Rüpper genannt, fuhr mit einem Wattestäbchen darin herum.

„Von mir hat noch nie jemand eine DNA-Probe haben wollen", stellte Johanna anschließend fest. „Kriege ich das Ergebnis auch zu sehen?"

Die rundliche Rechtsmedizinerin lachte, wobei ihr weißer Haarknoten wippte. „Wenn Sie wollen – aber versprechen Sie sich nicht zu viel davon. Die Striche sind für Laien nicht besonders aussagekräftig."

„In den Schubladen sind überall Tote?" Johanna sah sich in dem weiß gefliesten Raum mit den Edelstahltischen um.

Frau Rüpke schüttelte den Kopf. „Ich muss Sie enttäuschen, Johanna, die sind zurzeit alle leer. In eine davon wird Ihr Vorfahr hier ziehen, aber er braucht es nicht mehr so kühl."

Johanna wandte sich wieder zu dem Skelett um. „Wenn es denn ein Vorfahr ist. Meine Oma hat so eine Andeutung gemacht, dass es in unserer Familie während des Hochwassers ein Unglück gegeben hat, aber Hertha wusste nichts von einem während der Sturmflut verschwundenen Familienmitglied derer von Musing-Dotenow zu Moordevitzens. Und wenn mein Hausdrachen keinen kennt, wird es schwierig, etwas herauszufinden. Aber das da ist zweifelsfrei unser Familienwappen."

Johanna hielt sich den Plastikbeutel mit dem Medaillon vor die Augen. „Klingt nach einer spannenden Geschichte. Sieht so aus, als müsste ich wieder ins Archiv. Toll."

Die metallene Schiebetür wurde aufgeschoben, Katharina trat ein und schob die Tür wieder zu. „Du bist der einzige Mensch, den ich kenne, dem es Spaß macht, in uralten Akten zu wühlen. Duftet das in Ihrem Büro so wundervoll nach Apfelkuchen?"

„Oh, gut dass Sie mich erinnern!" Dr. Rüpke streifte die Einmalhandschuhe ab. „Kommen Sie mit, ich brauche Ihren Rat."

Katharina und Johanna folgten der Rechtsmedizinerin in ihr Büro. Auf dem Schreibtisch standen zwischen zwei Alpenveilchen drei Apfelkuchen ordentlich aufgereiht. Frau Rüpke räumte ihr Strickzeug von einem der Besuchersessel, zerrte einen zweiten Stuhl hinter dem wuchernden Zimmerwein hervor und zupfte noch ein paar vorwitzige Ranken von der Armlehne.

„Welcher schmeckt am besten?"

Nach einer Weile hochkonzentrierten Kauens meldeten sich die beiden Testpersonen gleichzeitig zu Wort.

„Der linke."

„Der mittlere."

„Hm." Frau Dr. Rüpke runzelte die Stirn. „Ein eindeutiges Ergebnis wäre mir lieber gewesen, aber so ist das nun mal in der Forschung. Dann werde ich den rechten schon mal verwerfen. Wir haben Kindergeburtstag, wissen Sie."

Das war nicht weiter überraschend, bei dem guten Dutzend Enkeln der Rechtsmedizinerin hatte jeden Monat irgendeiner Geburtstag.

„Lassen Sie mich mein Ergebnis doch lieber noch mal überprüfen." Katharina nahm sich ein zweites Stück des linken Kuchens. „Doch, ist immer noch der beste Kuchen. Also das Skelett ist wirklich so alt?"

Dr. Rüpke nickte. „Um die hundertfünfzig Jahre. Ein männlicher Erwachsener, wenn auch noch ein ziemlich junger, vielleicht Anfang zwanzig. Die DNA-Probe wird dann zeigen, ob es sich um einen Vorfahren von Johanna handelt oder ob das Medaillon nur zufällig dort lag."

„Was ich für nicht sehr wahrscheinlich halte", warf Katharina ein.

*

Er stand am Fenster und sah über die Häuser der niedersächsischen Kleinstadt. Hinter den letzten Gebäuden ging die Sonne unter, in einem Himmel, der von innen heraus leuchtete wie mit Licht gefüllt. Nach den stürmischen Tagen war das Wetter nun ruhig und klar.

Was ganz im Gegensatz zu seinem Inneren stand. Ruhig, ja, ruhig war er auch – nur hatte seine Ruhe nichts mit Frieden zu tun. Nach der Trauer und der Wut der letzten Zeit hatte eine Lähmung seine Gedanken, seine Gefühle ergriffen und zum Verstummen gebracht. Heute hatte der Notar ihm das Testament von Großmutter Tarnow vorgelesen und übergeben. Er war der einzige Erbe, der einzige, der von Henriette Tarnows Nachfahren noch lebte. Insofern hatte es vermutlich keine Eile, sich mit den Papieren zu beschäftigen, die sich auf dem Tisch hinter ihm verteilten. Das Licht verblasste, wurde von Gold zu Rot zu Violett. Und dann zu Grau.

Langsam wandte er sich um, betrachtete die Zettel, Akten und Kladden. Er trat näher, strich über die Papiere, blätterte hier lustlos in einer Akte, schob dort ein Blatt über ein anderes. Oma Tarnow hatte etwas Geld besessen, sonst hätte sie sich die unzweifelhaft gute, aber ebenso teure Seniorenresidenz nicht leisten können. Aber wenn sie dadurch ein paar schöne letzte Monate hatte, sollte ihm das mehr als recht sein. Kein Erbe der Welt konnte ihm die Oma ersetzen.

Konnte ihr die verlorenen Jahre ersetzen, die ihr noch hätten bevorstehen können.

Unvermittelt schoss der Zorn in ihm hoch, kochte hoch wie Lava in einem Vulkan. Er griff blind eine Kladde, feuerte sie gegen die Wand. Dann starrte er eine Weile darauf, ging schließlich hinüber und hob sie auf. Sanft strich er über den Deckel und legte sie zurück zu den anderen Papieren. „Kontobuch" stand auf dem Etikett. Er blätterte mit dem Daumen kurz hindurch, stutzte hie und da, offenbar hatte Oma Tarnow doch noch Einnahmen gehabt. Dann schloss er die Kladde wieder. Mit den Finanzen seiner Großmutter würde er sich später beschäftigen.

Er schob das ganze Papier zusammen, schichtete es auf einen ordentlichen Stapel und hob ihn an, um ihn hinüber zu dem Schrank zu tragen, in dessen Tiefen er den Kram erst einmal verschwinden lassen wollte. Es klatschte leise und als er sich bückte, entdeckte er den Brief, der aus dem Stapel gerutscht war. Erst legte er den Stapel in das Schrankfach, dann bückte er sich nach dem Brief.

Er steckte in keinem Umschlag, sondern war lediglich gefaltet, so dass außen leere Seiten lagen. Vielmehr, sie waren fast leer. Auf einer Seite stand etwas, aber es gelang ihm nicht, es zu entziffern. Verwundert drehte er den dicken Brief hin und her, faltete ihn dann auseinander.

Seite um Seite gefüllt mit unleserlicher Schrift. Jemand hatte einen ellenlangen Brief von Hand mit Tinte geschrieben. Mit Tinte und – Feder? Ja, das war der Grund, warum ihm die Schrift so unleserlich erschien. Es war diese uralte Schrift, die kaum noch jemand lesen konnte. Er im Übrigen auch nicht. Sein Blick ruhte auf der schwungvollen Handschrift, die durch die Jahrhunderte bei ihm gelandet war. Das Schreiben begann, wie heute auch, mit einem Datum. Da stand eine 3, dann etwas nicht zu Entzifferndes, vermutlich der Monatsname. Januar? Ja, eventuell hieß es Januar. Und dann das Jahr: 1873. Wenn der Brief über eineinhalb Jahrhunderte sorgfältig aufbewahrt worden war, wenn Großmutter Tarnow diesen Brief gehütet hatte und es ihr wichtig war, dass er ihn bekam – dann sollte er ihn lesen. Er würde darüber nachdenken, wen er bitten könnte, das Schreiben zu entziffern.

Er hatte nun erst einmal eine andere Aufgabe. Auf dem freien Tisch breitete er den Heide-Anzeiger aus, mit der letzten Seite nach oben. Der Seite, die das Foto von ihr zeigte. Wie hieß der Ort, in dessen Nähe das Skelett gefunden worden war – Moordevitz?

Es wurde Zeit, dass er mal einige Zeit an der Ostseeküste verbrachte.

In Bützow

13. Sept. 1872

Füllen=Auction

Ein hellbraunes Stutfüllen, „Ardenner Race", von dem
Baltischen Pferdezucht=Verein zu Greifswald, soll am 16ten d.
Mts., Vormittags 11 Uhr, vor dem Gasthause des Herrn Malte
Diederich in Barth meistbietend verkauft werden.

Stralsundische Zeitung, Freitag, den 13. September 1872

Am 31. August ist von hier ein jähriges schwarz=weißes
Starkenkalb entlaufen; sollte dasselbe sich irgendwo angefunden
haben, bitte ich um gefällige Mittheilung.
Spalding, Jahnkow

Stralsundische Zeitung, Freitag, den 13. September 1872

Lumpen, seidene, wollene, halbwollene, sortirt und unsortirt kauft
Schweizer, Schloßfreiheit 6, Berlin

Stralsundische Zeitung, Freitag, den 13. September 1872

us unserem Garten, Fräulein von Musing-Dotenow."
Ludwig Lüttins Gesicht überzog eine leichte Röte, als
er Hedwig den rotbackigen Apfel überreichte. „Der schön-
ste von der gestrigen Ernte."

Hedwig hatte den Verdacht, dass ihr eigenes Gesicht von
einer noch tieferen Röte überzogen war, als sie den Apfel
entgegennahm.

„Ludwig! Soll ich mich hier allein um die Stauden kümmern?", hallte die Stimme des Gärtners durch den Park.

Ludwig verbeugte sich leicht und eilte dann hinüber zu
seinem Chef.

Hedwig sah ihm nach, barg den Apfel behutsam in beiden
Händen. Dann betrachtete sie die Frucht sinnend. Dass man
ihn nicht haltbar machen konnte! Er würde unweigerlich
irgendwann schrumpeln und dann von innen her faulen.

Gut, wenn er denn also gegessen werden musste, wollte
sie dies an ihrem Lieblingsplatz am Meer tun.

Es war ein schöner Septembertag, die Sonne schien und
noch war das Laub grün, wenn es auch schon lange nicht
mehr die satte Farbe des Hochsommers hatte. Mittags
wurde es warm, aber so früh am Morgen wie jetzt war es
kühl, der Tau glitzerte im Gras. Hedwig holte sich ihren
Umhang aus warmer Wolle, schlang ihr rotes Lieblingstuch
um Kopf und Schultern und wanderte los. Hinter der
Brücke über die Moordenitz führte ihr Weg noch ein paar
Kilometer durch den Wald der Graadewitzer Heide. Es roch

nach den ersten Pilzen, Brombeeren hingen schwarz und glänzend zwischen den Ranken. Die Sonne schickte Lichtfinger durch den Dunst zwischen den Bäumen und immer wieder kreuzten die Spinnweben des Altweibersommers den Waldweg. Endlich sah Hedwig den hellen Himmel zwischen den Stämmen der Buchen und Birken.

Sie trat zwischen die letzten Bäume, der Blick über die See öffnete sich. Ein leichter Wind kühlte ihr vom Wandern erhitztes Gesicht. Sie hatte ihre langen dunkelbraunen Haare in Flechten um den Kopf gewunden und ordentlich festgesteckt, beim Gehen hatten sich jedoch einige Strähnen gelöst. Es würde Zeit kosten, die Frisur rechtzeitig zum Mittagessen wieder zu richten, aber das war es wert, hier zu stehen und über die stille See zu schauen.

Der Pfad führte aus dem Wald heraus, der Boden wurde sandiger, bis sich schließlich die Dünen nach rechts und links erstreckten. Zwischen Weidengebüsch, Strandrosen und Sanddornbüschen stapfte Hedwig durch den Dünensand bis an die Kante der Steilküste des Steilen Ortes. Das Wasser war blau wie der Himmel und so ruhig wie selten. Nur etwa eine Handbreit hohe Wellen liefen sacht und nahezu geräuschlos an den Strand. Der Strand zog sich breit zu Füßen des Steilhanges bis zum Wasser.

Jetzt noch einige Schritte nach rechts, dann musste sie sich bücken und den langen Rock raffen, um zwischen ein paar stacheligen Sanddornbüschen hindurchzukriechen. Zwischen den graugrünen Blättern leuchteten das Orange der Beeren. Einige Augenblicke brauchte sie, um ihren Umhang aus den Fängen der Sanddornstacheln zu befreien, dann erreichte sie einen Flecken hellen Sandes, der abgeschirmt war von den Blicken etwaiger Spaziergänger auf dem Pfad. Vor ihr öffnete sich eine Lücke im Sanddorn, die ihr einen ungehinderten Blick auf die See bot. Sie ihrerseits wäre von unten kaum auszumachen in dem Gewirr aus Zweigen, Blättern und Stacheln. Sie breitete ihr Tuch aus, ließ sich darauf nieder und holte den Apfel hervor.

Versonnen betrachtete sie ihn von allen Seiten, prägte sich sein Aussehen ein, damit sie es für immer im Gedächtnis behielte. Wie konnte sie dieses Geschenk nur jemals erwidern? Sie war nicht ganz so realitätsfern, wie ihre Familie gern glaubte. Ihr war durchaus klar, dass ein Gärtnerjunge nicht das war, was der Freiherr sich für seine Tochter so vorstellte.

Schließlich biss sie in den Apfel, krachend löste sich ein Stück. Sie schloss die Augen. Das war der apfeligste, süßeste, wunderbarste Apfel, der jemals an einem Apfelbaum gereift war. Dann hielt sie erschrocken inne. Stimmen klangen vom Pfad herüber.

„Was war das?", fragte eine Frauenstimme.

„Was denn, meine Liebste?" Die Antwort gab eine Männerstimme.

„Das Geräusch. Da war so ein krachendes Geräusch. Es kam von dort."

„Lass nur, es wird ein Tier im Gebüsch gewesen sein. Lass uns hinunter zum Strand gehen. Hier war irgendwo der Abstieg."

Hedwig traute ihren Ohren nicht. Die Frauenstimme gehörte ganz eindeutig Ottilie. Was machte ihre kälteempfindliche, naturverabscheuende Schwester an diesem kühlen Morgen zwischen Wald und Meer? Und wer nannte Ottilie „Liebste"? Hedwig traute sich nicht, die Zweige zu bewegen, um besser über die Dünen sehen zu können, sie musste sich ganz auf ihr Gehör verlassen.

„Wenn du meinst, es war ein Tier, wird es schon so sein. Und nein, ich möchte nicht hinunter. Im Sand zu laufen ist gar zu beschwerlich." So schnell der Meinung eines anderen nachzugeben, war ungewöhnlich für Ottilie. Nicht im Sand laufen zu wollen, entsprach ihr schon eher. Dann hörte Hedwig, dass Ottilie und ihr Begleiter wichtigere Probleme zu besprechen hatten.

„Du meinst also, liebste Ottilie, dass dein Herr Vater mir das Land nicht verkaufen will?"

„Nein, Eduard, das will er nicht. Er möchte dem Bauern ermöglichen, das Erbstandsgeld aufzubringen und den Hof zu erwerben. Damit würde Lüttin Erbpächter und behielte das Land."

Eduard, Eduard – wer um Himmels willen war Eduard? Und dann auch noch ein Eduard, der Ottilie „liebste Ottilie" nannte. Hedwig ging in Windeseile alle Herren in der Bekanntschaft der Familie durch.

„Dieses Land ist das bestgeeignete für meine Pläne. Für unsere Pläne, Liebste."

Eine Weile hörte Hedwig nichts. Was ging da vor? Küssten sie sich etwa? Und was für Pläne konnten die beiden mit Ludwigs Land haben? Mit dem Land seines Vaters Wilhelm, korrigierte Hedwig sich selbst in Gedanken.

„Genau dort soll unser Landsitz entstehen. Mit Blick auf die Moordenitz im Süden werden wir unser Frühstück einnehmen und abends vom Turmzimmer nach Norden über die Ostsee blicken. Lass mich dir nur bald die Pläne zeigen, die Ingenieur Lewerenz für mich entworfen hat."

„Das wird wundervoll, mein lieber Eduard!"

„Aber Liebste, ich muss dir nicht erklären, dass ich dazu zwingend ausreichend Land für meine Fabrik zur Verfügung haben muss. Ich kann jederzeit anfangen zu bauen, die Aktionäre haben bereits mehr als reichlich gezahlt. Ich brauche das Land, du musst dafür sorgen, dass dein Vater baldmöglichst an mich verkauft."

„Das wird er, verlass dich darauf. Er will es nicht wahrhaben, aber unsere Familie braucht das Geld. Es geht nicht mehr unbedingt darum, was mein Vater tun will. Sondern darum, was er tun muss." Ottilie klang grimmig.

Fabrik? Landsitz? Daher wehte der Wind? Jetzt begriff Hedwig, wer dieser Eduard war. Eduard Behrendt, ein Papierfabrikant aus dem Süden, der nach Pommern und Mecklenburg-Schwerin expandieren wollte und auf das Wasser der Moordenitz gestoßen war. Hedwig hatte nicht die geringste Ahnung, wie man Papier herstellte, aber

Wasser wurde dazu offenbar benötigt. Das hatte sie aus den langen Reden ihrer Schwester zumindest herausgehört. Ottilie hatte Papier und dessen Herstellung in letzter Zeit zu einem ihrer Lieblingsthemen erkoren. Und dieses belauschte Gespräch erschloss Hedwig immerhin, woher Ottilies plötzliches Interesse für Papier kam. Zudem war es die Nähe der Häfen von Musing-Dotenow und Spökenitz, die Behrendt reizte, und die großen Wälder der Umgebung – wurde doch die Knappheit an Lumpen und Hadern durch das neue Holzschliffpapier gelöst, wie Ottilie neulich lang und breit erklärt hatte. Gustav Freiherr von Musing-Dotenow hatte Behrendt höflich, aber entschieden hinauskomplimentiert, als der wegen des Landes beim Freiherrn vorgesprochen hatte. Weshalb Hedwig ihren Lauschposten hinter der Tür an dieser Stelle schleunigst hatte verlassen müssen. Wie sie ihren Vater kannte, würde er nie und nimmer stinkende Schlote auf seinem Land dulden oder gar das Abholzen der Wälder oder das Aufstauen der Moordenitz genehmigen. Und ganz sicher keine Landsitze von Leuten, die das Land nicht kannten und nicht würdigten, was ehrlicher Hände Arbeit dem Boden Jahr für Jahr abrang.

Womit Ottilie allerdings recht hatte, war, dass die Familie von Gustav von Musing-Dotenow dringend Geld brauchte. Denn auf dem teils moorigen, teils sandigen Land in Küstennähe rangen diese ehrlichen Hände dem Boden nicht genug ab. Die jährlichen Abgaben der Bauern waren zu gering und die Erträge der vom Freiherrn selbst bewirtschafteten Äcker reichten ebenfalls nicht, um das Schloss weiter in dem bisherigen guten Zustand zu erhalten. Ja, es war nicht immer Hedwig, die zu viel träumte.

„Verlass dich auf mich, Liebster, ich werde mir etwas überlegen. Nun lass uns umkehren, der Wind ist gar zu rau. Willst du wirklich morgen hinaussegeln mit deiner Brigg?"

„Aber sicher, meine Liebe. Wenn du dich entschließen könntest, einmal mit mir zu kommen, würdest du sehen, wie herrlich es draußen auf See ist. Die Christina ist ein ganz wunderbares Schiff. Und im Übrigen mit allen Bequemlichkeiten eingerichtet. Eine Brigg ist keine offene Jolle. Obwohl ..." Er lachte kurz. „Ich besitze nun auch einen Tweismaker, eine Volljolle. Fischer Hinrich Meier musste mir seine Jolle überlassen. Ich konnte es einrichten, dass er seine Schulden partout nicht ausgleichen konnte."

Hedwig runzelte die Stirn, aber nicht über Ottilies Beschwerde über einen Wind, der gar nicht wehte, noch nicht einmal darüber, dass Fischer Meier jetzt sein Arbeitsgerät verloren hatte. Was wollte Ottilie sich denn da überlegen? Pläne schmieden, um die Lüttins zu vertreiben? Und was sollte das Gerede von einem gemeinsamen Frühstück im neu erbauten Landsitz? Wollte sie etwa ... planten die beiden zu heiraten?

Heute

E s haben sich schon mal welche totgewischt."
Jörn sah seine Mitbewohnerin Ilka an, die mit ver-
schränkten Armen vor ihm stand. Dann fiel ihm auf, dass er
schon seit mehreren Minuten einen Teller mit einem
Geschirrtuch bearbeitete, während er aus dem Küchenfens-
ter der WG die Straße beobachtete. Vielmehr beobachtete
er den Umzugswagen, der vor dem Haus gegenüber stand.
Den Einzug eines neuen Mieters zu beobachten, war definitiv interessanter als Abtrocknen.

„Wenn du dann irgendwann mal fertig bist mit dem
Teller, wäre es einfach fantastisch, wenn du die anderen in
doppelter Geschwindigkeit abtrocknen könntest. Ich wollte
heute noch fertig werden mit dem Abwasch."

„Ich mach ja schon." Er stellte den Teller in den Schrank
und nahm sich den nächsten vom Abtropfkorb.

„Was ist denn da so interessant?" Ilka, die nichts zu tun hatte, so lange der Abtropfkorb noch voll nasser Teller war, trat ans Fenster.

„Da drüben zieht ein Neuer ein. So'n blonder, langhaariger Öko, wie es scheint. Könnte zu uns passen. Vielleicht sollten wir dafür sorgen, dass wir zur Einweihungsparty eingeladen werden." Jörn hatte das mit der doppelten Geschwindigkeit schon wieder vergessen. In der einen Hand einen feuchten Teller, in der anderen das Geschirrtuch, stellte er sich neben Ilka ans Fenster.

„Guck, der da." Jörn zeigte mit dem Teller auf einen vielleicht Mitte Zwanzigjährigen, der von einem anderen Mann einen Karton aus dem Lkw entgegennahm und damit durch die Haustür verschwand. Der andere lud ein rotes Herrenrad aus und stellte es an den Fahrradständer, der sich vor dem Haus befand.

Ilka zog zischend die Luft ein und wich hastig zurück. „Mit Sicherheit nicht."

„Äh – wie? Was nicht?"

„Auf die Party zu dem. Geh ich mit Sicherheit nicht. Wenn der hier auftaucht, bin ich weg." Sie warf den Spülschwamm auf die Arbeitsplatte und stürmte aus der Küche. Jörn zuckte zusammen, als ihre Zimmertür knallend zuschlug. Er polierte eine Weile an dem zweiten Teller herum und überlegte. Es sah so aus, als würde Ilka den Neuen kennen. Und es sah so aus, als hätte sie nicht viel Lust, ihm zu erzählen, woher und was das Problem mit dem Kerl war. Vielleicht ein Ex? Der zufällig genau gegenüber einzog? Er hörte Katti schon den Klischeesatz aller Fernsehkommissare sagen, dass es solche Zufälle nicht gab. Dabei wusste jeder, der das Wort „Wahrscheinlichkeit" nicht nur buchstabieren konnte, dass es sehr wohl solche Zufälle geben konnte.

Und jeder, der die Grundlagen der Thermodynamik beherrschte, wusste, dass Geschirr auch von allein trocknete.

Jörn hängte das Geschirrtuch auf, ging zur Küchentür, drehte wieder um und holte den erst viertelvollen Müllbeutel aus dem Mülleimer. Dann schlich er vorsichtig aus der Küche, über die Diele zur Wohnungstür. Ilkas Zimmer ging nach hinten raus, sie würde ihn auf der Straße nicht sehen. Behutsam öffnete er die Jugendstilglastür, huschte hinaus und schloss sie genauso leise wieder. Auf Socken lief er die Treppe hinunter und zog unten die Latschen wieder an die Füße.

Dann öffnete er im richtigen Moment die Haustür, ging zur Mülltonne, klappte den Deckel auf, achtete darauf, dass der klappernd gegen die Tonne schlug, und warf schwungvoll den Müllbeutel hinein. Es hatte funktioniert, der Neue sah hinüber zu ihm.

„Oh, hallo, neu hier?" Jörn ging hinüber. „Ich bin Jörn, ich wohne da oben." Er zeigte hinter sich, in den zweiten Stock des Altbaus, der aus unverputzten Backsteinmauern bestand. Allerdings waren die Bogen über den Fenstern immerhin zweifarbig gemauert. „Mit noch drei anderen. Und du?" Jörn probierte das Lächeln, mit dem er selbst Katti einiges abluchsen konnte. Und die war schon ein ziemlich harter Brocken, was das anging.

Bei dem Neuen schien es jedoch nicht sonderlich zu wirken. Er erwiderte das Lächeln aber auch nicht ansatzweise. Stattdessen musterte er Jörn ausgiebig, dann fuhr sein Blick die Wand des Altbaus entlang. „Da oben, ja? Im zweiten Stock? Links?"

„Hm." Jörn nickte.

„Aha." Der Blonde sah Jörn an, seine Augen zogen sich zusammen. „Komm mir bloß nicht in die Quere, du ..."

Jörn war sprachlos, was nicht eben häufig der Fall war. Was war das denn für einer? Das mit der Einladung zur Party konnte er wohl vergessen.

„Oh Mann, bleib locker. Wir müssen uns überhaupt nicht begegnen, wenn du nicht willst", erklärte er, drehte sich grußlos um und marschierte zurück zu seinem Abwasch.

*

„Muss das jetzt auf dem Frühstückstisch sein?"

Johanna sah kurz auf und bemerkte gerade noch, wie Hertha kopfschüttelnd die Brauen hochzog. Dann stellte Hertha den Brötchenkorb kurzerhand auf die Arbeitsplatte, denn der schwere Küchentisch in der Küche von Schloss Moordevitz war zur Hälfte mit Kopien alter Akten und Karten bedeckt. „Dann müssen Sie selbst sehen, wie Sie an die Brötchen kommen."

„Kein Problem." Johanna kniete auf ihrem Stuhl, den Kopf in die Hände gestützt und wandte sich wieder der handgezeichneten Karte aus dem 19. Jahrhundert zu. Sie hockte mit dem Rücken zu den hohen Glastüren, damit die Oktobersonne, die den Sturm vertrieben hatte, sie nicht blendete. Früher war die Küche ein Wintergarten gewesen, in dem die von Musing-Dotenows zu Moordevitzens rauschende Feste gegeben hatten. Freifrau Johanna, die derzeit letzte derer von Mu-Dot zu Moo (wie Katharinas Kollegin Levke Sörensen den langen Namen gern abkürzte) hatte es nicht so mit Riesenpartys und zog Mahlzeiten im trauten Familienkreise vor. Deshalb hatte sie den Wintergarten zur Küche umbauen lassen – auch wenn die Familie derzeit nur aus ihr, Katharina und Hertha bestand.

Sie ignorierte Herthas Seufzen, als diese Marmeladentöpfchen, Butterdose und Käseteller in die Lücken zwischen den Papieren arrangierte.

„Sehen Sie mal, das sind Pläne von einem Garten. Eigentlich schon ein Park. Bei Moordevitz, aber auf der anderen Seite der Moordenitz – war da mal so was? Heute ist da nichts mehr von zu sehen." Johanna schob die Karte zu Hertha hinüber, die sich inzwischen auf ihrem angestammten Küchenstuhl niedergelassen hatte.

Wie erwartet erhob Hertha sich, um die Karte zu studieren. Die lokale Geschichte interessierte sie selbst viel zu sehr. Dann schüttelte sie den Kopf.

„Nein, so einen Park hat es da nie gegeben, da bin ich ziemlich sicher. An der Stelle stand früher ein Gehöft, bis 1872 die große Flut kam. Moordevitz-Ausbau. Das Wasser hat den Hof weggerissen, er ist nie wieder aufgebaut worden. Die Apfelbäume stehen noch, auch wenn sie inzwischen nicht mehr tragen. Meine Oma hat noch als Kind ein paar Mal dort Äpfel geholt. Ach ja, und den Eiskeller gibt es noch, da hat der Naturschutzbund vor drei oder vier Jahren ein Fledermausquartier eingerichtet. Lassen Sie mal sehen – die Karte hat ein Ingenieur Lewerenz für einen Eduard Behrendt gezeichnet. Behrendt. Nein, sagt mir nichts.“

„Hm.“ Johanna ließ sich zurücksinken gegen die Stuhllehne und entfaltete ihre Beine.

Die Küchentür öffnete sich und Katharina erschien, wie meistens als Letzte. „Och nee, echt jetzt? Ein Haufen Papier noch vor einem anständigen Frühstück?“ Katharina goss ihren Becher voll Kaffee und angelte sich Käse und Butter heran – dank ihrer ein Meter fünfundachtzig kam sie über alle Akten hinweg an alles heran –, warf sich in ihren Stuhl, streckte die langen Beine von sich und schlürfte den heißen Kaffee.

Beim Anblick von Katharinas Käsebrötchen erinnerte Johanna sich an ihren eigenen Hunger. Um selbst an ein Brötchen zu kommen, musste sie allerdings um den Tisch herumwandern. Da sie nur einen Meter fünfzig groß war, kam sie nicht so ohne weiteres an alles heran. Und Hertha hatte erfahrungsgemäß sehr genaue Vorstellungen davon, wo die Pflichten einer Haushälterin endeten.

„So, nun ist es besser“, stellte Katharina nach dem ersten Kaffee und dem ersten Brötchen fest. „Was soll das Papier auf dem Tisch? Oh, lass mich raten – du warst im Archiv.“

„Das sind Unterlagen zu dem Land, wo das Skelett lag. Da war früher ein Hof, sagt Hertha. Hufe 8 in Moordevitz-Ausbau. Das sagen die Akten. Von der Sturmflut 1872 weggerissen. Sagen Hertha und die Akten.“ Johanna kaute ihr Erdbeerbrötchen, studierte dabei aber die Pläne.

„Aha." Katharina schmierte sich ein zweites Brötchen. „Und jetzt glaubst du, das Skelett ist der Bauer von Hufe 8?"

„Ich glaube gar nichts, ich suche nur nach Spuren." Johanna kicherte. „Wäre das jetzt nicht dein Satz gewesen? Im Krimi sagen die Ermittler das ständig."

Katharina zuckte die Schultern. „Bei einem hundertfünfzig Jahre alten Skelett habe ich nichts zu ermitteln. Und schon gar nicht, wenn es das Opfer einer Naturkatastrophe ist. Da kann ich mich ganz entspannt zurücklehnen." Was sie auch prompt tat.

„Lüttin." Hertha hatte nachdenklich ihr Vollkornbrot mit Honig bestrichen und sah nun auf. „Lüttin, so hieß die Bauernfamilie, der das Land gehört hat. Meine Oma sprach immer noch von den lüttinschen Apfelbäumen, obwohl von der Familie niemand mehr lebte."

Woraufhin sich Katharina wieder aufrichtete. „Lüttin? So hieß mein Urururopa. Friedrich Lüttin. Alle hießen Friedrich, selbst mein ältester Bruder konnte dem nicht entrinnen, ich bin heilfroh, dass ich nicht Friederike heißen muss. Legt mich jetzt aber bitte nicht auf die Anzahl ‚Urs' fest. Früher hießen wir Lüttin, bis die allgemeine Sprachschlamperei auch vor unserer Familie nicht Halt machte und irgendwer Lütten daraus machte."

„Echt? Das ist euer alter Hof? Ihr habt euren Hof in der Flut verloren? Auwei." Johanna sah die Freundin und Mitbewohnerin bedauernd an.

‚Ja, nu lass man, du brauchst keine Rot-Kreuz-Sammlung zu initiieren. Es reicht, wenn du mir noch mal die Brötchen und den Schinken gibst. Und den Erdbeerjoghurt. Im Übrigen – ich habe keine Ahnung, ob das da der Hof meiner Urururgroßeltern war. Oder ob die einfach nur zufällig auch so hießen. Und – wie bringe ich dir das jetzt schonend bei ... Es ist mir egal."

„Wie? Nein, das ist überhaupt nicht egal, wenn man auf so eine spannende Familiengeschichte stößt. Jack the Rüpper muss unbedingt von dir auch eine DNA-Probe nehmen. Vielleicht ist das Skelett deine Urururoma."

„Nee, ist männlich, sagt Jack." Katharina leckte ihren Joghurtlöffel ab. „Im Ernst, was fange ich dann mit der Info an? Eine Ahnengalerie einrichten mit einem Foto des Skeletts als Krönung? Außerdem ist da noch das Medaillon. Ist also wohl eher dein Urururopa. Zumal Hertha doch eben sagte, von den ollen Lüttins lebte keiner mehr. Ich fühle mich nach der zweiten Tasse Kaffee aber äußerst lebendig."

„Da hilft nur eine DNA-Probe von dir. Du musst ins Labor!"

„Ich", betonte Katharina, „muss jetzt nur eins – eine dritte Tasse Kaffee trinken. Du mach, was du willst."

„Ha!" Johanna schnappte sich Katharinas abgeleckten Joghurtlöffel und rannte aus der Küche.

1. Nov. 1872

Nach den Listen der Veritas sind in den Monaten Juli, August und September d. Js. 288 Segelschiffe verloren worden, darunter 146 englische, 33 französische, 25 amerikanische, 21 norwegische, 18 deutsche, 10 holländische, 8 dänische, 7 italienische, 5 österreichische, 4 russische, 3 schwedische, 3 portugiesische, 2 spanische, 2 griechische und 1 brasilianisches.

Stralsundische Zeitung, Freitag, den 1. November 1872

Prima amerik. Speck
offeriren in ganzen Kisten wie ausgewogen billigst
Gebr. Zimmermann

Stralsundische Zeitung, Freitag, den 1. November 1872

Niederschlag: 0 mm
Temperatur: 7,5 °C
Windrichtung: SW
Windstärke: 54 km/h
Wasserstand: –80 cm

Der Wind aus Südwest hatte aufgefrischt. Der November begann mit einer Mischung aus Sonnenschein und Wolken, auch wenn die Köchin unkte, es würde bald eintrüben. Ihr Knie spräche eindeutig von baldigem Schneefall. Heute genoss Hedwig es jedoch, über den sonnigen Strand zu wandern, den Wind auf dem Gesicht und in den Haaren zu spüren und von Ludwig zu träumen. Der Sandstreifen zwischen dem Steilhang der Dünen und dem Meer war heute relativ breit, dahinter türmte das blaugraue Wasser sich zu hohen Wellen auf, die beim Brechen in weißen Schaum zerfielen.

Gemeinsame Spaziergänge mit Ludwig am frei einsehbaren Strand verboten sich. Bevor der Freiherr einer Verbindung zwischen seiner ältesten Tochter und einem Knecht zustimmte, war es wahrscheinlicher, dass er gestattete, dass seine zweite Tochter einen reich gewordenen Fabrikbesitzer ehelichte. Es würde vorerst bei heimlichen Treffen zwischen Hedwig und Ludwig in den Tiefen des Parks oder in der Graadewitzer Heide bleiben müssen. Hedwig breitete die Arme aus und drehte sich um sich selbst.

Gestern Morgen hatten sie sich zufällig – nun gut, vielleicht hatte Hedwig nicht ganz so zufällig den Pfad genommen, von sie wusste, dass Ludwig dort Holz schlug – im Wald getroffen. Sie hatten sich unterhalten und nie hatte Hedwig etwas interessanter und hörenswerter gefunden als Ludwigs Vortrag über das Spalten von Holz.

Sie hielt inne und bückte sich. Ein Hühnergott. Die Lochsteine waren gar nicht mal so sehr selten – aber so einen großen hatte Hedwig noch nie gesehen. Gedankenverloren hob sie ihn auf und wandte sich den Dünen zu. Dieser Teil der Küste wurde der Steile Ort genannt und der Hang, in dem die Dünen zum Strand abfielen, machte dem Namen alle Ehre. Aber hier war der Steilhang eingebrochen und ein Überweg entstanden. Auf ihm erklomm sie die Dünen und überquerte die Sandwellen, bis sie den Waldrand erreichte. Kurz bevor sie den Weg betrat, der zurück nach Schloss Moordevitz führte, erinnerte sie sich wieder an den Hühnergott, den sie immer noch in der Hand trug. Er war wirklich groß und schwer. Sie lachte über sich – warum tat man so etwas und sammelte irgendwelche Dinge, die man eigentlich nicht gebrauchen konnte? Aber Hühnergötter standen in dem Ruf, Glück zu bringen. Nun, sie hatte bereits alles Glück der Welt, sollte der Hühnergott jemand anderem zu Glück verhelfen. Sie legte ihn neben dem Weg ins Unterholz und machte sich auf den Rückweg nach Schloss Moordevitz.

Der Weg blieb am Waldrand und führte am Eiskeller vorbei – ein tief in die Erde eingelassenes Bauwerk, erkennbar an einem kleinen grasbewachsenen Hügel mit einem aus Ziegeln gemauerten Vorbau, in dem sich die Tür befand. Im Winter schlug man Eis aus dem Dorfteich und einigen umliegenden Söllen und brachte es in den Eiskeller. Das Eis sorgte dafür, dass Gemüse auch im Sommer kühl gelagert werden konnte. Der Eiskeller lag etwas ungünstig, weil relativ weit vom Schloss entfernt – aber nur hier im Küstenwald gewährleisteten einerseits der Sandboden das Ablaufen des Schmelzwassers und andererseits die Bäume genügend Schatten.

Als Hedwig einen letzten Blick aus dem Wald herauswarf, erstreckten sich vor ihr die Felder, teils braun, teils graugrün von der aufgelaufenen Wintersaat. In der Ferne sah sie den lüttinschen Hof liegen, dahinter schlängelte sich die Moordevitz grau durch die Wiesen. Hedwig war noch nie auf dem Hof gewesen, immer nur daran vorbeigefahren. Irgendwann musste sie einen Vorwand finden, um Ludwigs Familie kennenzulernen. Sie kniff die Augen zusammen und versuchte, sich dort einen Ziegelbau vorzustellen, schmucklos, gigantischen Ausmaßes, ein halbes Dutzend rauchender Schlote, stinkend nach merkwürdigen Chemikalien. Sie wollte gerecht sein – natürlich brauchte die Welt Papier. Es war immer knapper geworden, die notwendigen Lumpen zu sammeln, wurde immer schwieriger. Hedwig selbst konnte sich ein Leben ohne Bücher nicht vorstellen. Dennoch schien es ihr unvorstellbar, eine derartige Monstrosität in die hiesigen Wiesen, Weiden und Felder zu pflanzen.

Hedwig wandte sich nach links, tiefer hinein in die Graadevitzer Heide. Dort gab es eine Lichtung mit zwei alten Bäumen, einer Eiche und einer Linde. Die Linde sollte bereits seit tausend Jahren dort stehen, aber auch die Eiche hatte die Ausmaße eines jahrhundertealten Baums. Auf ihrem Weg näherte Hedwig sich dem Rand der Lichtung. Kurz schaute sie auf, als das Licht seinen Glanz verlor. Eine Wolke hatte sich vor die Sonne geschoben, doch der Himmel zeigte weiterhin blaue Lücken zwischen den bauschigen Wolken. An der Eiche stand Ludwig. Ihr Herz schlug schneller. Was tat er da? Er hatte ein Messer in der Hand und schnitzte irgendetwas in den Stamm.

Sie bezähmte den Zwang, zu ihm hinüberzulaufen, und schritt in der einer Dame angemessenen Eleganz über das herbstlich trockene Gras der Lichtung, bis sie Ludwig erreicht hatte.

„Was tust du da?"

Ludwig drehte sich beim Klang ihrer Stimme rasch um, verbarg aber die Schnitzerei im Stamm hinter seinem Rücken.

„Es ist nichts, es ist nur dummes Zeug." Verlegen strich er sich die Haare aus der Stirn.

„Zeig es mir." Sie versuchte, seitlich an ihm vorbeizuse-hen, aber er tat einen Schritt zu eben dieser Seite. Sie ging weiter, er folgte ihr, bis sie schließlich kichernd versuchte, ihn wegzuschieben, um schließlich abrupt zur anderen Seite zu wechseln. Derart überlistet gab Ludwig auf und Hedwig hatte freien Blick auf die Buchstaben, die Ludwig in die raue Rinde geschnitten hatte. Der Wind schob den Rest der Wolke beiseite, das Sonnenlicht fiel genau in diesem Moment auf die Schnitzerei.

HLEUDWIG

Hedwig legte die Hände an die Wangen und schwieg. Sie fürchtete, ihre Stimme nicht unter Kontrolle zu haben.

„Ich sag ja, es ist dummes Zeug."

Sie wirbelte herum und schlang die Arme um seinen Hals. „Ganz und gar nicht. Es ist wunderbar. Es ist das Wunderbarste, was jemals jemand geschrieben hat."

Er legte seine Arme um sie und drückte sie an sich. Es war alles ganz und gar ungehörig, aber einen Moment lang wollte sie es noch genießen.

Es raschelte hinter ihr im Gebüsch, wie von Schritten. Ludwig ließ sie sofort los und wich zwei Schritte zurück.

Hedwig sah an ihm vorbei den Pfad entlang. Eine Gestalt mit Ottilies neuem dunkelblauen Umhang eilte in Richtung Schloss.

Hedwig biss sich auf die Lippen. „Es ist wohl besser, wenn ich zurückgehe."

Heute

Johanna schob Oma Adelheids Rollstuhl so nah an das offene Grab, dass diese ihren Strauß aus späten Sonnenblumen und Eisenkraut auf den Sarg werfen konnte. Dann wandten sie sich um und schlossen sich der kurzen Reihe der Kondolierenden an, die sich an einem etwa vierzigjährigen Mann vorbeibewegte.

„Mein herzlichstes Beileid, Herr Tarnow." Adelheid drückte seine Hand mit beiden Händen.

„Ich danke Ihnen, Frau von Musing-Dotenow. Meine Großmutter hat Sie sehr gern gehabt, sie hat oft erzählt, wie gut ihr die Treffen mit Ihnen taten."

Adelheid nickte. „Das ging mir auch so. Ihre Großmutter wird mir fehlen."

Johanna drückte dem Enkel der Verstorbenen ebenfalls ihr Beileid aus, auch wenn sie weder Großmutter noch

Enkel Tarnow gekannt hatte beziehungsweise kannte. Sie musste sich nur vorstellen, ihre eigene Oma läge da in dem Grab und konnte sich denken, wie es ihm gehen musste.

Sie verließen den Friedhof und beschlossen, noch ins nahegelegene Café zu gehen, denn einen Beerdigungskaffee würde es nicht geben.

„Ein wirklich netter Mensch, der Enkel von Frau Tarnow." Adelheid nahm sich die Speisekarte und entschied sich für den Apfelkuchen. „Ich habe ihn nicht oft gesprochen, aber er war immer sehr zuvorkommend."

„Ja, den Eindruck hatte ich auch." Johanna bestellte den Kirschkuchen. Und er hatte mit seinen dunklen kurzen Locken auch gar nicht schlecht ausgesehen.

*

Immer zwei Stufen auf einmal nehmend lief Jörn die Treppe durch den Hausflur hinauf zur Wohnung seiner WG, während er die letzten Nachrichten seiner Freunde auf seinem Handy durchscrollte. Den Fuß schon für den nächsten Schritt erhoben, stoppte er und lauschte.

„Verpiss dich einfach!" Das war Ilka, die da brüllte. „Und nimm das eklige Ding mit!"

Unsicher sah Jörn nach oben, dann nach unten. Sollte er weitergehen oder lieber noch eine Runde um den Block drehen, bis wer auch immer sich verpisst hatte?

Eine Männerstimme antwortete Ilka, die Jörn bekannt vorkam. „Glaub ja nicht, dass du mich los wirst. Nach dem, was du mir eingebrockt hast! Und was hab ich mit eurem Ungeziefer zu tun!"

„Ich dir? Du warst es doch, der zu besoffen war, um die Ampullen auseinanderzuhalten! Und wo soll das Vieh denn sonst herkommen, wenn nicht von dir!"

„Und warum war ich besoffen? Doch nur deinetwegen! Oh nein, da kommst du nicht raus – du bist schuld an allem! Heh!"

Die Wohnungstür knallte, die Jugendstilfenster schepperten. Jemand schlug gegen die Tür, gedämpft kam ein „Hau ab!" von Ilka. Offenbar stand sie in der Wohnung hinter der geschlossenen Tür.

Schritte näherten sich von oben, der Langhaarige von gegenüber erschien auf der Treppe oberhalb von Jörn. Jörn beschloss, so zu tun, als hätte er die Auseinandersetzung nicht mitbekommen. Der Streit ging ihn ja auch nichts an. Intensiv starrte er wieder auf sein Display und setzte seinen Weg nach oben fort.

„Oh, sorry!", rief er beiläufig und ging nach rechts, um an dem Typen vorbeizulaufen. Doch der trat zur gleichen Seite. Jörn dachte an die typische Situation, in der zwei Menschen mindestens dreimal zur selben Seite auswichen, bis sie es schafften, aneinander vorbeizukommen. Er grinste und machte einen Schritt nach links – aber das Grinsen verging ihm. Der Typ stand ihm wiederum gegenüber, hatte aber nun den Arm ausgestreckt und die Hand an die Wand gelegt. Sah das nur so aus oder verstellte der Jörn den Weg?

„Darf ich bitte mal vorbei?" Es klang nicht ganz so lässig, wie Jörn gern gehabt hätte.

Jetzt beugte der Mann sich vor, sein Gesicht näherte sich dem von Jörn bis auf wenige Zentimeter, sodass er automatisch wieder eine Stufe nach unten trat. „Du hältst dich von ihr fern, kapiert? Glaubst du, ich weiß nicht, was da läuft?"

Jörn klappte einen Moment der Mund auf. Es wäre ja schön, wenn da was liefe. Aber das war nicht der Fall. „Ich wüsste nicht, was dich das angeht. Und jetzt weg da." Er drängte sich an dem Kerl vorbei und bemühte sich, betont langsam die letzten Stufen zu nehmen.

Also kannte Ilka den tatsächlich. Und so, wie der sich aufführte, war er ein Ex, der das nicht wahrhaben wollte. Jörn schloss die Tür auf, warf sie hinter sich ins Schloss, schleuderte seine Jacke auf den Sessel im Flur und ging in die Küche. Aus Ilkas Zimmer dröhnte Musik, von den anderen beiden war nichts zu hören und zu sehen. Jörn setzte Wasser auf und klappte den Mülleimer auf, um den alten Tee aus dem Sieb zu schütten.

Im Mülleimer lag eine tote Ratte.

*

„Hallo, kennen wir uns nicht?"

Johanna wandte sich nach dem Sprecher um. Ein Mann um die Vierzig lächelte sie unter seinen dunklen kurzen Locken an, ein sympathisches Lächeln, das die Haut in seinen Augenwinkeln in Fältchen legte.

Johanna hatte tatsächlich den Eindruck, sie würde den Mann kennen, aber ihr fiel nicht ein, woher. Sie befanden sich in der Fußgängerzone, die in Musing-Dotenow nur aus der Straße bestand, die die beiden Stadttore verband, gesäumt von Giebelhäusern aus verschiedenen Jahrhunderten.

„Sie waren doch auch bei der Beerdigung meiner Großmutter?", fuhr der Mann fort. „Doch, ich bin mir sicher, Sie haben Ihre Großmutter begleitet. Unsere beiden Omas waren Nachbarinnen im Seniorenwohnheim."

„Ja, natürlich! Wie schön, Sie zu treffen, Herr Tarnow!" Johanna erinnerte sich jetzt an den Enkel der verstorbenen Freundin von Oma Adelheid. „Was führt Sie nach Musing-Dotenow?"

„Nur eine kurze Luftveränderung. Nach der Beerdigung und all dem, was das so mit sich bringt, brauchte ich etwas Abstand und verbringe ein paar Tage Urlaub an der Ostseeküste. Und was machen Sie hier?"

„Verstehe ich." Johanna nickte. „Ich – ich arbeite hier. Da drüben, in der Bank."

Einen Moment runzelte Tarnow die Brauen, dann hellte sich sein Gesicht auf. „Ach – Ihr Name. Natürlich. Von Musing-Dotenow bedeutet tatsächlich ‚von Musing-Dotenow'."

„Stimmt. Meine Familie stammt von hier und ich bin vor knapp eineinhalb Jahren wieder hierher zurückgekommen. Wobei ‚zurück' in meinem Fall nicht stimmt. Ich bin in Niedersachsen geboren, wo meine Familie seit dem Krieg zu Hause ist."

Tarnow nickte. „Deshalb ist Ihre Großmutter dort im Seniorenheim und nicht hier. Aber sagen Sie, wollen wir uns nicht bei einer Tasse Kaffee weiter unterhalten? Ich lade Sie ein, ich schulde Ihnen ja noch einen Beerdigungskaffee."

Das kam etwas überraschend, aber durchaus angenehm überraschend. Johanna überlegte kurz, aber außer den Hunden wartete niemand auf sie. Katharina arbeitete länger, wenn sie einen Fall hatte, Hertha hatte heute ihren Rommé-Abend mit Levkes Großtanten. Und die Hunde konnten ausnahmsweise auch mal eine Stunde länger warten.

„Gern – danke! Dort drüben in dem Stadttor ist ein nettes Café mit der besten Blaubeer-Eierlikör-Torte, die Sie sich vorstellen können." Johanna winkte Polizeihauptmeister Finn kurz zu, den sie auf der gegenüberliegenden Straßenseite entdeckt hatte, dann gingen sie hinüber zu dem Stadttor aus dem 13. Jahrhundert.

Wenige Minuten später saßen sie an einem Tisch am Fenster im zweiten Stock des alten Stadttores. Dessen Backsteinmauern waren auch von innen unverputzt und ihre mächtige Dicke war in den Fensterleibungen zu sehen. Bei Blaubeer-Eierlikör-Torte ließ es sich wunderbar plaudern, Johanna hatte Mühe, die Zeit im Blick zu behalten. Zu lange wollte sie die Hunde nicht auf ihren Abendspaziergang warten lassen. Gerade als sie schweren Herzens ihren Aufbruch ankündigen wollte, ging die Tür auf und zwei weitere Gäste betraten den Raum. Jörn und Ilka entdeckten sie sofort. Während Jörn Johanna nur zuwinkte und dann einen freien Tisch ansteuerte, blieb Ilka wie festgefroren stehen. Sie starrte Tarnow an, sie war einige Nuancen bleicher geworden und ihre Brust hob und senkte sich heftig. Jörn wandte sich zu ihr um. „Ilka? Kommst du?"

Johanna bemerkte, dass Tarnows Augen sich zu schmalen Schlitzen zusammengezogen hatten, die Kiefer waren fest zusammengebissen. Mit hochgezogenen Brauen sah sie zwischen ihm und Ilka hin und her.

Dann lächelte er sie an. „Entschuldigen Sie, die junge Frau kam mir einen Moment bekannt vor."

Ilka riss sich herum und stürmte aus dem Café, die schwere Tür hinter sich zuwerfend. Jörn stand verdattert da und sah auf die geschlossene Tür. Dann kam er herüber zu Johanna und Tarnow, zog sich einen freien Stuhl vom Nebentisch heran und setzte sich neben Johanna. Die stützte den Kopf elegant auf eine Hand und sah Jörn betont aufmerksam an. Aber Jörn kam natürlich auch nicht ansatzweise auf den Gedanken, dass er stören könnte, griff sich den Keks, der mit Johannas Tee serviert worden war, und bemerkte kauend: „Manchmal versteh ich Ilka nicht. Was hat sie denn auf einmal? Kennen Sie sie? Haben Sie sie mal verärgert?" Letzteres war an Tarnow gerichtet.

Der schüttelte den Kopf. „Nicht, dass ich wüsste." Johanna entging nicht, dass seine Kiefer sich zusammenpressten.

„Ist der Kuchen so gut wie er aussieht?" Jörn nahm sich Johannas Teelöffel und stach einen Bissen von der Torte ab. „Hm, der ist sogar noch besser. Also manchmal ist sie so komisch, hat aus heiterem Himmel Angst vor irgendwas, wo du denkst, da ist doch gar nichts. Oder redet tagelang nicht mit einem, dass man Angst hat, die geht in die Ostsee. Also nein, glaub ich nicht, dass sie das macht, aber sie ist dann so depressiv." Jörn seufzte und streckte den Löffel wieder nach Johannas Kuchen aus. „Über ihren Job bei deiner Oma wollte sie gar nicht reden, wehe, du hast sie darauf angesprochen. Dann ist sie sofort in sich selbst verschwunden. Blöd ist nur, wenn die jetzt zurück nach Spökenitz gedüst ist, sitze ich hier fest."

„Jörn!" Johanna fand es an der Zeit, ihren Kuchen zu verteidigen. „Kauf dir selbst einen, das ist meiner. Und nein, ich fahre dich nicht nach Spökenitz, nimm den Bus. Was Ilka angeht – lass sie in Ruhe. Sie wird dir schon sagen, was los ist. Das braucht wohl noch etwas Zeit."

Jörn stoppte seinen Löffel auf halbem Weg zum Kuchen und sah Johanna überrascht an. „Zeit? Wofür?"

Johanna biss sich gedanklich auf die Lippen. Sie wusste seit dem Gespräch mit Oma Adelheid einiges über Ilkas Weggang aus dem Seniorenheim und den Stress mit ihrem Freund, was Jörn offenbar nicht wusste. „Wenn Ilka will, dass du es weißt, wird sie es dir erzählen. Bis dahin geht es dich nichts an, fürchte ich."

Jörn ließ sich gegen die Rückenlehne des Stuhls fallen und sah Johanna missmutig an. „Du bist wie Tante Katti. Aus der kriegt man auch nie was raus." Dann grinste er. „Aber wenn ich ihr was vom Kuchen geklaut hätte, hätte sie mich aus dem Fenster geworfen oder verhaftet."

„Verhaftet?" Tarnow wirkte erstaunt.

„Ja", nickte Johanna, „seine Tante ist bei der Kripo. Und meine beste Freundin."

Tarnow kniff kurz die Augen zusammen, aber rasch glättete sein Gesicht sich wieder.

Auf die Weise auf Tarnow aufmerksam geworden, sah Jörn zwischen den beiden hin und her. „Störe ich eigentlich?"

„Blitzmerker." Johanna schüttelte den Kopf. „Aber ich muss sowieso langsam mal nach Hause, sonst entern David und Goliath die Speisekammer und fressen sie leer. Und dann wirft Hertha mich raus. Meine Hunde", fügte sie für Tarnow hinzu. „Und meine Haushälterin."

Jörn vorweg gingen sie alle drei die enge Wendeltreppe hinunter. „Doch, es könnte sogar sein, dass Sie und Ilka sich mal begegnet sind. Sie hat in dem Seniorenheim unserer Großmütter gearbeitet."

„Als Aushilfpflegerin."

Seine Stimme hatte in dem engen Gemäuer seltsam gepresst geklungen. Johanna hob den Kopf, wenn er das wusste, erinnerte er sich wohl doch an Ilka.

„Stimmt, Sie haben recht", fuhr er fort. „Ich habe sie dort ein paar Mal gesehen. Ich glaube, meine Oma mochte sie."

Unten angekommen zupfte Tarnow eine Blüte von den späten Petunien, die noch in den Kübeln vor dem Eingang blühten, und überreichte sie Johanna. Die bekam das etwas zu spät mit, denn sie wunderte sich, dass Finn immer noch in dieser Straße war. Jetzt stand er neben einem Wagen, der im Parkverbot stand. Er starrte irgendwohin. Als Johanna seinem Blick folgte, entdeckte sie die Blüte, die ihr entgegengehalten wurde. Eine prachtvolle gefüllte rotweiß gemusterte Petunienblüte.

„Ich danke Ihnen für den wundervollen Nachmittag!" Tarnow lächelte sie an.

Endlich nahm sie die Blume. „Nicht doch, ich habe mindestens genauso zu danken!" Im Augenwinkel sah Johanna Finns Bewegung. Als sie hinübersah, steckte er dem Wagen einen Strafzettel unter den Scheibenwischer. „Das ist jetzt aber nicht Ihr Auto, oder?", fragte sie Tarnow.

Der wandte sich um und verdrehte die Augen. „Doch, ist meiner. Egal, das war es wert. Ich hoffe, ich darf Sie irgendwann einmal wiedersehen?"

„Ich würde mich freuen – warten Sie, hier meine Karte. Das ist meine Büronummer, da bin ich tagsüber immer zu erreichen. Und nicht von meiner Assistentin einschüchtern lassen! Machen Sie es gut!"

Johanna sah zu, wie Tarnow einstieg und davonfuhr. Sie schnupperte an der Blüte. Finn war inzwischen herübergekommen und verfolgte Johannas Schnuppern mit den Augen, dann sah auch er dem Auto nach. „Schnösel."

Johanna glaubte, sich verhört zu haben. „Was hast du gerade gesagt?"

Doch der stumme Finn würde von seinen zehn Wörtern am Tag bestimmt keins verschwenden für Wiederholungen.

*

Zufrieden lehnte Jörn sich zurück. Endlich lieferte sein Simulationsprogramm Ergebnisse, die mit den Testdaten übereinstimmten. Jetzt konnte er daran denken, es für Vorhersagen der Wasserstände im Moor einzusetzen. Er streckte sich und gähnte. Mitternacht war schon lange vorüber, in der WG herrschte Stille. Vor einer halben Stunde oder so hatte er Ilkas Zimmertür gehört und dann die Wohnungstür. Zurückgekommen war sie nicht, durch die alte Glastür der Wohnung konnte man nicht geräuschlos eintreten.

Hatte da jemand so eine nervige flackernde Beleuchtung im Garten? Jörn musterte kurz den orangefarbenen wabernden Lichtschein an seiner Zimmerdecke. Wenn das so blieb, würde er sich wohl doch mal Gardinen anschaffen müssen. Jetzt würde er trotz der Flackerbeleuchtung erst mal ins Bett gehen.

Morgen würde er noch genug Fehler und Haken im Programmcode finden, aber heute konnte er mit dem wunderbaren Gefühl einschlafen, ein funktionierendes Programm zu haben.

Er fuhr den Rechner runter, stand auf, um die Bildschirme auszuschalten. Als er sich nach dem an der Wand reckte, fiel sein Blick aufs Fenster. Er hechtete hinüber.

Von wegen Gartenbeleuchtung. Gegenüber brannte zwischen zwei Mietshäusern ein Schuppen – der Schuppen in dem unmöglichen Quietschgelb.

Während er die Treppe hinunterrannte, wählte er 112.

„Ja, hallo? Ich möchte einen – oh, nee –" Jörn rüttelte an der Tür, jemand von den ganz Korrekten schloss hier nachts immer ab. Hastig kramte er den Hausschlüssel aus der Hosentasche.

Geduldig fragte der Mann in der Leitstelle nach. „Ja, bitte? Sie möchten etwas melden?"

„Wie? Ja, es brennt. Moment."

Jörn riss die Tür auf, stürzte aus dem Haus, rannte über die Straße und drückte sämtliche Klingelknöpfe im Haus gegenüber.

„Es brennt in der Kastanienallee. Ein gelber Holzschuppen."

Zwei Fenster öffneten sich, schlaftrunkene, nicht eben erfreute Stimmen waren zu hören. Er achtete nicht darauf, brüllte nur: „Feuer! Es brennt! Alle raus!"

„Ja, das sagten Sie, dass es brennt." Der Kollege in der Leitstelle war immer noch die Ruhe in Person. „Aber Sie müssen mir noch sagen, wo."

„Sagte ich das nicht – in der Kast..."

Hinter Jörn fuhr ein Auto los, mit einem länglichen Gegenstand auf dem Dach, und rollte dann an ihm vorbei. Verdutzt sah Jörn Ilkas Kleinwagen unbeleuchtet um die Ecke verschwinden. Hatte sie da ihr Kanu auf dem Dach gehabt? Ein Mann löste sich aus dem Schatten eines Baums und rannte dem Wagen nach. Nein, Blödsinn, der lief wahrscheinlich nur zufällig in dieselbe Richtung. Der hatte vermutlich keine Lust, sich mit Hilfeleistungen bei dem Brand die Nacht um die Ohren zu schlagen.

„Ja, Sie sagten Kastanienallee. Aber Sie sagten noch nicht, in welchem Ort. Kastanienalleen haben wir hier im Landkreis vier Stück."

„Äh, in ..."

Jemand drückte den Türöffner, die Tür summte und Jörn konnte sie aufdrücken.

„Feuer!", brüllte Jörn jetzt in den Hausflur hinein.

„Hören Sie, wenn wir das Feuer löschen sollen, müssten Sie mir jetzt wirklich dringend den Ort nennen."

„Was? Na ja, in Spökenitz, da wohn ich doch."

„In Spökenitz in der Kastanienallee. Ich schicke Ihnen die Feuerwehr. Das kann einen Moment dauern, wir haben heute Nacht mehrere Brände, deshalb werden Kameraden aus einem Nachbarort alarmiert. Bitte bleiben Sie ruhig und warten Sie auf die Feuerwehr."

Nach und nach sammelten sich die Bewohner auf der Straße, in den unterschiedlichsten Stimmungen, von schläfrig bis panisch. Der langhaarige Neuzugang schien völlig durchzudrehen. Er rannte hektisch kreuz und quer über die Straße und rief immer nur: „Wo ist sie? Wo ist sie?"

Am Ende der Straße erschien jetzt das pulsierende Blaulicht, das Heulen des Martinshorns kam näher.

Der Langhaarige rannte hinüber zur anderen Straßenseite, suchte den Parkstreifen ab, drehte sich um, rannte wieder zurück – das Löschfahrzeug der Freiwilligen Feuerwehr Moordevitz kam quietschend einen halben Meter vor ihm zum Stehen. Jörn schnappte sich den Panischen und zog ihn zur Seite. Der am Steuer sitzende lange Meier neigte nicht zu Wutausbrüchen, aber Wehrführerin Johanna von Musing-Dotenow würde den Ärmsten ziemlich zur Sau machen, wenn er ihr beim Einsatz weiter im Weg stünde.

„Nun bleiben Sie doch mal stehen! Die Feuerwehr muss ihre Arbeit machen, Joh... äh, Frau von Musing-Dotenow hat das im Griff. Sie können jetzt nichts tun."

„Ich muss aber! Wo ist sie? Sie ist weg!"

„Was sagen Sie da?" Der kleinste Feuerwehrmann kam herbeigelaufen, entpuppte sich als Feuerwehrfrau. Auf ihrem Rücken war „Wehrführerin" zu lesen. „Vermisste Person? Im Haus?"

„Was? Nein, nicht im Haus! Natürlich nicht. Entschuldigen Sie, meine Nerven. Niemand wird im Haus vermisst." Der Typ, der eben noch panisch über die Straße getobt war, lächelte jetzt gewinnend.

„Okay." Verhalten nickte die Einsatzleiterin. „Jörn, gib dem mal einen Kaffee, damit er sich beruhigt."

Sie wandte sich wieder dem Einsatz zu. Ihre Leute hatten inzwischen die Wasserversorgung aufgebaut. Bald spritzte das Löschwasser aus mehreren Rohren und bezwang die Flammen.

Jörn war in seine Wohnung zurückgerannt, hatte den Kaffeerest seiner durchgearbeiteten Nacht in eine Thermoskanne gefüllt, war wieder auf die Straße gerannt und hielt dem panischen Nachbarn von gegenüber jetzt einen Becher hin. Panisch wirkte der allerdings nicht mehr, er trank in aller Ruhe den Kaffee und beobachtete die Szene, während Feuer und Blaulicht in seinen Augen glitzerten.

Endlich stellte der lange Meier die Fahrzeugpumpe ab, gefühlt herrschte ohne deren Dröhnen plötzlich Totenstille in der Straße, obwohl die Bewohner des Hauses ohne Unterlass alles kommentierten. Und selbstredend besser wussten als die Feuerwehr.

„So, ihr könnt abrücken", rief die Einsatzleiterin. „Ein paar bleiben noch hier, um auf die Spökenitzer zu warten. Die Brandwache können die machen, ist schließlich deren Revier. Und dem Funk nach zu urteilen, haben die ihren Strohballenbrand jetzt im Griff."

„Un du?", fragte der lange Meier.

„Ich warte auf die Polizei. Die bringt mich nach Hause", erwiderte Johanna grinsend.

„Ich bleib auch noch", erklärte Truppmann Olli, ein Kommilitone von Jörn. „Gibt doch noch 'n Bier bei dir, oder?"

„Klar, komm rauf. Bin allein und jetzt auch wieder hellwach."

Jörn ging voraus, schloss die Haustür auf, Olli folgte ihm in den Hausflur. Sie stiegen die Treppe hinauf in den zweiten Stock. Vor der Wohnungstür steckte Jörn den Schlüssel ins Schloss. Sein Blick fiel auf Olli, der sich umdrehte und die Treppe hinuntersah.

„Ist was da unten?"

„Ich dachte, da kommt noch einer. Aber war wohl nur einer von unten, der auch ein bisschen Feuer geguckt hat."

Jörn drehte den Schlüssel, drückte die Tür auf. Getrappel erklang hinter ihm, Olli brüllte ein ärgerliches „Heh, was soll das?", dann stieß jemand Jörn zur Seite in die Wohnung hinein, Jörn knallte mit dem Kopf gegen die Wand. Jemand sprang über ihn hinweg. Jörn rieb sich den Kopf, rappelte sich auf. Und wurde wieder umgerannt, diesmal von Olli, der dem Eindringling hinterhertobte.

„Was ... wo ...“ Verdattert sah Jörn, wie Olli an Ilkas Zimmertür rüttelte.

„Abgeschlossen! Der Typ hat abgeschlossen! Wer ist denn das? Den hab ich bei euch noch nie gesehen. Egal.“ Olli setzte seinen Helm wieder auf. „Los. Auf drei.“

Jörn sah ihn erst verständnislos an, schüttelte dann den Kopf. „Nee, geht einfacher, komm mit.“ Wenn der Kerl in Ilkas Zimmer verschwunden war, hatte Jörn jetzt allerdings einen Verdacht, um wen es sich dabei handelte.

Sie liefen ins Nebenzimmer und kamen von dort über eine Zwischentür in Ilkas Zimmer.

Ilka war nicht da, neben ihrem unbenutzten Bett stand der Nachbar von gegenüber. Er studierte mit gerunzelter Stirn und offenem Mund einen Zettel.

„Geben Sie das her! Und dann verschwinden Sie!“ Jörn stellte sich vor die abgeschlossene Zimmertür und streckte die Hand aus.

Olli positionierte sich vorsorglich in der vollen Breite einer Feuerwehreinsatzjacke (in der man das Kreuz hatte, das Jörn sich immer gewünscht hatte) vor die Zwischentür.

Der Typ sah auf, fixierte Jörn mit schmalen Augen, knüllte den Zettel mit einem Griff zusammen und wollte ihn einstecken.

In dem Moment hämmerte es gegen die Wohnungstür.

„Aufmachen! Polizei!“

„Aufmachen! Feuerwehr!“

Jörn nutzte die Schrecksekunde des Nachbarn, sprang vorwärts, riss ihm den Zettel aus der Hand.

Der Langhaarige streckte die Hand nach Jörn aus, aber Olli warf sich dazwischen und stieß den Nachbarn zurück. Wie gehetzt sah der Typ sich im Zimmer um, seine Augen flogen von Jörn zu Olli, blieben dann am Fenster hängen. Er sprang zum Fenster, riss es auf und sprang.

Sprachlos starrten Jörn und Olli das offene Fenster an, dann stürmten beide hinüber, beugten sich über das Fensterbrett hinaus und suchten den Boden ab. Olli schaltete seine Helmlampe an, aber die zeigte auch nur den mit Kastanienlaub übersäten Rasen des Vorgärtchens.

„Da! Da läuft er." Jörn zeigte die dunkle Straße hinunter. „Oder eigentlich hinkt er."

1. Nov. 1872

Stralsundische Zeitung, Freitag, den 1. November 1872

In Warnemünde

Raum hatte Hedwig die Halle betreten, öffnete sich die Tür zur Bibliothek.

„Auf ein Wort, Hedwig." Der Freiherr verschwand wieder in der Bibliothek, ließ die Tür aber einen Spalt offen.

Hedwigs winzige Hoffnung, Ottilie könnte den Mund gehalten haben, zerplatzte. Mit klopfendem Herzen betrat sie die Bibliothek und bemühte sich um eine aufrechte Haltung.

„Wie lang geht das schon?" Gustav stand am Fenster und wandte ihr den Rücken zu.

Die Bewölkung hatte zugenommen, in der Bibliothek war es schon deutlich dämmriger als draußen, was Hedwigs Beklemmung noch verstärkte. Sie straffte sich innerlich. Irgendetwas zu leugnen, kam ihr nicht in den Sinn. Ottilie hatte mit Sicherheit alles ausführlichst geschildert. Wobei – dieses „Alles", was Ottilie gesehen hatte, war nur eine harmlose Umarmung gewesen. Dass da schon mehr gewesen war – wesentlich mehr – wusste Ottilie nicht. Hoffentlich.

Hedwig überlegte. Ja, wie lange? Was war der Beginn? Das erste Mal, als sie Ludwig gesehen hatte? Der Apfel? Diese wunderbare Nacht Ende September?

„Seit gut einem Monat."

„Ein Monat schon?" Der Freiherr drehte sich zu ihr um, seine zusammengezogenen Brauen trafen sich über der Nase.

Dann seufzte er. „Ein Tag, eine Woche, ein Monat – das macht in diesem Fall wohl kaum einen Unterschied. Er ist ein Bauernsohn, einer unserer Knechte, eine Verbindung mit ihm ist unmöglich. Auch wenn er zweifelsohne ein anständiger Kerl ist. Anständiger als …" Er unterbrach sich. „Du weißt, dass Tante Elfriede dich sofort enterben würde."

Hedwig stand kurz der Mund offen. Hieß das, wenn es nicht um das Geld seiner Schwägerin ginge, wäre er einverstanden?

„Hedwig, dir werden einmal das Schloss und die Ländereien gehören. Dir und deinem Ehemann. Und dir ist doch wohl hoffentlich klar, dass du beides ohne das Erbe von Tante Elfriede oder einen wohlhabenden Ehemann niemals wirst unterhalten können? Und ich rede hier von einem wirklich wohlhabenden Ehemann."

Jetzt war es an Hedwig, ans Fenster zu treten und nachdenklich in die Landschaft zu blicken. Was ihr Vater da sagte, war alles richtig. Sie war die Ältere und würde Schloss Moordevitz erben, da es keinen männlichen Erben gab. Tante Elfriede, die Schwester ihrer Mutter, war reich. Also, wirklich reich. Hedwig hatte sich aber nie Gedanken darüber gemacht, dass Ottilie und sie die Erbinnen der kinderlosen Tante waren. Und dass irgendwelche Bedingungen an das Erbe geknüpft sein würden. Dann schüttelte sie den Kopf. Nein. Sie würde Ludwig nicht aufgeben. Nicht für das Schloss und nicht für Tante Elfriedes Geld.

Mit erhobenem Kopf drehte sie sich zu ihrem Vater um.

Der winkte ab, ließ sie gar nicht zu Wort kommen. „Bevor du jetzt etwas Unüberlegtes tust oder sagst, sei versichert, dass ich deinen Ludwig entlassen werde, wenn du ihn noch einmal triffst. Dann wird Wilhelm Lüttin das Erbstandsgeld nicht zahlen können und die Familie wird den Hof und damit ziemlich sicher Moordevitz verlassen müssen."

Hedwig zog die Brauen zusammen, ballte die Fäuste und öffnete den Mund, aber ihr Vater winkte mit der Hand in Richtung Tür.

„Du kannst gehen."

Hafen von Dierhagen

Heute

Katharina klingelte zum dritten Mal, diesmal sehr nachdrücklich. Als die Jugendstiltür sich endlich öffnete, stand dort nicht ihr Neffe Jörn, sondern dessen Kommilitone Olli und ließ die Hauptkommissarin und seine Wehrführerin Johanna herein.

„Wolltet ihr uns im Hausflur anfrieren lassen?" Katharina warf ihre Jacke auf den Jackenhaufen im Sessel im Flur. „Wir haben den coolsten Auftritt aller Zeiten – ich meine, wann kann ich schon mal ‚aufmachen, Polizei' brüllen? Und ihr beachtet uns gar nicht? Das nächste Mal bringe ich wirklich das SEK mit."

„Nöö." Johannas Jacke flog auf Katharinas Jacke. „Das nächste Mal nehmen wir das Halligan-Tool."

„So ein Brecheisen hätten wir vorhin gut brauchen können", erklärte Olli.

Katharina verharrte auf ihrem Weg in die WG-Küche, als links von ihr Jörn aus Ilkas Zimmer trat. Kalkweiß im Gesicht hielt er ihr einen zerknüllten, nur halbherzig geglätteten Zettel hin.

„Ihr brauchtet ein Brecheisen? Also eigentlich sollte unser Auftritt nur ein Scherz sein. Wir wollen bloß einen heißen Kaffee oder Tee", hörte sie Johanna hinter sich sagen, während sie mit zwei Schritten bei Jörn war.

Sie nahm den Zettel und überflog ihn. „Scheiße. Ein Abschiedsbrief. Ruf deine Leute zurück, Jo. Wir brauchen jeden Mann. Jörn, wo kann Ilka sein?"

Jörn schüttelte hilflos den Kopf, dann packte er ihren Arm. „Sie ist weggefahren! Bevor die Feuerwehr kam. Da lang – also in Richtung Strand."

Die WG lag in einer Altbaugegend am westlichen Stadtrand von Spökenitz. Die Straße führte in der Verlängerung aus Spökenitz hinaus in die östlichen Ausläufer des Küstenwaldes.

„Unbeleuchtet", fügte Jörn hinzu.

„Okay, ja, mag sein, dass man in Suizidstimmung so was wie Abblendlicht vergisst. Marke und Farbe des Autos? Kennzeichen?" Katharina zückte Stift und Block, die sie immer in der Tasche hatte. Wenn Ilka in die Graadewitzer Heide unterwegs war, befand sie sich auf Musing-Dotenower Gebiet, und damit in Katharinas Zuständigkeitsbereich. Sie löste eine Fahndung nach dem Auto aus, Johanna beorderte alle verfügbaren Kameraden und Kameradinnen zurück.

„Ihr habt doch eine Wärmebildkamera auf dem Fahrzeug?", fragte Katharina Johanna, um sich dann an Jörn zu wenden: „Und, Jörn, deine Drohne – nun drucks nicht rum, ich weiß, dass du eine Drohne hast, die du ohne Führerschein gar nicht haben dürftest! Die brauchen wir! Und dann suchst du ihr Zimmer, die ganze Wohnung, von oben bis unten ab, ob du noch irgendwas findest, was uns sagt, wo Ilka hin ist! Hier!" Sie drückte ihm ein paar Einmalhandschuhe in die Hand. Dann rannte sie mit Johanna die Treppe hinunter, um die anrückenden Feuerwehrleute in Empfang zu nehmen.

Eine Viertelstunde später kam Jörn aus der Haustür gestürmt. „Das Boot! Ihr Boot ist nicht hinten im Schuppen!", rief er atemlos.

„Boot? Was für ein Boot?"

„Ilka hat ein Paddelboot, ein Kajak", klärte Johanna ihre Freundin auf.

„Paddelboot? Wer bringt sich mit einem Paddelboot um?" Ratlos sah Katharina vor sich hin.

„Ich weiß nicht", Johanna war nicht weniger ratlos, „aber das Boot ist seetauglich, so viel ich weiß."

„Okay, also gehen wir mal davon aus, dass Ilka tatsächlich mit dem Kanu auf die Ostsee hinauspaddeln und sich ertränken will." Katharina runzelte kurz die Stirn. Sie fand einen solchen Selbstmordplan recht aufwendig und Ertrinken war mit Sicherheit kein schöner Tod. Andererseits konnte Ilka auf diese Art vergleichsweise sicher sein, nicht noch gerettet zu werden. Vermutlich war sie davon ausgegangen, dass ihr Abschiedsbrief erst am nächsten Tag gefunden werden würde.

„Also, ab zum Strand, alle Mann! Vielleicht kommen wir noch rechtzeitig! Fährt euer Löschfahrzeug auf Sand?"

Der lange Meier schüttelte den Kopf. „Nee, wi führn mit dat LF taun Waldparkplatz Tweebäuken. Vun da sünd dat nur hunnert Meter taun Strand."

„Stopp mal, was, wenn Ilka schon auf dem Wasser ist?", schaltete Johanna sich ein. „Dann brauchen wir ein Boot. Meier, Sven bringt dich mit dem MTW zum Hafen, ihr beide fahrt mit deinem Boot raus. Das LF fährt Lona."

Der lange Meier ging los, Richtung Mannschaftstransportwagen, Sven, im Hauptberuf Rettungssanitäter, spurtete ebenfalls hinüber und kurz darauf verschwand der Bulli um die Straßenecke. Der Rest der Feuerwehrleute stieg mit Katharina und Jörn in das Löschfahrzeug. Aus

Richtung Musing-Dotenow kamen jetzt Polizeimeisterin Levke Sörensen und ihr Kollege, der stumme starke Finn, angebraust.

Mit Blaulicht und Martinshorn rasten Feuerwehr und Polizei zum Strand.

Die Wärmebildkamera montierten Jörn und Olli während der Fahrt im Löschfahrzeug an die Drohne und bastelten Jörns Smartphone oberhalb des Kamerabildschirms fest. Jetzt konnte es den Bildschirm filmen und den Film an Johannas Handy senden. Denn von sich aus senden konnte die Kamera der FF Moordevitz nicht, so viel Geld hatte die Gemeinde nicht gehabt. Johanna reichte ihm ihr Smartphone, Jörn verstellte dies und justierte jenes und kontrollierte den Datenempfang. Gerade rechtzeitig, als sie den Parkplatz Zweibuchen erreichten, war er fertig und gab Johanna ihr Handy zurück.

Die hundert Meter vom Parkplatz zum Strand waren auch zu Fuß rasch bewältigt, selbst der kurze Meier keuchte auf seinen kurzen Beinen, so schnell er konnte, durch den Wald. Auf den Dünen angekommen, teilte Katharina die Leute auf und schickte sie nach links und nach rechts den Strand hinunter.

„Johanna, du bleibst bei mir, wir hängen an den Funkgeräten. Du auch, Jörn, damit du mit deiner Drohne nicht im Zweifel am falschen Ende bist."

Sie brauchten nicht lange zu warten, da bekam Johanna von Lona die Nachricht, dass das Auto von Jörns Mitbewohnerin gefunden worden war. Leer, auch der Bootsträger auf dem Dach war leer.

„Hier sind Fuß- und Schleifspuren zum Wasser. Sieht aus, als wäre sie wirklich losgepaddelt", beschrieb Lona, was sie sah.

„Wartet da! Wir kommen."

Im Laufen verständigten Johanna und Katharina die Suchtrupps und den langen Meier, Jörn keuchte hinter den beiden her.

Vor Ort angekommen leuchtete Katharina mit der Taschenlampe kurz in das Auto, bemerkte aber auch nichts, was noch weitere Hinweise liefern könnte. Lona und Olli standen pflichtbewusst in ausreichendem Abstand zu den Spuren, die vom Auto zum Wasser führten; Olli beim Auto und Lona am Wasser. Sie starrte auf das Meer hinaus.

„Siehst du was?", brüllte Katharina hinüber, aber Lona schüttelte nur den Kopf.

„Gut, dann zeig mal, was deine Drohne kann, Jörn."

Surrend stieg die Drohne auf, Johanna und Katharina starrten auf das Smartphone, das ihnen die Bilder von der Wärmebildkamera zeigte. Zunächst sahen sie nur einheitliches Schwarz. Dann tauchte ein hellerer Fleck auf.

„Da – das ist zu groß, oder?", fragte Katharina.

Johanna nickte, sah dann auf die See hinaus, wo rotes, grünes und weißes Licht zu sehen war, das sich langsam bewegte und dann verharrte. „Das ist der Kutter vom langen Meier."

„Aber da!" Katharina deutete aufgeregt auf einen kleineren hellen Fleck. „Das könnte sie sein! Nee ... das ist zu schnell, oder? Wie schnell ist ein Paddelboot?"

„Das ist viel zu schnell. Und es fährt südwestwärts, zurück zum Ufer." Johanna runzelte die Stirn. „Wenn es in dem Bogen weiterfährt, kommt es in Musing-Dotenow raus."

„Dann kann es nicht Ilka sein. Warum sollte sie erst aufs Meer raus paddeln und dann in einem Bogen nach Mu-Dot?"

„Und schon gar nicht in der kurzen Zeit. Aber, warte mal, was wenn ..." Johanna packte Katharina vor Aufregung am Arm. „Was, wenn das ein kleines Motorboot ist, das Ilka gefunden und aufgenommen hat? Und jetzt zum Hafen nach Mu-Dot fährt, weil es dort Ärzte gibt?"

„Könnte sein." Katharina biss sich zweifelnd auf die Lippen. „Spökenitz wäre aber näher und hat sogar ein Krankenhaus. Levke! Du fährst mit Finn nach Musing-

Dotenow, ihr versucht, dieses Boot am Hafen abzufangen!"

„Alles klar, sind schon weg!" Die beiden verschwanden hinter den Dünen und bald hörte man Martinshorn, das nach Westen verklang.

„Jörn, geh mal tiefer mit dem Ding. Und dann versuch, in einem Bogen nach Nordosten zu fliegen, etwa in rückwärtiger Verlängerung der Bahn des kleinen Bootes."

Jörns Gesicht verriet höchste Konzentration, als er Katharinas Anweisungen Folge leistete. Er fluchte, es schien nicht ganz einfach zu sein, seine Hände zitterten und verrieten seine Aufregung.

„Da! Da ist was!", rief Katharina. „Jetzt Position halten mit dem Ding! Kriegst du sie noch tiefer?"

„Also, wenn das kein Seehund ist ...", begann Johanna.

„Dann ist das unsere Vermisste", fuhr Katharina fort. „Verdammt, halt die Drohne still!"

Jörn hatte sich unwillkürlich zum Smartphone umgedreht, dabei offenbar den falschen Knopf berührt und versuchte jetzt mit fliegenden Fingern, die Drohne wieder dahin zu manövrieren, wo das Wärmesignal der Vermissten zu sehen gewesen war.

Dann ratterte er rasch irgendwelche Zahlen herunter.

„Was faselst du da?", fragte Katharina.

„GPS. Hier – noch mal ins Funkgerät." Johanna hielt ihm das Gerät hin. „Für den langen Meier."

Langsam setzten sich die Lichter des Kutters in Bewegung. Nach schier endlosen Minuten kam ein „Ik heff sei!" über Funk. „Wi hålen sei glieks rut ut'en Wåder!"

„Und – wie geht es ihr?", brüllte Jörn zu Johannas Funkgerät hinüber, aber der lange Meier hörte ihn nicht mehr.

2. Nov. 1872

Holzversteigerung
aus der Wackerower Kiefern-Forst
am Mittwoch, den 13. November d. Js., Vormittags 10 Uhr, über
Kiefern-Brennholz in Scheiten, Knüppeln und Haufen, sowie
einiges Bau- und Lattholz im Jarmer'schen Gasthause hieselbst.

Stralsundische Zeitung, Sonntag, den 3. November 1872

Puppen! Puppen!
Alles schreit nach Puppen!
Wo aber kauft man schöne Puppen am billigsten?
Nur bei S. Kantorowicz, Mönchstr. 39

Stralsundische Zeitung, Sonntag, den 3. November 1872

Niederschlag: 0 mm
Temperatur: 11 °C
Windrichtung: SW
Windstärke: 22 km/h
Wasserstand: –10 cm

Hedwig stolperte und konnte gerade noch verhindern zu fallen. Der gestrige Wind hatte einen Ast abgerissen und genau auf den Weg geworfen. Einen Moment stand sie heftig atmend da und starrte auf den Ast. Hätte der Wind nicht weiter so heftig wehen können? Sie hob den Kopf und seufzte beim Anblick der Baumkronen. Nur Zweige und hie und da ein dünnerer Ast bewegten sich sacht. Alle freuten sich über das ruhigere Wetter und die für November recht warme Witterung. Hedwig hatte jedoch keinen Grund zur Freude, zu ihrer Stimmung würden Sturm, Eis und Regen weit besser passen. Einen kurzen Moment wünschte sie sogar, ein Sturm würde einen Baum umwerfen, der sie und Ludwig unter sich begrub. Dann wären sie auf ewig vereint. Aber der mäßige Wind tat ihr diesen Gefallen nicht. Wenigstens war Ottilie nicht in der Nähe. Nicht an diesem letzten Tag.

„Was hast du, mein Herz?" Ludwig fasste ihre Hände, besorgt sah er ihr ins Gesicht.

Hedwig versuchte zu antworten, aber jetzt flossen die Tränen doch, die sie bislang unterdrückt hatte.

„Es ist vorbei, wir können uns nicht mehr treffen."

„Wir können nicht? Das heißt, du willst nicht?"

Er hatte ihre Hände losgelassen.

Sie ergriff sie wieder. „Doch! Wie könnte ich es nicht wollen – mein Herz sehnt sich danach, dich zu sehen und nie wieder loszulassen!"

Ludwig erwiderte den Druck ihrer Hände und seufzte. „Also dürfen wir nicht. Dein Vater will es nicht."

Sie nickte. „Und wenn wir es doch tun, wirst du die Stelle auf Schloss Moordevitz verlieren. Du wirst dein Einkommen verlieren."

„Das ist mir gleichgültig! Ich suche mir etwas anderes!"

„Liebster, du weißt, dass das nicht so einfach geht – wo willst du eine andere Stelle finden? Ottilie wird alles ihr Mögliche tun, um das zu verhindern. Und ohne dein Einkommen werdet ihr euren Hof verlieren."

Ludwig ließ ihre Hände los, drehte sich um und verschränkte die Arme. Nach einer Weile zornigen Grübelns wandte er sich ihr wieder zu. Seine Augen blitzten hoffnungsvoll. „Da soll doch diese Papierfabrik entstehen! In der Gemeindeversammlung wurde davon gesprochen. Vater hat es erzählt. Die Fabrik wird Arbeiter brauchen, dort kann ich gutes Geld verdienen."

Hedwig schüttelte nur langsam den Kopf. „Diese Fabrik ist der Grund, warum Ottilie uns verraten hat. Ihr heimlicher Verlobter will diese Fabrik bauen."

„Ja, und? Lass die beiden doch verlobt sein, was interessiert uns ..."

„Diese Fabrik soll auf eurem Land entstehen."

„Auf ..." Ludwig starrte sie an. Dann ließ er sich auf einen umgestürzten Baumstamm sinken und legte den Kopf in die Hände.

Hedwig setzte sich neben ihn, legte ihm den Arm um die Schulter und lehnte sich an ihn.

Eine lange Weile schwiegen beide.

„Es ist vorbei", sagte Hedwig leise. „Aber lass mich dir dies zum Abschied schenken."

Ludwig hob den Kopf. Es zerriss ihr das Herz, seinen Kummer zu sehen. Vorsichtig nahm sie die Kette mit dem Medaillon ab, welches das Wappen derer von Musing-Dotenow zu Moordevitz trug, und legte sie um seinen Hals.

Heute

Eine halbe Stunde später hatten sie traurige Gewissheit – es war Ilka gewesen, aber jede Hilfe war zu spät gekommen. Obwohl Sven sich während der ganzen Fahrt des Kutters zurück nach Musing-Dotenow nach Kräften bemühte, sie ins Leben zurückzuholen, konnte der in den Hafen gerufene Notarzt nur noch den Tod feststellen. Inzwischen graute der Morgen.

Katharina kniete neben der Leiche und deutete auf eine dicke Schramme an deren Hinterkopf. „Was ist das da? Ich denke, Frau Dr. Rüpke sollte sich die Tote mal ansehen."

Der Notarzt sah hin und zuckte dann die Schultern. „Vielleicht ist sie beim Sturz aus dem Boot irgendwo gegen geknallt. Mein Cousin macht Wildwasserpaddeln, der hat ständig Beulen und Schrammen. Dazu kann die Kollegin aus der Rechtsmedizin sicher mehr sagen als ich."

Sven schüttelte den Kopf. „Beim Wildwasserpaddeln hat man es mit reißenden Flüssen zu tun, mit Steinen und Wirbeln und Felsen. Aber nicht, wenn man auf der offenen Ostsee aus dem Boot fällt."

Katharina nickte langsam und stand auf. „Ja, passt nicht so recht."

Das Kanu hatte der lange Meier ins Schlepptau genommen. Obwohl sie nichts in dem Boot erwartete, warf Katharina pflichtschuldigst einen Blick hinein. Um sich dann tief hineinzubeugen. Sie zerrte einen wasserdichten Packsack hervor und öffnete ihn. Er enthielt alles, was man für ein verlängertes Camping-Wochenende so brauchte. Zahnbürste und Wechselwäsche für einen Suizid? Das musste alles in die KT.

Endlich waren sie so weit, dass sie an die Rückfahrt denken konnten. Die Sonne war bereits aufgegangen und Katharina knurrte der Magen. Johanna war bei ihr geblieben, sie hatte die Feuerwehrleute nach Hause geschickt und hatte nun keine Fahrgelegenheit mehr. Auch Jörn saß noch wie ein Häufchen Elend auf einer Bank an der Mole und umklammerte seine Drohne.

Johanna zog an Katharinas Ärmel und deutete zu ihm hinüber. „Geht ihm nicht so gut, wie es aussieht."

„Nee, der war in Ilka verknallt. Wir sollten ihn mitnehmen. Ein Frühstück von Hertha tut jedem gut." Dann sah sie Johanna an. „Wie geht es dir denn?"

Johanna zuckte die Schultern. „Ich weiß nicht genau. Es ist furchtbar, ja, ich bin schon ein bisschen mitgenommen. Aber ich habe Ilka kaum gekannt. Bevor sie vor knapp zwei Monaten in Spökenitz an die Uni wechselte, hatte ich sie nie gesehen und kannte sie im Grunde nicht. Aber – wir sollten uns mal in Ruhe über den Grund für ihren Wechsel unterhalten."

Katharina zog kurz die Brauen hoch, nickte dann aber nur und ging hinüber zu Jörn. „Kommst du mit uns zum Schloss?"

„Nee, lass man, ich brauch nicht bemuttert zu werden." Jörn winkte müde ab.

„Sollte ich jemals das Bedürfnis haben, jemanden zu bemuttern, bist ganz bestimmt nicht du der Glückliche", beruhigte Katharina ihn. „Aber du hast kein Auto hier und ich brauch 'ne Zeugenaussage von dir. Allerdings fahren wir vorher in eure WG, ich will mir Ilkas Zimmer noch mal ansehen."

*

Außer der Tatsache, dass das Zimmer penibel aufgeräumt war, fand Katharina nichts Ungewöhnliches. Und das erschien ihr auch nur deshalb ungewöhnlich, weil es nicht ihrer Vorstellung von einer Studentenbude entsprach – zumal Jörns Zimmer die einzige Studentenbude war, die sie kannte. Den Abschiedsbrief, den sie in der Eile der Vermisstensuche auf dem Tisch hatte liegen lassen, steckte sie in eine Plastikhülle. Sie bat Jörn um ein Schriftstück von Ilka zum Vergleich der Schriften. Er holte einen Zettel aus seinem Zimmer, auf dem Ilka ihm ein Buch notiert hatte, das er lesen sollte. Dann fiel Katharinas Blick auf Ilkas Schreibtisch, wo ein paar Reiseführer für Schweden lagen. „Wollte Ilka in Schweden Urlaub machen?"

Jörn zuckte die Schultern. „Sie wollte ein Auslandssemester machen. In Lund."

„Hm. Ein Auslandssemester planen kurz vor einem Suizid? Hast du einen Schlüssel für die Zimmertüren? Da sollte jetzt keiner mehr rein, bis die Spusi durch ist."

Die Schlüssel hingen ordentlich am Schlüsselbrett, Jörn schloss ab, hängte „Bitte nicht stören"-Schilder an die Türen und übergab Katharina die Schlüssel.

Wenig später fanden sie sich alle am großen Tisch in der Schlossküche wieder vor dampfenden Kaffee- und Teekannen, duftenden Brötchen und Herthas berühmter Erdbeermarmelade. Hertha selbst stand am Herd und briet Rührei. „Das nächste Mal sagen Sie Bescheid, wenn Gäste zum Frühstück kommen", grummelte sie, häufte Jörn aber eine extra große Portion Eier auf den Teller.

„Ja, Hertha, machen wir", versprach Johanna friedfertig. „Aber über dem Einsatz haben wir das nicht bedacht."

„Dass das aber auch so lange gedauert hat, einen Schuppenbrand löschen Sie doch sonst schneller, Johanna." Jetzt löffelte Hertha auch Johanna und Katharina Rührei auf die Teller.

„Das war ja nicht alles, das Schlimmste kam dann noch." Johanna erzählte von der anstrengenden Nacht, Katharina ergänzte den Bericht, wo nötig.

Hertha sagte nicht viel dazu, schmierte Jörn aber ein Erdbeerbrötchen. Johanna und Katharina wechselten Blicke unter hochgezogenen Brauen. Noch nie hatte Hertha einer von ihnen ein Brötchen geschmiert, gleichgültig, wie mies es ihnen gegangen war.

Der Form halber – und weil sie die Informationen natürlich tatsächlich brauchte – stellte Katharina Jörn ein paar Fragen zu Ilka. „Ist dir an ihrem Verhalten irgendwas aufgefallen? War sie in letzter Zeit anders als sonst? Trauriger? Belastete sie irgendwas?"

Aber der schüttelte nur ratlos den Kopf. „Nein. Also, ihre Stimmung konnte immer mal wieder kippen. Aber das war schon immer so, seit ich sie kenne. Das war nichts neues. Ich weiß nur das, was ihr auch wisst. Dass sie wegen ihrer Masterarbeit nach Spökenitz gewechselt hat, dass sie früher in Braunschweig studiert hat und nebenbei als Schwesternhelferin oder so im Seniorenheim gejobbt hat. Dass sie jetzt aber aus Zeitmangel nicht mehr nebenbei jobbt. Gejobbt hat." Dann hielt er einen Moment inne. „Keine Ahnung, ob und was sie belastet hat. Aber wenn ihr mich fragt, ja, da muss was gewesen sein. Sie war manchmal so ... Dann verschwand sie für Tage und igelte sich in ihrem Zimmer ein. Sie hat behauptet, sie müsse arbeiten, aber dann hörte man ihre Musik dröhnen. Und glaubt mir, die dröhnt wirklich."

Johanna gähnte und reckte sich. „Egal, ob heute die Börse crasht oder ein Finanzskandal droht, ich muss erst mal ein paar Stunden schlafen, bevor ich ins Büro gehe." Sie arbeitete in der kleinen, aber feinen Familienbank derer von Musing-Dotenow. Genau genommen war sie im Vorstand der Bank. Noch genauer genommen war sie die Vorsitzende dieses Vorstands.

„Gute Nacht." Sie stand auf und schlurfte aus der Küche in die Halle und von dort über die große Treppe auf die Galerie, von der aus es links in ihre Wohnung ging. Sie hörte Katharinas Schritte hinter sich, deren Wohnung im gegenüberliegenden Schlossflügel rechts von der Galerie lag.

„Ich muss mich auch erst mal kurz aufs Ohr hauen, wenn ich sinnvolle Ermittlungsarbeit leisten soll", erklärte sie. „Aber vielleicht solltest du mir erst noch erzählen, was du da vorhin angedeutet hast."

Johanna nickte. „Komm rein."

Johanna ließ sich auf einem ihrer riesigen Sitzkissen nieder, Katharina warf sich in das einzige Möbelstück, dass in dem fast leeren Raum diese Bezeichnung verdiente: ein gewaltiger Ohrensessel, in dem man am besten quer saß – den Rücken gegen die eine Armlehne gestützt, die Beine über die andere gehängt.

„Also, dann schieß mal los." Katharina sah Johanna aufmerksam an. Der entging allerdings nicht, dass es die Freundin einige Mühe kostete, die Augen offen zu halten.

„Sie hatte einigen Ärger im Heim und wohl auch Beziehungsprobleme. Sie war mit einem der anderen Pfleger zusammen, allerdings haben die beiden das so weit wie möglich geheim gehalten. Aber Oma Adelheid hat es trotzdem bemerkt."

„Deine Oma? Hatten sie und Ilka viel Kontakt?" Katharina hatte den Kopf gehoben.

„Na, Ilka hat doch in dem Seniorenheim gejobbt, in dem Oma wohnt. Hab ich das nie erzählt?"

Katharina ließ den Kopf wieder nach hinten auf die Armlehne sinken. „Nee. War bislang ja auch nicht wichtig."

„Und kurz bevor sie hierher zog, hatte sie wohl einen Riesenstreit mit ihrem Freund. Adelheid konnte den Wortlaut nicht verstehen – und wollte das wohl auch nicht, sie ist deutlich diskreter und weniger neugierig als ich – aber der Streit muss heftig gewesen sein. Mit Brüllen und Türen knallen. Es gab daraufhin wohl eine Verwarnung von der Heimleitung. Und Ilka ist wohl nicht so ganz freiwillig gegangen."

Johanna ließ sich gegen die Wand sinken. Auch ihr fielen die Augen immer wieder zu.

„Du meinst, sie hätte sich aus Liebeskummer umbringen können?" Katharina riss den Mund auf und gähnte. „Mit diesem Freund müssen wir dann wohl mal sprechen."

Johanna konnte nicht verhindern, dass sie ebenfalls gähnte. „Ich weiß nicht. Vielleicht. Jedenfalls dachte ich, du solltest das wissen."

Katharina runzelte die Stirn. „Ja, gut, dass sie nach so einem Auftritt entlassen wurde und Liebeskummer hatte – aber sich zwei Monate danach noch umbringen? Das hätte sie dann doch wohl eher gleich gemacht, oder?"

„Ich weiß nicht", wandte Johanna ein, „Gefühle können mit der Zeit auch wachsen."

„Gut. Dann hören wir uns auch im Altenheim deiner Oma mal um. Zumindest mit diesem Pfleger, ihrem Ex, müssen wir reden."

2. Nov. 1872

Die größte Auswahl in Ratiné, Floconné, Eskimo- und
Double-Winter-Paletôts von 5 bis 20 Thlr.,
Winter-Röcke in allen Farben von 6 bis 15 Thlr.,
Damen- und Herren-Schlafröcke in allen Sorten von 6 Thlr. an,
schwere Winter-Hosen von 3 bis 8 Thlr.,
Knaben-Paletôts von 3 Thlr. an,
Kinder-Anzüge von 2 Thlr. an,
empfiehlt bei guter Waare und reeller Arbeit
L. J. Moses, Mönchstr. 30

Stralsundische Zeitung, Sonnabend, den 2. November 1872

Die 5te Lehrerstelle an der hiesigen Stadtschule, mit welcher ein
Einkommen von jährlich 200 Thlrn. verbunden ist, soll zum 1sten
Januar 1873 besetzt werden. Bewerber um die Stelle wollen sich
baldigst melden.

Stralsundische Zeitung, Sonnabend, den 2. November 1872

Auf Fischland bei Wustrow

Ludwig hatte versucht, den Weg nach Hause in die Länge zu ziehen, war immer wieder stehen geblieben, um sich selbst vorzumachen, der Vogel über ihm oder die Pflanze vor ihm seien ganz besonders interessant. Nichts davon brachte eine Lösung für die ausweglose Situation. Hedwig hatte recht, es gab keine Zukunft für sie beide. Den Anblick seiner vielleicht nicht glücklich, aber zufrieden verheirateten Eltern konnte er jetzt nur schwer ertragen. Ein Umweg über die Dünen brachte ihm ebenfalls nicht die erhoffte Klarheit der Gedanken. Er stand lange am Rand der Dünen und sah über den Strand. Gestern war der Strand ungewöhnlich breit gewesen, doch heute war er wieder schmaler. Ein mäßiger Wind bewegte die graue Fläche des Meeres und sprenkelte sie mit weißen Schaumkronen.

Als Ludwig schließlich doch den väterlichen Hof erreichte, drangen aufgeregtes Geplapper und der Duft nach Erbsensuppe durch die offenstehende Luke im rückwärtigen Tor, das die große Diele in der Gebäudemitte verschloss.

Er blieb vor der Tür stehen. Weder hatte er Hunger noch Lust auf Geplapper. Er wollte nur rasch in seine Kammer, sich im Bett zusammenrollen und den Tränen freien Lauf lassen. Aber wie sollte er das erklären? Seine Familie wäre kaum weniger begeistert als Hedwigs, wenn er mit der Nachricht hereinplatzte: „Ach übrigens, ich habe mich in die Freiin Hedwig von Musing-Dotenow zu Moordevitz verliebt."

Aber damit war es ja nun vorbei. Er trat zwei Schritte zurück und ließ den Blick über das Lehmfachwerkhaus schweifen, das sich lehmbraun und dunkelbraun unter dem riesigen Strohdach duckte. War es das wert? Dafür auf Hedwig zu verzichten? Ja, aus Sicht seiner Familie war es das wohl wert.

Seufzend betrat er die Diele und dann die angrenzende Stube. Die Eltern saßen am Tisch und studierten im Licht einer Kerze ein Schreiben. Auch wenn die zunehmende Wolkendecke die Abenddämmerung früh hatte hereinbrechen lassen, normalerweise würde seine Mutter um diese Tageszeit noch kein Licht dulden, zu teuer waren die Kerzen. Es musste etwas Besonderes vorgefallen sein.

„Oh, Ludwig – sieh nur! Ein Brief von Carl Theodor! Aus Amerika! Er ist gut angekommen, er hat etwas Land kaufen können und baut sich nun einen Hof auf – eine Farm, wie man da drüben sagt."

Seine Mutter strahlte ihn mit geröteten Wangen und leuchtenden Augen an.

Es gelang Ludwig, zurückzulächeln. Natürlich gönnte er seiner Mutter die Freude über das gute Schicksal ihres Bruders. Und er gönnte auch seinem Onkel, dass für ihn die Ausreise ein gutes Ende genommen hatte.

Aber sein eigenes böses Schicksal ließ ihm kaum Raum für andere Gedanken.

Schwer ließ er sich auf seinen Stuhl sinken. Das aufgeregte Erzählen der anderen, die den Brief wieder und wieder vorlasen, floss an ihm vorbei.

Erst als die dampfende Erbsensuppe vor ihm stand, begriff er, dass der Brief die Lösung seiner Probleme enthielt.

Den Rest der Mahlzeit verspeiste er weiterhin schweigsam, aber mit wachsendem Appetit. Und in dem Maße, in dem der Teller sich leerte, wuchs der Plan in seinem Kopf.

Heute

„Moin, auch endlich ausgeschlafen?", begrüßte Polizeimeisterin Levke Sörensen ihre Chefin.

Katharina füllte erst einmal ihre Bürotasse an der Kaf-
feemaschine und setzte sich dann an ihren Schreibtisch.
„Ich bin immerhin zehn Jahre älter als du, ich brauche
mehr Schlaf."

„Hauptsache, du reißt jetzt nicht gleich alle Fenster auf,
weil du die Wechseljahre spürst."

Als Antwort bekam Levke nur einen Radiergummi an den
Kopf, was sie mit Kichern quittierte.

„Also, ihr habt das Boot in Musing-Dotenow nicht gefunden?" So viel wusste Katharina bereits, dank einer
Nachricht von Levke.

Die schüttelte den Kopf. „Nein, obwohl wir echt schnell
waren. Mit dem Boot kann der nicht eher da gewesen sein

als wir. Aber wir haben bis acht Uhr gewartet, nichts. Der muss doch woandershin gefahren sein."

Katharina nickte. „Ist auch egal, da die Tote noch in der See trieb, hat der Bootsfahrer vermutlich nichts mit ihr zu tun."

Eine E-Mail von Jack the Rüpper trudelte ein.

„Oh, das ging ja schnell diesmal. Ich bin dann mal weg." Katharina schlürfte eilig den Rest ihres Kaffees und stürmte aus dem Büro.

Sie fuhr nach Spökenitz zu dem Universitätsgebäude, in dessen Keller die Rechtsmedizin untergebracht war. Durch den langen, schmucklosen Flur betrat sie den noch schmuckloseren Raum für die Leichenschau. Zwischen blinkendem Edelstahl und weißen Fliesen stand die füllige Gestalt von Frau Dr. Rüpke an einem Stahltisch vor – einem Haufen Knochen.

„Was ist denn das? Sie haben die Knochen aus der Leiche rausgeholt?" Katharina starrte auf das Gebein.

„Wie? Rausgeholt? Aber nein, das ist das alte Skelett. Das, zu dem Sie den DNA-Vergleich wollten. Und wissen Sie was?" Die Rechtsmedizinerin strahlte Katharina an.

Katharina zog kurz die Brauen zusammen. „Also, nee, ich wollte da gar nichts, Johanna will unbedingt wissen, ob das Skelett mit ihr verwandt ist. Ich wollte jetzt eigentlich ..."

„Aber das sollten Sie sich anhören! Es ist nicht mit Johanna verwandt."

„Ja, gut, ich sag's ihr. Aber was die Leiche von heute Nacht angeht ..."

„Es ist mit Ihnen verwandt!"

Katharina klappte den Mund zu und starrte Jacqueline Rüpke an. „Mit mir?", brachte sie schließlich hervor. „Wieso mit mir?"

„Das steht leider nicht in der DNA. Aber es ist definitiv ein Vorfahr von Ihnen, wenn auch wahrscheinlich nicht in direkter Linie. Mehr so ein Ururgroßonkel."

Also hatte Johanna doch recht gehabt mit ihrer Theorie. Dann stammte das Skelett, oder vielmehr der Mensch dazu, offenbar von dem Hof, auf dem vor Urzeiten ihre Familie gelebt hatte. Oder war zumindest mit denen verwandt. Katharina überlegte, ob das irgendwelche Auswirkungen auf sie und ihr Leben hatte. Vermutlich eher nicht. Bei dem Hochwasser vor hundertfünfzig Jahren waren in den betroffenen Ländern um die Ostsee insgesamt fast dreihundert Menschen umgekommen. So weltbewegend war die Erkenntnis also nicht, dass auch einer aus ihrer Familie unter den Unglücklichen war.

Andererseits – wie kam einer ihrer Vorfahren an das Medaillon aus dem Hause derer von Musing-Dotenow? Katharina seufzte. Das war genau die Sorte Thema, bei der Johanna aufblühte. Sie würde zur Hochform auflaufen, Archive und Museen stürmen und keine Ruhe geben, bis sie das Rätsel gelöst hatte. Nach Kräften unterstützt von Hertha, die mindestens genauso an dem alten Kram interessiert war. Und es würde über Wochen und Monate keine anderen Tischgespräche mehr geben.

„Und zu Ilka von Musing-Dotenow? Haben Sie zu der auch schon was?"

„Aber ja, kommen Sie." Frau Rüpke ging hinüber zu einem anderen Tisch und schlug das graue Tuch zurück. „Das ist ebenfalls überraschend. Sehen Sie?"

Frau Dr. Rüpke zeigte auf die Kopfwunde, die Katharina auch schon aufgefallen war. „Die Ärmste ist nicht ertrunken, sie ist an dieser Kopfverletzung gestorben. Vielleicht ist sie im Dunkeln mit einem anderen Boot kollidiert. Womit genau ihr die Verletzung zugefügt wurde, muss die KT untersuchen; es gab da ein paar Splitter in der Wunde, die habe ich ins Labor geschickt. Für mich sahen die aus wie Holzsplitter, aber das sollen die sich lieber genauer ansehen."

„Splitter? Wie wahrscheinlich ist es, dass ein Boot splittert, wenn es mit einem menschlichen Schädel kollidiert?"

Katharina hielt das nicht für sehr wahrscheinlich. Ilkas eigenes Boot bestand zudem aus irgendeinem Kunststoff. Sie runzelte die Stirn. „Wie passt denn die Kopfwunde zu einem Suizid?"

Jack the Rüpper zuckte die Schultern. „Eigentlich gar nicht. Sich absichtlich selbst mit einem Knüppel zu erschlagen – das erscheint mir sehr unwahrscheinlich. Es könnte natürlich sein, dass sie nicht mehr dazugekommen ist, sich zu ertränken, weil sie vorher diesen Unfall hatte. Im Dunkeln auf der See."

Katharina verzog nachdenklich das Gesicht. Auch wenn Ilka einen Grund für einen Suizid hatte, die Umstände ihres Todes wurden langsam mysteriös.

*

Johanna scrollte sich durch die Finanzübersichten zu Oma Adelheids Konto. Endlich hatte sie mal Zeit, sich einen Überblick zu verschaffen über deren Kontostände, Eingänge und Auszahlungen und vor allem auch der Handhabung der verschiedenen Online-Zugänge. Oma Adelheid war bestimmt keine Technik-Verweigerin – mit ihrem Smartphone und den diversen Apps, die sie so brauchte, kam sie hervorragend klar – aber wegen des Online-Bankings hatte sie Johanna vor ein paar Wochen um Hilfe gebeten.

Eine Stunde später glaubte Johanna, alles einigermaßen zu überblicken. Zwei Sparbücher (oder vielmehr das, was im digitalen Zeitalter aus dem guten alten Sparbuch geworden war – obwohl Johanna auch die echten papierenen Hefte noch in den Unterlagen fand und amüsiert die Seiten durchblätterte, auf denen die Einzahlungen abgestempelt waren), drei Depots und natürlich das Girokonto mit Kreditkarte. Alles nichts Kompliziertes. Lediglich eins blieb unklar – es gab da regelmäßige Abbuchungen in Höhe von mehreren hundert Euro an eine

Anwaltskanzlei, deren Ursache oder Zweck Johanna sich überhaupt nicht erklären konnte. Im Grunde ging es sie nichts an, wohin Oma ihr Geld überwies. Aber man hörte so viel, dass gerade älteren Leuten durch dubiose Tricks das Geld aus der Tasche gezogen wurde. Immerhin schien es diese Kanzlei wirklich zu geben und der Internetauftritt sah durchaus seriös aus. Wobei es nicht weiter schwer war, sich einen seriös wirkenden Internetauftritt zu basteln.

Sie stand auf, ging zu ihrer Bürotür, öffnete diese und wollte ihre Assistentin Frau Weber gerade ansprechen, da bemerkte sie den zweiten Anwesenden im Vorzimmer. „Oh guten Morgen, Herr Landrat. Was verschafft mir die Ehre?"

„Guten Morgen! Ich – äh ..." Der Landrat hielt verdutzt inne, beim Anblick von Johannas Füßen. Der fiel siedend-heiß ein, dass sie die hochhackigen Pumps unter dem Schreibtisch ausgezogen und nicht wieder angezogen hatte. Egal, da musste der jetzt durch. Sie strahlte ihn weiter an. „Wenn es um die Kredite für die Erschließung des neuen Baugebietes geht, dann kommen Sie doch bitte herein. Nehmen Sie doch bitte Platz, ich bin gleich bei Ihnen." Johanna warf einen schnellen Blick zurück – ja, die Schuhe standen unter ihrem Schreibtisch und zum Glück nicht mitten im Raum.

Sie ließ den Landrat vorbei und wandte sich wieder Frau Weber zu. Die schüttelte mit Blick auf Johannas Füße den Kopf. „Also Hannilein, wirklich!" Dann musste sie lachen.

Johanna zuckte die Schultern. „Die Dinger sind aber so was von unbequem, Tante Weber."

„Du kannst aber nicht in Feuerwehrstiefeln im Chefsessel sitzen."

„Chefinnensessel, Tante Weber. Du, kannst du mir mal was überprüfen? Ob diese Anwaltskanzlei wirklich eine ist und welchen Ruf die so hat?"

„Oh ja, gern, das mach ich sofort!" Frau Weber, die schon die Assistentin von Johannas Vater gewesen war und das Kleinkind und später das Kind Johanna oft in ihrem Büro betreut hatte, liebte nichts mehr, als Dinge zu tun, bei denen sie ihrer angeborenen Neugier nachgeben konnte.

Gerade als Johanna den Landrat nach einem für beide Seiten zufriedenstellenden Gespräch verabschiedete, konnte Frau Weber mit einem Ergebnis aufwarten. Die Anwaltskanzlei existierte und ihr Ruf war tadellos.

Johanna ließ sich wieder in ihrem Chefinnensessel nieder und starrte eine Weile auf den Bildschirm. Gut, also irgendwelche Betrügereien konnte sie ausschließen. Dennoch, sie würde sich wohler fühlen, wenn sie wüsste, was es mit diesen Zahlungen auf sich hatte. Sie nahm ihr Smartphone und tippte auf Adelheids Nummer.

„Hallo, mein Kind!", meldete diese sich nach dem ersten Klingeln. „Wie schön, dich zu hören! Aber ich habe nicht viel Zeit, wir wollen noch zum Canasta-Tee."

„Stimmt, heute ist ja Mittwoch. Gut, dann will ich dich auch gar nicht lang aufhalten – du, Oma, was hältst du davon, wenn du mich endlich mal hier besuchst? Wenn wir dich abholen, schaffst du die Reise doch bestimmt. Und wir könnten mal in Ruhe das eine oder andere besprechen. Ein paar Fragen habe ich zu deinen Konten. Und dann ist da ja noch diese alte ..."

Adelheid kicherte. „Ja, die alte Geschichte, die sich beim Hochwasser zugetragen hat. Du liebe Güte, du interessierst dich ja mehr für diese längst vergangenen Dinge als ich alte Schachtel! Aber das ist eine wunderbare Idee! Wenn es dir wirklich nichts ausmacht, mich den weiten Weg zu fahren?"

„Natürlich nicht, das mache ich gern. Sehr gern. Diese Zahlungen an die Kanzlei Bremer & Bremer ..."

„Ach das. Ich fürchte, da kann ich dir gar nicht so recht weiterhelfen. Darum hat mein seliger Gustav sich gekümmert. Du weißt, dass in meiner Generation Geldangelegenheiten von den Herren erledigt wurden. Nun, um ehrlich zu sein, mir war das auch ganz bequem so. Ich meine sogar, dass diese Zahlungen eine aus dem 19. Jahrhundert überkommene Geschichte sind. Jedenfalls liefen sie schon unter meinem Schwiegervater Es hat mit irgendeinem Skandal zu tun, glaube ich. Aber frage doch bei Bremer & Bremer nach." Nach einer kurzen Pause fuhr sie fort: „Wenn du mir das Ergebnis dann berichten könntest? Ihr jungen Frauen habt ja recht, man muss über seine Finanzen Bescheid wissen." Sie seufzte.

„Das werde ich tun, ich wollte hauptsächlich von dir wissen, ob diese Zahlungen ihre Berechtigung haben und ob diese Kanzlei existiert. Ein Skandal, ja? Hat da einer meiner Vorfahren seine Dienstmagd geschwängert und wir müssen jetzt bis zum jüngsten Gericht dafür zahlen?" Johanna kicherte.

Adelheid stimmte ein. „Ich weiß es wirklich nicht. Aber möglich wäre so etwas. Dann forsche mal nicht zu gründlich. Am Ende weckst du noch schlafende Hunde und es tauchen von irgendwoher Erbansprüche auf." Adelheid lachte. „Oh, es klopft, das sind Gertrud und Irmi. Bis bald, mein Kind!"

„Bis bald, Oma." Nach einhundertfünfzig Jahren war wohl kaum noch mit irgendwelchen Ansprüchen zu rechnen. Johanna sah einen Moment vor sich hin. Obwohl bei einem Skandal dieser Art mit Sicherheit viel Ungerechtigkeit im Spiel gewesen wäre, Ungerechtigkeit gegenüber dem betroffenen Mädchen und seinem Kind. Aber noch wussten sie ja gar nicht, worum genau es bei den Zahlungen ging.

4. Nov. 1872

Die communalständischen Chausseegeld-Hebestellen: Langendorf,
Carnin, Behrenshagen, Wobbelkow, Rambin und Teschenhagen
sollen vom 1. April 1873 ab anderweit auf 3 event. auf 6 Jahre
öffentlich meistbietend verpachtet werden und ist desfallsigen
Licitation ein Termin auf Montag, den 18. November 1872,
Vormittags 10 Uhr, im Landständischen Hause hieselbst angesetzt,
wo Pachtbewerber sich einfinden wollen und auf den
abzugebenden Bot demnächst Entschließung zu gewärtigen haben.
Die allgemeinen Licitations= und Contractsbedingungen, welche
im Termin selbst bekannt gemacht werden, können auch während
der Dienststunden in der communalständischen Registratur
eingesehen werden.

Stralsundische Zeitung, Mittwoch, den 6. November 1872

Der bekannte Herr, welcher am 29. Oktober d. Js. als am
Markttage in Demmin beim Gastwirth Herrn Carl Praßt einen
fast neuen grauen Wagenschirm mit schwarzem Stock, oben mit
gelbem Beschlag, statt des Seinigen entnommen, wird um
sofortige Retournirung gegen den Seinigen daselbst gebeten.

Stralsundische Zeitung, Mittwoch, den 6. November 1872

Niederschlag: 0 mm
Temperatur: 7 °C
Windrichtung: W
Windstärke: 54 km/h
Wasserstand: –10 cm

laub mir, so können wir unser Glück finden!" Ludwig sah seine Liebste an, packte sie und konnte sich gerade noch beherrschen, sie nicht zu schütteln. Begeisterung über den möglichen Ausweg wechselte sich ab mit der Furcht, Hedwig könnte seinen Vorschlag ablehnen.

„Lass mich." Sie wehrte ihn ab. „Lass mich einen Moment in Ruhe nachdenken." Sie stand auf und wanderte zwischen die Bäume, durch deren Kronen der Westwind fegte.

Immerhin, sie lief nicht davon. Ludwig ballte die Fäuste, biss die Kiefer zusammen, während er sie beobachtete, wie sie mit gesenktem Kopf umherging, hier und da stehenblieb. Der Wind zerzauste ihr Haar, ließ ihren Rock flattern, als wäre er ein Ebenbild von Ludwigs aufgewühltem Inneren. Er krallte sich an der Bank fest, auf der er saß, hoffte, sich so davon abhalten zu können, zu ihr hinüberzulaufen. Sie brauchte die Bedenkzeit, die musste er ihr lassen. Letztlich war sein Plan nur etwas wert, wenn sie aus freien Stücken mit ihm kam. Er selbst hatte schließlich auch zwei Tage gegrübelt und sich so unauffällig wie möglich Informationen beschafft. Die Kronen der Bäume rauschten im Wind. Prachtvolle Eichen, Buchen, Platanen und Linden standen hier, sowie etliche Bäume aus fremden Ländern, deren Namen Ludwig nicht kannte. Er hatte gehofft, die Namen und Bedürfnisse all dieser weit gereisten Pflanzen durch seine Arbeit kennenzulernen – aber nun sollte es anders kommen. So oder so.

Gerade blieb Hedwig vor einem gewaltigen Nadelbaum stehen, den der Gärtner Mammutbaum genannt hatte. Sinnend sah sie hinauf in die grünen Zweige, beobachtete den Baum, wie seine Äste und Zweige im starken Wind schwankten. Dann drehte sie sich entschlossen um.

Ludwig hielt den Atem an. Sie hatte eine Entscheidung getroffen, das war zu sehen. Aber welche? Sein Herz klopfte, als wollte es aus der Brust springen. Kaum wagte er, Hedwig anzusehen.

Sie lächelte. War das ein gutes Zeichen?

„Du hast recht, Liebster. Dein Plan ist gut, wir werden es wagen."

Er meinte, den Aufprall zu hören, als ihm eine schier tonnenschwere Last von der Seele fiel. Er drückte sie an sich, so fest er konnte.

„Aber du musst den Brief schreiben. Ich kann nicht gut schreiben. Ich habe noch nicht einmal einen Bleistift."

„Überlass das nur mir, Liebster."

Hedwig eilte nach Hause, sie wollte den Brief noch vor dem Abendessen aufsetzen. Bald hüpfte sie schier vor Freude, dann lief sie, um ihre Aufregung abzureagieren, dann wieder wurde ihr Schritt zögernd. War es wirklich richtig, was sie da vorhatten?

Doch ja, es war der einzige Ausweg, der ihnen blieb, da hatte Ludwig vollkommen recht. Und nun zählte jede Stunde, so viel war noch in Erfahrung zu bringen und vorzubereiten. Und das in aller Heimlichkeit. Sie verbot sich alle Zweifel und konzentrierte sich auf das, was sie schreiben wollte. Sie hatte genug Romane gelesen, um zu wissen, wie ein solcher Brief auszusehen hatte. Und ganz bestimmt würde sie ihn nicht mit Bleistift schreiben! Nein, dem Anlass waren selbstredend nur Feder und Tinte angemessen.

Heute

E r ließ die Zeitung sinken, lehnte sich zurück und betrachtete sie, wie sie da ausgebreitet auf dem Tisch lag. Die Morgensonne schien hinter ihm durch das Fenster und beleuchtete den Artikel, den er gerade gelesen hatte. Ein zufriedenes Lächeln breitete sich auf seinem Gesicht aus, als er die Überschrift nun zum dritten Mal las:

„Unfall oder Selbstmord? Paddlerin vor Musing-Dotenow in der Ostsee ertrunken"

Er kannte die Lösung. Und er wusste auch, dass es für einen Selbstmord noch ganz andere Gründe gegeben hätte als das Ende einer Beziehung. Er strich über den Artikel, dann reckte er sich ausgiebig, stand auf, nahm seine Kaffeetasse und trat auf den Balkon, der nach Norden hinausging. Nach Norden und damit auf die Ostsee, die sich hinter den Dünen vor seiner Ferienwohnung erstreckte.

Der erste Teil war erledigt.

*

„Wir müssen wohl doch diesen Bootsfahrer zu fassen kriegen", erklärte Katharina wenig später den Kollegen, kaum dass sie die Bürotür hinter sich geschlossen hatte. „Entweder ist Ilka mit einem anderen Boot kollidiert, was allerdings ein altersschwaches oder schlecht gepflegtes Holzboot gewesen sein müsste ..."

„Oder jemand hat sie da draußen angegriffen!" Levke schien mal wieder unangemessen begeistert angesichts der Tatsache, dass es möglicherweise einen Mord aufzuklären galt. „In dem Fall ist der geheimnisvolle Bootsfahrer der Hauptverdächtige!"

„Nu lass mal die Kirche im Dorf. Der ist wohl eher unser Hauptzeuge", bremste Katharina Levke etwas. „Allerdings kann es gut sein, dass mit seinem Motorboot die unbeleuchtete Paddlerin übersehen und überfahren hat. Dann hätten wir es mit unerlaubter Entfernung vom Unfallort zu tun. Was auch kein Kavaliersdelikt ist."

„Wir müssen in jedem Fall alle zwischen Musing-Dotenow und Spökenitz befragen, ob sie in den frühen Morgenstunden ein Boot gesehen haben." Levke sprang auf, zog ihre Jacke an und setzte ihre Polizeimütze auf.

Ihr Kollege Finn Schwaiger sah sie an, seine Gehirnzellen arbeiteten sichtlich. Katharina war gespannt auf das Ergebnis. Stundenlange Befragungen „aller" war genau das, was der stumme Finn ganz sicher nicht wollte.

„Ich such den Strand ab. Mörder fahren nicht vor Zeugen in Häfen." Auch Finn zog seine Jacke an und verließ das Büro. Levke war schon zur Tür raus.

Katharina lachte vor sich hin und wandte sich wieder ihrem Schreibtisch zu. Kurz nach der E-Mail aus der Rechtsmedizin war eine weitere Nachricht eingegangen, und zwar von dem Schriftsachverständigen. Hatten die im

Moment alle nichts zu tun? Sonst dauerte es immer eine gefühlte Ewigkeit, bis Katharina die Ergebnisse hatte. Sie studierte die E-Mail. Und lehnte sich stirnrunzelnd zurück.

Der Schriftsachverständige war sich vollkommen sicher, dass der Abschiedsbrief echt war. In jedem Fall war er von Ilka. Allerdings wies die Schrift einige Unregelmäßigkeiten auf, die auf hohes Stresslevel bei der Verfasserin hindeuteten.

Also doch Suizidabsicht und auf dem Weg zum Suizid in einen Unfall verwickelt. Hohes Stresslevel hatte man vermutlich beim Schreiben eines Abschiedsbriefs. Oder nicht? Wenn man wirklich depressiv oder verzweifelt in der eigentlichen Bedeutung des Wortes war? Was hatte sie so plötzlich aus der Bahn geworfen? Denn plötzlich musste es gekommen sein, wenn sie kurz vorher noch ihre Studienlaufbahn neu geplant hatte. Blieb aber noch der Packsack.

Oder hatte Levke mit ihrer Vermutung am Ende recht und Ilka war da draußen einem Mörder begegnet? Aber wie wahrscheinlich war es denn bitte, dass mitten in der Ostsee mitten in der Nacht einer auf Paddlerinnen wartete, die er erschlagen konnte?

Katharina hängte sich ans Telefon und versuchte, endlich in dem Seniorenheim, in dem Ilka gearbeitet hatte, die Heimleiterin an den Apparat zu bekommen. Wenn die sich weiterhin entschuldigen ließ, würde Katharina dort auflaufen müssen. Sie brauchten dringend den Namen von dem Ex-Freund und Auskünfte über den Streit. Aber sie erreichte wieder nur die Sekretärin Frau Haase, die behauptete, von nichts zu wissen.

Dann schickte sie eine Anfrage an die Universität Lund, ob Ilka sich dort schon beworben hatte.

Ihre Laune hob sich deutlich, als ihr Blick auf den Ostsee-Boten fiel. Die Top-Meldung aus Spökenitz war ein Fahrradunfall. Auf dem Foto war ein rotes Herrenrad zu sehen, das vor einem Pkw lag. Zum Glück gab es nur Leichtverletzte, deshalb gestattete Katharina sich ein Grinsen. Die arroganten Großstadtkollegen aus Spökenitz plagten sich also mit Verkehrsunfällen herum, während sie sich mit „richtigen" Fällen auseinandersetzen durfte.

*

Johanna hatte in ihrem Büro ein paar unaufschiebbare Telefonate und Gespräche geführt, einige Unterschriften verteilt und sich dann wieder von ihrer Assistentin Frau Weber verabschiedet. „Ich bin da einer spannenden Sache auf der Spur, Tante Weber! Das alte Skelett, das ist mit Katharina verwandt. Ich muss unbedingt rauskriegen, was mit dem Hof passierte. Hertha sagt, der Ortsteil ist dem Sturmhochwasser zum Opfer gefallen. Darüber gibt es bestimmt irgendwo was in den Akten. Und wo das Medaillon herkommt. Das Wappen ist unseres, so viel ist klar."

Frau Weber konnte mit den alten Geschichten nicht viel anfangen, unterstützte ihr Hannilein aber bei allen großen und kleinen Problemen, seit ihre heutige Chefin als Kleinkind unter Frau Webers Schreibtisch ihre Puppen bemuttert hatte. „Aber sicher, Hannilein, ich halte dir alle ..." Das Telefon klingelte. „Herr Landrat, ja, welche Freude! Oh, das tut mir jetzt aber leid, Frau Dr. von Musing-Dotenow zu Moordevitz ist heute leider nicht abkömmlich. Darf ich ihr etwas ausrichten?"

Johanna reckte den Daumen hoch und entschwand durch die Bürotür.

Auf ihrer Fahrt nach Spökenitz ins Landeshauptarchiv entwickelte sie einen Plan. Als erstes würde sie die Zeitungen aus der Zeit um das Sturmhochwasser durchgehen, vom 12. bis vielleicht 16. November 1872. Wie heute erlosch auch damals das Interesse an Katastrophen irgendwann, aber es dauerte länger, bis ohne Internet Informationen aus dem Umland zur Redaktion gelangten. Und dann musste sie im Online-Findbuch nach Akten zu den Namen Moordevitz-Ausbau und Lüttin suchen.

Zuvor aber machte sie noch einen Umweg und fuhr in die Dotenower-Tor-Vorstadt, einem Spökenitzer Stadtteil mit Häusern aus der vorletzten Jahrhundertwende. Dort bog sie ab in eine Straße, in der die Altbauten weniger gut erhalten waren, und stoppte vor einem dreistöckigen Backsteinwohnhaus, bei dem die Bogen über den Fenstern aus Ziegeln zweierlei Rottönen gemauert waren. Hier hatte Ilka in der WG von Jörn gewohnt.

Johanna traf Jörn unten bei den Fahrradständern. Er schloss sein Fahrrad auf und wollte gerade aufsteigen, als er sie entdeckte. „Hallo, Jo, waren wir ... oh ja, Mist, wir waren verabredet. Du wolltest Ilkas Zeug abholen."

„Nein, du hast Glück. Ich wollte lediglich kurz einen Blick darauf werfen, um abzuschätzen, wie viel es ist. Ob der Hänger von Lona reicht oder ob ich was größeres mieten muss."

„Hm, ja, wolltest du. Stimmt." Es passte ihm sichtlich nicht in den Kram, aber Johanna hatte kein Mitleid. Eine Verabredung war eine Verabredung. Schließlich seufzte Jörn und schloss sein Rad wieder ab. „Okay, dann komm. Was will der denn hier?" Jörn warf einem langhaarigen Typ einen missmutigen Blick zu. Der Typ hatte offenbar auf dem Fußweg hinter ihnen gestanden, drehte sich aber jetzt um und verschwand im gegenüberliegenden Haus. Er kam Johanna vage bekannt vor. Aber wenn er gegenüber wohnte, war er ihr vermutlich bei dem Brandeinsatz begegnet.

Nach zwei Stunden tauchte sie wieder auf aus der Lektüre der Zeitungsartikel aus dem 19. Jahrhundert. Unfassbar, was sich am 13. November 1872 an der Ostseeküste abgespielt hatte. Da war die Rede von Segelschiffen, die bis auf Dorfplätze gespült worden waren. Ganze Dächer waren davongeschwommen, Scheunen weggerissen oder in sich zusammengesackt, weil der feuchte Lehm sich aufgelöst hatte. Im Spökenitzer Anzeiger hieß es:

„Heute morgen um 9 Uhr ging eine Depesche ein, daß die Dünen auf der Westseite und auf der Ostseite von Moordevitz durchbrochen seien, und daß Hülfe dringend nöthig sei. Früh um 8 Uhr mußten die Bewohner aus Moordevitz flüchten, das Wasser stand an ihren Häusern. Mobilien, Vieh, Boote, kurz Alles mußte im Stich gelassen werden, denn Moordenitz und Graadenitz rannten zu arg und draußen im Meer standen die Wellen zu hoch. "

Moordevitz war zu einer Insel geworden. Der Sturm trieb die See landeinwärts, über die Dünen und die beiden kleinen Flüsse hinauf, die Moordevitz im Osten und Westen umgaben. Der Lüttinsche Hof hatte in Moordevitz-Ausbau auf der anderen Seite der Moordenitz, an deren Ostufer gelegen. Dort, wo die Moordenitz ein breites Tal geschaffen hatte – kein besonders tiefes Tal, aber es reichte für den entscheidenden Unterschied zwischen Untergang und Überleben. Genau hier hatte sich eine gewaltige Wasserfläche bis an den Waldrand erstreckt und die Häuser vernichtet. „Die Lehmwände sind theils durchgeweicht, theils vom Treibholz durchbohrt", hieß es an anderer Stelle zu Moordevitz-Ausbau. Die leichte Anhöhe, auf der Schloss Moordenitz stand, würde niemand ernsthaft als Hügel bezeichnen. Und doch hatte sie ausgereicht, das Schloss vor dem Hochwasser zu bewahren.

Und ja, hier stand es:

„Drüben in Moordevitz-Ausbau wehte auf dem Lüttinschen Hofe die Nothflagge. Hier war Hülfe Noth, wenn nicht 6 Menschenleben sollten vor Aller Augen ertrinken. Die See stürzte mit ihrer ganzen Wucht die Moordenitz hinauf, hatte unmittelbar hinter dem Lüttinschen Hofe die Dünen ebenfalls durchbrochen, sämmtliche Stallungen niedergerissen und jagte ihre Wogen bereits durch die Fenster in das Wohnhaus, daß ein Entfliehen aus demselben nicht mehr möglich war und ein Rettungsversuch der darin befindlichen Menschen und Thiere erst, nachdem sie stundenlang in großer Noth und größter Lebensgefahr auf dem

Dach des Hauptgebäudes ausgeharrt hatten, unternommen werden konnte. Der Schieß-Apparat zur Rettung Schiffbrüchiger konnte Anfangs nicht herbeigeschafft werden, da kein Fuhrmann die Pferde hergeben wollte. Der Weg dahin war lebensgefährlich, es wurde daher versucht, das Rettungsboot über die Moordenitz zu bringen. An einem langen Tau befestigt versuchten mehrere Männer, mit dem Boot das jenseitige Ufer zu erreichen, indem sie sich gegen den tosend einlaufenden Fluß anziehen ließen. So wurden zunächst die Frau des Hofbesitzers Lüttin, ihr jüngster Sohn Christian, ein Junge von gerade mal zwölf Jahren, und Ottilie Freiin von Musing-Dotenow, welche zuletzt von dem Dache des Hauptgebäudes nach Hülfe schrieen, mit großer Gefahr in das Boot gebracht. Doch war diese Fahrt bei der in jäher Heftigkeit einlaufenden Moordenitz, die überdies mit Balken, Schiffsstrümmern jeglicher Art bedeckt war, zu gewagt, denn das Boot schlug um, und mit einem Male standen die Retter und die zu Rettenden bis an den Hals im Wasser. Frau Lüttin und der Freiin gelang es trotz angestrengtester Bemühungen der Retter nicht, sich gegen die hart einlaufenden Wellen zu behaupten, sie wurden hinweggerissen. Dramatische Augenblicke lang klammerte sich Frau Lüttin am Gebäude fest, während ihr Mann versuchte, sie wieder zu sich auf das Dach hinaufzuziehen. Freiin Ottilie hingegen klammerte sich an die Hausfrau. Ohnmächtig mußten die Retter mitansehen, wie beide schließlich von den heranrollenden Wogen fortgerisen wurden. Die Retter und der Sohn Christian Lüttin kamen wieder in das Boot, wurden jedoch von dem Hof abgetrieben, sodaß eine Rettung des Hofbesitzers zunächst unmöglich schien. Sie gelangten nun vermittelst hingeworfener Leinen glücklich, wenn auch halb erstarrt, auf das Trockne. Wie sie sich umwandten, um auch den zurückgebliebenen Hofbesitzer Lüttin aus seiner Nothlage auf dem Dach zu retten, liefen die Wellen rund um das Haus, schlugen bis ans Dach, alles mit sich fortreißend, was nicht niet-

und nagelfest war. Dann sank das Haus in sich zusammen und ward in das wogende Meer getrieben. Der Sohn des Hofbesitzers Lüttin wollte sich in die Fluten stürzen, um seinem Vater Hülfe zu bringen; nur mit Mühe konnte er durch die Umstehenden von seinem verzweifelten Schritte zurückgehalten werden."

Es mussten grauenvolle Minuten, ja Stunden für die Beteiligten gewesen sein. Nicht nur das Wasser hatte Mensch, Vieh und Gebäuden zugesetzt, zusätzlich hatten noch eisiger Wind und Schneetreiben geherrscht.

Johanna fotografierte die Seiten ab, was im Spökenitzer Archiv glücklicherweise erlaubt war.

Die Informationen aus dem Artikel schwirrten ihr auf der Heimfahrt durch den Kopf, jede Auskunft warf neue Fragen auf, die munter mit herumschwirrten. Ottilie Freiin von Musing-Dotenow hatte sich bei den Lüttins aufgehalten? War das die Erklärung für das Medaillon bei dem Skelett? Stammten demnach die Knochen vom Hofbesitzer, der mit seinem Hof untergegangen war? Der Sohn Christian war noch zu jung, Jack the Rüpper hatte von einem Erwachsenen gesprochen, vielleicht Anfang zwanzig. Aber konnte ein Anfang-zwanzig-Jähriger der Vater eines Zwölfjährigen sein? Wenn Frau Rüpke vielleicht etwas danebenlag und das Skelett von einem Dreißigjährigen stammte? Johanna würde sich als Nächstes durch die Moordevitzer Kirchenbücher durcharbeiten.

Bevor sie jedoch einen Termin mit dem Kirchen-Archiv ausmachte, rief sie in der Kanzlei Bremer & Bremer an. Aber der zuständige Herr Dr. Bremer senior befand sich leider zu einer längeren Kur und Herr Dr. Bremer junior war nicht in den Fall involviert. Johanna bedankte sich und legte auf. Die Angelegenheit hatte ohne Weiteres Zeit, bis Bremer senior auskuriert war. Immerhin wusste sie jetzt, dass die Sache in der Kanzlei wirklich bekannt war.

7. Nov. 1872

Es ist von Wichtigkeit, das correspondirende Publikum auf die nachfolgende neuere Bestimmung in Betreff Bestellung telegraphischer Depeschen aufmerksam zu machen: Danach ist es gestattet, Privatdepeschen — insofern nicht eine Antwort oder Empfangs=Anzeige bezahlt ist — unter Verzichtleistung auf eine Empfangs=Bescheinigung in den Briefkasten des Adressaten stecken zu lassen, wenn Letzterer schriftlich bei der Station darum ersucht, auch sich bereit erklärt hat, im Falle etwa daraus resultirender Unregelmäßigkeiten auf alle Reclamationen zu verzichten.

Stralsundische Zeitung, Dienstag, den 7. November 1872

Der Automatische Waschkessel renigt Wäsche jeder Art selbstthätig, verbunden mit absoluter Schonung, ohne Reibung, ohne Arbeit, ohne Chemikalien, unter alleiniger Anwendung von Seife und Wasser.
Garantie für Erfolg.
Beschreibung, Preise u. Zeugnisse franco.
Allein zu beziehen von C. F. Putzbach
Magazin für Haus= und Küchengeräte

Stralsundische Zeitung, Dienstag, den 7. November 1872

Niederschlag: 0 mm
Temperatur: 9,5 °C
Windrichtung: SW
Windstärke: 58 km/h
Wasserstand: −90 cm

$\mathfrak{H}$edwig? Ich soll dir ausrichten ..." Ottilie sah sich durch den Spalt der geöffneten Tür erstaunt um. Hedwig war nicht in ihrem Zimmer. Wo war die Schwester denn bei diesem Wetter? Stand sie wieder am Strand und ließ sich die Frisur vom Sturm ruinieren? Ottilie schüttelte den Kopf. Dass ausgerechnet Hedwig die Ältere sein musste! Mit ihrer versponnenen Art würde sie das Gut in Grund und Boden wirtschaften. Was Ottilie anging, hätte sie ruhig ihren Gärtnerjungen heiraten und in irgendeinem namenlosen Bauernkaten dahinvegetieren können. Entscheidend war nur, dass es nicht gerade der Bauernkaten auf dem Lüttinschen Land war.

Wenn Ottilie zu entscheiden hätte, wären die Lüttins längst verschwunden und das Land an Eduard verkauft. Papa hätte damit genügend Geld, um das Schloss endlich in den Zustand zu versetzen, der heute angemessen war.

Wenn Hedwig nicht in ihrem Zimmer war, konnte Ottilie ihren Auftrag nicht ausführen. Auch wenn es nicht sonderlich kalt war, würde sie auf keinen Fall bei dem heftigen Wind im Park oder gar am Strand nach der Schwester suchen, nur um ihr auszurichten, dass das Abendessen heute eine halbe Stunde eher serviert werden würde.

Fast hatte sie die Tür schon wieder geschlossen, da fiel Ottilies Blick auf den Schreibtisch der Schwester. Rasch stieß sie die Tür wieder auf, sah sich hastig hinter sich um. Der Gang war leer, niemand beobachtete sie, als sie in Hedwigs Zimmer trat und die Tür hinter sich schloss. Sie ging zum Schreibtisch und beugte sich über den Brief, der ihre Aufmerksamkeit erregt hatte. Schrieb Hedwig dem Bauerntölpel noch Liebesbriefe?

Als Ottilie das Schreiben überflogen hatte, war ihr klar, dass das kein Liebesbrief war. Es war ein Abschiedsbrief, in einer ihr unbekannten Schrift, unterzeichnet mit Ludwig. Ludwig hatte sich umgebracht? Sie hatte den Gärtnerjungen doch vor einer Viertelstunde noch im Garten gesehen.

Was ging hier vor?

Sie ließ die Augen über den Schreibtisch schweifen, blätterte Bücher und alte Briefe durch, fand aber keine Erklärung. Endlich fiel ihr Blick in den Kamin. Mit zwei Schritten war sie dort, hockte sich hin und zog mit spitzen Fingern die angekohlten Papierreste hervor. Erst begriff sie überhaupt nicht, was das bedeuten sollte. Es schien sich um weitere Abschiedsbriefe zu handeln, den unvollständigen Fetzen nach zu urteilen, mit demselben Text, aber in immer anderen Schriften. Dann stieß sie auf einen Papierfetzen, auf dem die Schrift eindeutig die ihrer Schwester war. Ottilie lachte, als sie glaubte, das Ganze begriffen zu haben. Hedwig hatte mehrere Fassungen des Briefs geschrieben und dabei ihre Schrift offenbar so lange verstellt, bis sie mit dem Ergebnis zufrieden gewesen war. Einen Moment überlief Ottilie ein Schauer der Rührung über diesen unglaublichen Liebesbeweis. Ihre Schwester hatte für ihren Geliebten einen Abschiedsbrief geschrieben. Dann schüttelte sie den Kopf. Wer bitte verlangte von seiner Angebeteten etwas so Grauenhaftes, wie den eigenen Abschiedsbrief zu verfassen? (Und wer, im Übrigen, verliebte sich in jemanden, der nicht einmal selbst ausreichend schreiben konnte.)

Ottilie verzog den Mund. Ganz davon abgesehen, dass nur Schwächlinge im Angesicht von Problemen ernsthaft Suizid in Erwägung zogen, statt nach einer Lösung zu suchen. Immerhin wäre ihr eigenes Problem damit möglicherweise deutlich kleiner. Wenn Ludwig sich umbrachte, konnte er seinen Vater nicht mehr finanziell unterstützen. Eduard käme seinem Ziel, das Land der Lüttins zu erwerben, einen guten Schritt näher. Ottilie wandte sich wieder zur Zimmertür, zögerte dann aber.

Etwas störte sie an dem Brief. Sie drehte sich wieder um, nahm das Schreiben in die Hand und las es noch einmal aufmerksam. Datiert war der Brief auf den 12. November. Ottilie stutzte – heute war der 7. November. Ein Selbstmord mit langfristiger Planung?

Dann wusste Ottilie, was sie störte.

Diese Zeilen zu verfassen, musste furchtbar schmerzhaft gewesen sein, es musste Hedwig das Herz zerrissen haben, zu wissen, dass der Geliebte seinen Tod plante und sie selbst noch fast eine Woche mit diesem Wissen würde leben müssen.

Doch nicht eine Tränenspur hatte die Tinte verwischt. Klar und gleichmäßig war Hedwigs Feder über das Papier geglitten.

Heute

Mehrere Minuten saß er fassungslos da. Er hatte es geschafft, nach Tagen des Recherchierens und Rätselns war es ihm gelungen, den Brief zu entziffern. Auch wenn der in Wirklichkeit gar nicht in Sütterlin, sondern in Kurrent geschrieben war. Erst hatte er überlegt, wen er bitten könnte, ihm den Brief zu übertragen. Doch dann hatte er sich lieber selbst an die Arbeit gemacht. Wer wusste schon, welche Geheimnisse der Brief enthalten konnte, von denen er vielleicht gar nicht wollte, dass Fremde sie erfuhren.

Und damit hatte er richtig gelegen. Der Inhalt des Briefes war so unglaublich, dass er es schier nicht fassen konnte.

Schließlich stand er auf, wanderte im Zimmer umher, trat ans Fenster, sah hinaus, ohne wirklich etwas wahrzunehmen. Nahm seine ziellosen Wanderungen wieder auf, ging hinunter in die Küche, vergaß, was er dort gewollt hatte, und stieg die Treppe wieder hinauf in sein Arbeitszimmer. Reglos stand er vor den Blättern, die die Übertragung des Briefes enthielten.

Was bedeutete das jetzt für ihn? Bedeutete das, dass er reich war und sich keine Sorgen um seine Einnahmen mehr machen musste? Er rechnete nach. Nein. Mitnichten. Er griff nach den Blättern, zerknüllte sie und feuerte sie gegen die Wand. Sechs Generationen sollten unterstützt werden. Er war die siebte. Er würde leer ausgehen. Seine Eltern waren schon lange tot, die sechste Generation wurde somit auch übersprungen. Die fünfte Generation, also seine Großmutter, war die letzte gewesen, die in den Genuss der Zahlungen gekommen war.

Er stutzte. Langsam bückte er sich nach den Blättern, hob sie auf, legte sie auf den Tisch und strich sie glatt. War deren Tod möglicherweise gar keine Fahrlässigkeit gewesen? Hatte da Geld gespart werden sollen? Als ob die nicht genug davon hätten!

Aber da steckte sie mit Sicherheit nicht allein hinter. Da musste die gesamte Sippschaft beteiligt gewesen sein.

*

Könnte bitte mal ein Hinweis etwas Zusammenhang in diesen verworrenen Fall bringen – von dem Katharina streng genommen immer noch nicht wusste, was für ein Fall es eigentlich war. Stattdessen brachte jeder Hinweis neue Verwirrung.

Gerade las sie die Antwort aus Lund erfuhr, dass Ilka sich dort tatsächlich bereits eingeschrieben hatte. Da klopfte der Kollege von der Brandursachenermittlung an ihre Bürotür. Er hatte im Kantinenklatsch gehört, dass sie an einem Fall mit einer toten Ilka von Musing-Dotenow arbeitete, und seine Leute hatten ein paar Meter neben dem abgebrannten Schuppen einen Studentenausweis gefunden.

Auf den Namen Ilka von Musing-Dotenow.

Seufzend betrachtete Katharina die Plastikkarte, die in einer Beweismitteltüte vor ihr auf dem Schreibtisch lag.

Was hatte die Tote bei dem Schuppen gemacht? War sie nur zufällig dort gewesen? Immerhin hatte sie ihr Auto in der Nähe geparkt, mit dem sie in der Nacht davongefahren war. Katharina rief sich einen Stadtplan auf den Bildschirm und verglich die Lage des Wohnhauses, des abgebrannten Schuppens und Ilkas Parkplatz, so weit Jörn sich erinnert hatte. So richtig passte das nicht. Ilka hätte auf dem Weg von ihrer WG zum Auto die Straßenseite nicht wechseln müssen. Wenn sie den Studentenausweis dort verloren hatte, hatte sie die Straße jedoch überquert. Was hatte sie beim Schuppen gewollt? Oder hatte der Ausweis schon länger dort gelegen? Energisch schüttelte Katharina den Kopf. Wenn der Ausweis einer Person bei einem Schuppen lag, der kurz darauf abbrannte, während die Person selbst erst verschwand und dann tot aufgefunden wurde, war das ganz sicher kein Zufall. Hatte Levke doch recht? War es kein bloßer Unfall mit Fahrerflucht des unfallver- ursachenden Bootsfahrers? Aber wieso schrieb Ilka dann einen Abschiedsbrief? Alles Grübeln brachte Katharina nicht weiter. Sie las noch einmal die E-Mail aus Lund. Und traute ihren Augen nicht – Ilka hatte sich am Tag vor ihrem Tod über Internet an der dortigen Universität angemeldet. Was war in den lediglich 14 Stunden, die zwischen der An- meldung und ihrem Tod lagen, passiert?

Levke fegte ins Büro, warf ihre Jacke auf einen Haken und sich selbst auf ihren Stuhl. Dankbar für die Ablenkung hob Katharina den Kopf, aber Levke verschränkte unzufrieden die Arme.

„Nichts. Niemand hat am frühen oder späteren Morgen ein Boot ankommen sehen. Weder ein Holzboot, noch eins aus Metall oder sonst was. Ich soll von Labor-Ulf berichten, die Splitter in der Kopfwunde waren tatsächlich Holz. Und zwar gelb gestrichenes Holz. Er schickt dir noch den endgültigen Laborbericht. Keine Ahnung, wie wir das Boot finden sollen. Ein gelbes hab ich hier noch nie gesehen. Wobei Ulf es nicht für sehr wahrscheinlich hält, dass die Holzsplitter von einem Boot stammen. Die Sorte stimmt nicht, sagt er."

Eine Weile starrten beide vor sich hin und lauschten auf das Möwengeschrei, das aus Katharinas Tasche drang.

„Ich glaub, dein Handy klingelt", sagte Levke schließlich.

Eine halbe Stunde nach Finns Anruf stapften Katharina und Levke durch den Küstenwald beim Graadewitzer Moor auf der Suche nach ihm. Sie hielten sich dicht an der Kante der Steilküste, wenn auch nicht zu dicht, da konnte immer mal was abbrechen.

„Sieh mal!" Katharina blieb stehen, trat nun doch direkt an die Kante und deutete nach unten. Dort lag ein Baum, der bei einem der letzten Stürme von der Steilküste gerissen und auf den Strand geworfen worden war. Halb unter ihm lag ein kleines Boot mit Außenbordmotor, verborgen in der Krone des Baumes.

„Ob das das verschwundene Boot ist?" Levke trat neben Katharina. „Sieht aus, als wäre es unter den Baum geschoben worden. Um es zu verstecken?"

„Das soll sich die Spurensicherung ansehen." Katharina machte ein Foto und schickte es an die Kollegen mit einer Ortsbeschreibung. „Aber jetzt lass uns erst mal Finn suchen und seinen aufregenden Fund."

Finn hockte mitten im Küstenwald gemütlich auf einem umgestürzten Baum, der von Brombeerranken überwuchert war, und las irgendetwas auf seinem Handy.

Als die beiden durch die vertrockneten Reste vom Farnkraut des letzten Sommers raschelten und mit Gestrüpp und Ranken kämpfend auftauchten, hob er kurz den Kopf, deutete neben sich und las weiter.

Katharina riss eine Ranke ab, die sich in ihrer Jeans verhakt hatte, und suchte den Boden ab nach dem, was der stumme, starke Finn gemeint haben könnte. Sie entdeckte eine Latte im trockenen Farn, deren eines Ende angesengt war. Das wäre noch nicht so aufregend gewesen, es gab immer wieder Leute, die am Strand verbotene Feuer machten. Auch wenn sie normalerweise Holz aus dem Wald holten und nicht Latten mitbrachten.

Aber diese Latte war gelb gestrichen. Quietschgelb.

„Na, wenn die nicht zu dem abgebrannten Schuppen gehört, dürft ihr mich ab sofort Bertha nennen", erklärte Levke.

Katharina sah auf. „Bertha?"

„Ist ihr zweiter Vorname", erläuterte Finn, ohne von seinem Display aufzusehen.

„Echt?"

„Und woher weißt du das?" Levke musterte ihren wortkargen Kollegen, sie schien nicht gerade erfreut, dass er ausgerechnet jetzt einen Kommentar abgeben musste.

„Da ist Blut." Dieser weitere Wortschwall aus Finns Mund lenkte beide Frauen von Levkes zweitem Vornamen ab.

Tatsächlich. Zwischen der gelben Farbe und dem schwarz Versengten waren rostbraune Flecken zu sehen.

*

Der Inhalt des Briefes ließ ihn nicht mehr los. Gleichgültig, ob er Zähne putzte, seine Ausrüstung für einen Arbeitseinsatz zusammensuchte oder Fertigpizza besorgen ging, selbst beim Skatabend mit den Kumpels – er wälzte die Worte in der alten Schrift hin und her. Zorn nagte an ihm, vermischte sich mit der Trauer um die Großmutter und den Hass auf deren Mörder. Es mochte unabsichtlich passiert sein, mochte ein Unfall gewesen sein. Dennoch, jemand hatte Schuld. Die erste hatte schon bezahlt, der zweite würde es auch noch tun. Auch wenn der Versuch neulich schief gegangen war. Er hatte Zeit, es würden sich weitere Gelegenheiten bieten.

Mitten in der Nacht fuhr er auf, er glaubte, einen Knall gehört zu haben. Schwer atmend saß er eine Weile da und starrte in die Dunkelheit. Stille herrschte in der Wohnung, im Haus, selbst von der Straße war nichts zu hören. Er kam zu dem Schluss, dass es den Knall nicht wirklich gegeben hatte. Dafür war ihm jetzt ganz plötzlich klar, was der Brief für ihn bedeutete. Als wäre es dieser Gedanke, der den Knall verursacht und ihn aus dem Schlaf gerissen hatte.

Die Zahlungen waren über die Jahrzehnte, wenn nicht Jahrhunderte ein Almosen gewesen, mit denen sich die hohen Herrschaften von ihrer Verpflichtung meinten, freikaufen zu können. Und alle seine Vorfahren, über fünf Generationen hin, hatten sich damit abspeisen lassen.

Das würde er nicht tun. Er würde sich holen, was ihm zustand. Er ließ sich zurück in die Kissen sinken und seine Gedanken schweifen. Bei der Erinnerung an die Beerdigung seiner Großmutter wusste er auch, wie er das anstellen konnte. Ein leises Lächeln überzog sein Gesicht.

Diese Rache konnte sogar eine äußerst angenehme Seite haben. Einen Moment gestattete er sich, sich in Träumereien zu verlieren. Dann suchte er die Adresse von der Ferienwohnung an der Ostsee heraus.

*

Nachdem sie die gelbe Latte in der Kriminaltechnik abgeliefert hatte, machte Katharina sich auf den Nachhauseweg. Das Knattern ihres Trabbis nahm sie schon lange nicht mehr wahr, deshalb störte es sie auch nicht beim Nachdenken. Was allerdings nichts daran änderte, dass ihre Gedanken sich im Kreis drehten und sie zu keinem Ergebnis kam. Wenn die Latte die Mordwaffe war – mit anderen Worten: Wenn Ilka ermordet worden war, was sollte der Abschiedsbrief? Ein Mord würde allerdings zu Ilkas Zukunftsplänen passen. Denn der war mit Sicherheit nicht in ihren Plänen vorgesehen gewesen. Aber warum paddelte sie dann um Himmels willen nachts in der Ostsee herum? Wer tat so was? Andererseits gab es noch weit verrücktere Dinge, die Leute in ihrer Freizeit taten.

Schluss, das Grübeln brachte sie nicht weiter, sie musste erst einmal abwarten, ob das Blut an der Latte überhaupt von Ilka war. Katharina bog ab in den Feldweg, hoppelte durch die Schlaglöcher und fuhr dann nach rechts in die Allee zum Tor in der Schlossmauer. Das Wappen derer von Musing-Dotenow zu Moordevitz prangte auf dem Torbogen – oder eigentlich prangte es nicht mehr, sondern war nur noch in Teilen vorhanden. Die Renovierung der Wohnungen im Schloss hatte Vorrang gehabt vor der Restaurierung des Wappens.

Dann entdeckte sie den Mann am Tor. Er stand vor dem eisernen Gitter und wandte ihr den Rücken zu, sodass sie die dunklen glatten kurz geschnittenen Haare im Blick hatte. Seine Hände umklammerten zwei eiserne Streben, er starrte auf den Schlosshof. Offenbar war er so fasziniert, dass er noch nicht einmal ihren Trabbi gehört hatte. Was schon einiges an Faszination erforderte. Katharina seufzte. Das war der einzige Nachteil an ihrer Wohnung. Immer wieder musste man Touristen hinwegkomplimentieren. Sie bremste vor dem Tor, kurbelte das Fenster herunter, steckte den Kopf hinaus. „Würden Sie bitte beiseite gehen? Das ist Privatgelände und ich möchte auf den Hof fahren."

Der Mann drehte sich zu ihr um, sein Mund verzog sich zu einem breiten Lächeln. Katharina fühlte sich angesichts dieses Lächelns einigermaßen besänftigt, die folgenden Worte taten ein Übriges.

„Oh, bitte entschuldigen Sie, ich wollte nicht aufdringlich sein. Ich bin in Urlaub hier, das haben Sie sich vermutlich schon gedacht. Auf meinem Spaziergang bin ich zufällig auf diese Mauer gestoßen und war einfach nur neugierig, was dahinter ist. Ein wirklich sehr schön renoviertes Gebäude. Darf ich fragen, ob die Familie von Musing-Dotenow noch hier lebt?"

Auch das freundlichste Lächeln würde Katharina nicht so weit beeindrucken, dass sie Persönliches ihrer Freunde verriet. „Ich wohne hier. Und ich heiße Kriminalhauptkommissarin Katharina Lütten."

„Oh – da sind Sie aber wirklich zu beneiden. Einen schönen Abend noch!"

Ehe Katharina eine Antwort einfiel, hob der Mann kurz die Hand zum Gruß, ging an ihrem Trabbi vorbei und bog in die Allee Richtung Moordevitz ein.

Wenn alle Touristen so höflich und zurückhaltend wären, wären sie besser auszuhalten. Katharina sah ihm eine Weile nach, wandte sich dann wieder dem Tor zu, um es zu öffnen.

Sie bemerkte, dass das altersschwache Torschloss beim letzten Abschließen wieder mal nicht richtig eingerastet war. Es müsste endlich mal ausgewechselt werden. Sie fuhr hindurch und schloss das Tor wieder. Durch kurzes Rütteln prüfte sie, ob es diesmal wirklich eingerastet war. Auf der kurzen Fahrt zum Schloss traf sie auf Hertha, die ebenfalls in Richtung Schloss marschierte. Sie hielt neben ihr und kurbelte das Fenster herunter. „Wollen Sie noch mitfahren?"

„Lohnt sich nicht so richtig – aber ja." Hertha ging um das Auto herum und stieg auf der Beifahrerseite ein. „Unglaublich, wie dreist die Leute werden. Ich musste den ungehobelten Kerl mit dem Degen hinausbegleiten. Er wollte unbedingt mit Ilka sprechen und partout nicht einsehen, dass er sie hier nicht findet." Hertha schüttelte erbost den Kopf.

Katharina wartete, bis Hertha angeschnallt war, und fuhr dann die Auffahrt zum Schloss hinauf. Sie selbst hätte sich für diese Strecke bestimmt nicht angeschnallt, aber Hertha hatte Prinzipien. „Er wollte zu Ilka? Wer war denn das?"

„Das hat er mir nicht verraten wollen. Unglaublich, versucht, sich an mir vorbeizudrängen, um ins Schloss zu gelangen, und nennt noch nicht einmal seinen Namen."

„Ich vermute, es ist ihm nicht gelungen, sich an Ihnen vorbeizudrängen?" Es gelang Katharina, todernst zu bleiben. Sie sah im Augenwinkel, wie Hertha ihr einen erstaunten Blick zuwarf. „Natürlich nicht, was dachten Sie denn?"

„Wie sah der denn aus?" Katharina faltete ihre ein Meter fünfundachtzig aus dem Trabbi.

„So ein langhaariger Typ. Blond und langhaarig." Hertha schüttelte den Kopf.

Katharina widerstand der Versuchung, ihre langen roten Locken zusammenzuraffen. Hertha mochte keine langen Haare, unabhängig vom Geschlecht. Lange Haare störten ihrer Auffassung nach nur beim Arbeiten.

Langsam folgte sie Hertha, die die Schlosstreppe bereits hinauf war und nun die Tür aufzog. Also ein langhaariger Typ erkundigte sich nach Ilka. Dann war es nicht der gewesen, den sie selbst vor dem Tor getroffen hatte. Der hatte kurze Locken gehabt und eher dunkle Haare. Wenn er Ilka hier vermutete, wusste er weder, wo sie wohnte, noch dass sie tot war. Oder hatte er sich einfach nur verstellt? Wer war er? Ein alter Bekannter von ihr? Aber der würde sich kaum so aufdringlich verhalten.

In Warnemünde

8. Nov. 1872

Warnung

Auf den ausdrücklichen Wunsch der Schänkwirthe bringt die
Polizei hiermit in Erinnerung, daß die zum Kleinhandel mit
geistigen Getränken berechtigten Kaufleute keineswegs befugt sind,
Getränke zum Genuß auf der Stelle zu verabreichen, und daß die
mit der Conceſſion zum Ausſchank beliehenen Kaufleute, welche
dieſerhalb mit Gewerbeſteuer belaſtet werden, entſchloſſen ſind, in
der Controlle ihrer unbefugten Concurrenten die Polizei möglichſt
zu unterſtützen. Die Feſtſtellung einer Conceſſionsüberſchreitung
zieht bekanntlich ſehr ſchwere Geldſtrafen nach ſich.
Polizei-Direction

Stralſundiſche Zeitung, Freitag, den 8. November 1872

Niederschlag: 0 mm
Temperatur: 8 °C
Windrichtung: SW
Windstärke: 36 km/h
Wasserstand: −50 cm

Hedwig erschien zu spät zum Abendessen, wenn auch nur wenige Minuten. Ganz gegen seine Gewohnheit sagte der Freiherr nichts dazu. Vermutlich wollte er Hedwig nicht noch wegen Kleinigkeiten maßregeln, wo er ihr doch gerade ihren Traum zerstört hatte. Ottilie selbst blieb schweigsam, redete nur das Nötigste. Aber sie beobachtete Vater und Schwester mit höchster Aufmerksamkeit.

Hedwig plauderte munter dies und das mit ihrem Vater, berichtete, dass das Wasser der Ostsee wieder weit zurückgewichen war, der Strand war gestern so breit gewesen, wie sie ihn noch nie gesehen hatte. Nur manchmal sah sie den Freiherrn stumm an, wenn er gerade nicht auf sie achtete. Dann schlich sich ein Ausdruck in ihr Gesicht, den Ottilie am ehesten noch als Wehmut oder Bedauern deutete.

Wehmut? Bedauern? Wo waren die Verzweiflung, der Schmerz, die Trauer und der Zorn, die Hedwig beim bevorstehenden Freitod ihres Ludwigs empfinden müsste?

Nachdem das Dessert verspeist war und der Freiherr sich mit seiner Zigarre und der Zeitung in den Salon zurückziehen wollte, schlug Hedwig vor, ihm auf dem Klavier vorzuspielen, während er las. Ihr Vater liebte das und Hedwig tat es oft. Allerdings hätte Ottilie eher erwartet, dass Hedwig aus Zorn über die Entscheidung ihres Vaters eine Ausrede finden würde, um sofort auf ihr Zimmer zu gehen.

Ottilie setzte sich in einen Sessel, beobachtete die musizierende Schwester und versuchte, sich einen Reim auf all das zu machen. Ihren Vater konnte sie nicht mehr beobachten, der war hinter der Zeitung verschwunden. Ottilie griff nach der Ausgabe von gestern. Mit halber Aufmerksamkeit ließ sie ihren Blick über die Seiten wandern, Vater und Schwester dabei immer wieder möglichst unauffällig musternd. Der immer noch andauernde Südweststurm hatte einen Baum auf die hölzerne Klappbrücke über die Graadenitz geworfen und damit den Verkehr nach Musing-Dotenow blockiert. Von Osten kam jetzt nur noch in die Stadt, wenn man sich mit dem Boot übersetzen ließ. Irgendwo anders war wegen des niedrigen Wasserstandes ein Segler auf einer Sandbank auf Grund gelaufen. Das waren nun wirklich die uninteressantesten Themen, die Ottilie sich vorstellen konnte.

Mit einem Mal jedoch setzte Ottilie sich kerzengerade auf. Erneut hatten einige hundert Menschen dem Großherzogtum Mecklenburg-Schwerin den Rücken gekehrt und sich einem Segler anvertraut, der sie in wochenlanger, strapaziöser Reise nach Amerika bringen sollte.

Amerika.

Konnte das sein? Konnte das wirklich sein?

Hastig ließ sie die Zeitung sinken und starrte vor sich hin. Als der Blick ihres Vaters hinter den raschelnden Blättern auftauchte, konnte sie gerade noch rechtzeitig ein gequältes Lächeln aufsetzen und die Hand an die Schläfe halten.

„Ich werde mich zurückziehen", erklärte sie mit leidender Stimme, „Kopfweh plagt mich schon den ganzen Tag. Gute Nacht."

Die Antworten von Vater und Schwester wartete sie nicht ab. Kaum hatte sie die Tür vom Salon geschlossen, eilte sie die Treppe hinauf. Ihr Ziel war allerdings nicht ihr eigenes Zimmer, sondern das von Hedwig. Leise öffnete sie die Tür, leise schloss sie sie wieder. Hastig ging sie zum Bett, tastete über die Täfelung rechts neben dem Nachtschränkchen. Da, das war es, das lockere Paneel. Vorsichtig zog Ottilie das Brett beiseite und tastete in dem kleinen Hohlraum dahinter herum, bis sie den bestickten Beutel gefunden hatte. Sie zog ihn hervor.

Er war leicht, viel zu leicht. Das gesamte gesparte Geld ihrer Schwester war weg.

Wofür hatte Hedwig so viel Geld gebraucht?

Das Klavierspiel verstummte. Rasch legte Ottilie den Beutel zurück, schob das Paneel an seinen Platz. Ein letzter Blick, ob die Täfelung so aussah wie vorher, dann schlüpfte sie aus dem Zimmer und eilte über den Gang in ihr eigenes.

Sie glaubte zu wissen, wozu Hedwig das Geld gebraucht hatte.

Die Frage war nur: Ging es dabei nur um Ludwig, oder auch um Hedwig selbst?

Heute

Johanna verbrachte einen informativen Nachmittag im Archiv der Landeskirche. Die Kirchenbücher aus Moordevitz waren von 1842 an erhalten, sie war also guter Dinge daran gegangen, nach Einträgen zur Familie Lüttin zu suchen. Wenn das Skelett in den Dünen – oder vielmehr sein früherer Inhaber – bei seinem Tod um die zwanzig Jahre alt gewesen und er bei der großen Sturmflut umgekommen war, musste sie nach Geburten um 1850 suchen. Es dauerte keine Stunde, da hatte sie gefunden, was sie suchte: Die Geburt von Ludwig und Ludger Lüttin, am 23. März 1852 und am 15. April 1853, Vater: Wilhelm Lüttin, Mutter: Maria-Katharina Lüttin.

Sie fand auch die Geburt des jüngsten Sohnes Christian im Jahre 1860. Der musste als einziger Überlebender des Hochwassers Katharinas direkter Vorfahr sein.

Aber wie konnte sie nun herausbekommen, ob das Skelett zu Ludger oder zu Ludwig gehörte? Oder überhaupt zu einem der beiden? Und warum die beiden zum Zeitpunkt des Hochwassers nicht auf dem väterlichen Hof waren, stattdessen aber Ottilie? Wobei Ottilie, wenn sie ertrunken war, nicht zu Johannas direkten Vorfahren gehören konnte.

Vielleicht waren Ludger und Ludwig damals bereits verheiratet gewesen und ausgezogen? Sie blätterte durch das Kirchenbuch, oder vielmehr dessen digitale Kopien, und suchte Einträge zu Hochzeiten. Fehlanzeige.

Ohne zu wissen, wonach genau sie suchen sollte, blätterte sie weiter und stieß im Jahre 1872 auf die Einträge zu Beerdigungen. Am 19. November waren drei Lüttins beerdigt worden – Wilhelm, Maria und Ludger. War es also Ludwig, dessen Skelett jetzt in den Dünen aufgetaucht war?

Johanna fuhr über den Schlosshof durch den schmalen Durchgang vor die Remise, parkte ihren VW-Bus und eilte vom ehemaligen Wirtschaftshof wieder zum Schlosshof. (Hertha bestand darauf, dass die Autos außer Sichtweite parkten. Und es stimmte ja, die Frontansicht des Gebäudes wurde durch Autos nicht gerade verschönert.)

Johanna nahm die ersten drei Stufen der Treppe zur Eingangstür und stutzte. Rosen? Wieso lagen hier Rosen auf der Treppe? Sie lachte. Wenn hier jemand Katharina den Hof machte, waren Rosen das Ungeeignetste überhaupt. Jemand sollte den unglücklich Verliebten aufklären. Streuselschnecken wären bei ihr eher das Mittel der Wahl.

Johanna nahm die Rosen und sah sich kurz um. Ihr war, als hätte sie eine Bewegung im Augenwinkel gesehen, aber da war niemand. Doch, da am Torbogen zum Hof huschte ein Schatten davon. Sie verzog den Mund, vermutlich mal wieder ein Tourist oder jemand von der Lokalpresse. Obwohl die nicht mehr unangemeldet kamen, sie hatten inzwischen gelernt, dass mit Hertha noch weniger gut

Kirschen essen war als mit David und Goliath. Johanna betrat die Halle und war sofort von zweistimmigem Gebell umgeben. Als Riesenschnauzer-Neufundländer-Mischling David und Rauhaardackel Goliath die ihnen zustehenden Streicheleinheiten bekommen hatten, pfefferte Johanna mit geübtem Schwung ihre Schuhe in die Ecke unter die Rüstung von Heinrich dem Älteren und ging in die Küche, gefolgt von den beiden Hunden. Wo wurden die Blumenvasen aufbewahrt? Manchmal glaubte sie selbst nicht, dass sie eigentlich die Hausherrin war. Sie begann, die Schränke zu durchsuchen, und wurde hinter der fünften Tür fündig. Als sie die Rosen anständig in der Vase anordnete, fand sie eine Karte zwischen den Blüten. Bevor sie sie jedoch öffnen konnte, hörte sie Katharinas unverwechselbaren schlurfenden Gang in der Halle.

„Was ist denn das für Gemüse? Hast du einen Verehrer?" Katharina öffnete die Kühlschranktür und nahm die Flasche mit Herthas Himbeersaft heraus.

„Ich? Nee, ich dachte, die sind für dich?" Johanna überlegte, mit was man den Strauß noch aufpeppen könnte, die Vase war etwas zu groß.

„Würde keiner wagen, ich bin bewaffnet." Katharina füllte den dickflüssigen Himbeersaft mit Wasser auf und trank in großen Schlucken. „Überhaupt sehen die komisch aus. Hat da einer Farbe drüber gekippt?"

Die Blüten sahen tatsächlich ungewöhnlich aus. In der Grundfarbe waren sie weiß, trugen aber unregelmäßige rosafarbene Streifen.

Johanna schüttelte den Kopf. „Nee, soweit ich weiß, kommt das von einem Virus."

„Igitt." Katharina warf den armen Blumen einen misstrauischen Blick zu.

Johanna lachte. „Der ist nicht ansteckend. Und noch nicht mal für die Rosen gefährlich. Er macht sie nur hübscher. Also wenn man das so mag." Auch sie sah eher skeptisch drein.

„Ob die von dem Typen sind, der nach Ilka gesucht hat?“,
fuhr Katharina dann fort.

Johanna drehte sich überrascht um. „Nach Ilka?“

Katharina nickte und wiederholte Herthas Beschreibung.

Verwundert schüttelte Johanna den Kopf. „Kenn ich
nicht. Aber wenn der so unangenehm drauf war, hinter-
lässt er bestimmt keine Rosen. Hm. Dann sind die Rosen
wohl für Hertha.“

Beide prusteten los. Johanna stellte fest: „Das würde erst
recht niemand wagen, auch wenn Hertha keine Dienst-
waffe hat.“

Katharina füllte ihr Glas wieder auf. „Nee, ihr Metier sind
eher die Degen. Wir sollten die Dinger da in der Halle
regelmäßig auf Blutspuren untersuchen, wenn hier Touristen verschwinden.“

„Oh Mann, Hertha mit schwarzer Maske und Degen.“ Johanna japste nach Luft. „Aber war denn das Tor jetzt zu? Es
fällt mir immer schwerer, das alte Schloss wirklich zu zu
bekommen. Ich muss da dringend mal was machen lassen.“

„Nee, war offen. Am besten lässt du ein ganz neues
Schloss einbauen. Was hast du denn da?“

„Wie? Ach, da war so eine Karte an den Rosen. Ob ich die
aufmachen soll?“

Katharina zuckte die Schultern. „Wenn du wissen willst,
von wem und für wen das Gemüse ist, musst du wohl. Ich
verrate Hertha auch nicht, dass du ihre Geheimnisse aus-
spionierst. Und – was steht drin?“

„Vielen Dank für neulich. Auf ewig mein.“ Ratlos sah
Johanna die Karte an.

„Ich bin ja kein Spezialist in so was, aber müsste es nicht
heißen: ‚Auf ewig dein‘?“, fragte Katharina.

Johanna zuckte die Schultern. „Eigentlich schon. Und
was soll neulich gewesen sein?“

*

Das Ergebnis aus der KT kam recht schnell – die Flecken auf der Latte waren tatsächlich Blut und der Blutuntersuchung nach zu urteilen, war es mit hoher Wahrscheinlichkeit von Ilka von Musing-Dotenow. Darüberhinaus stammte die Latte ziemlich sicher aus dem abgebrannten Schuppen. Katharina hatte es doch gewusst, der Schuppenbrand und die Tote hingen zusammen. Sie musste nur noch herausbekommen, wie. Es stand inzwischen auch fest, dass es sich um Brandstiftung handelte.

Katharina betrachtete den Beutel mit Ilkas Ausweis. Hatte Ilka den Schuppen angesteckt und der Eigentümer sie aus Rache erschlagen? Nee. Erstens: Warum hätte sie den Schuppen anstecken sollen? Und zweitens: Wer war überhaupt der Eigentümer des Schuppens?

Okay, das war vielleicht wirklich noch ein Ansatz. Sie rief den Kollegen von der Brandursachenermittlung an. Wenige Sekunden später wusste sie, dass der Schuppen dem Eigentümer des Hauses gehörte, der aber irgendwo in Bayern wohnte und wohl seit Jahren nicht mehr in Spökenitz gewesen war. Irgendein Hausmeister kümmerte sich um Haus und Mieter. Dann musste sie ihre andere Informationsquelle zu Rate ziehen, die sich von ihrem Kummer um Ilka hoffentlich inzwischen einigermaßen erholt hatte.

Sie rief Jörn an. Lachen und aufplöppende Bierflaschen im Hintergrund überzeugten Katharina, dass ihr Neffe nicht in Depressionen versunken war.

„Hi, Tante Katti! Habt ihr schon was rausgekriegt?"

Beschäftigen tat ihn die Angelegenheit also doch noch, was Katharina durchaus beruhigend fand. „Nein, nicht wirklich. Kannst du in mein Büro kommen? Ich hab noch ein paar Fragen, am Telefon ist das keine gute Idee im Moment, wie mir scheint."

„Nee, wir feiern Maikes Geburtstag. Ich komme sofort."

Katharina nickte ihrem Handy zu. Wenn Jörn sofort bereit war, eine Party zu verlassen, beschäftigte ihn Ilkas Tod wirklich noch sehr.

Zwanzig Minuten später schneite er in ihr Büro und ließ sich in ihren Besucherstuhl fallen. „Was willst du wissen?"

Katharina runzelte die Stirn. „Es geht nicht nur um Ilka, es geht auch um diesen Brand. Beides scheint zusammenzuhängen. Hatte Ilka Streit mit einem in dem Haus bei euch gegenüber? Dem Haus mit dem Schuppen? Was wohnen da für Leute?"

Jörn schloss kurz die Augen. „Scheiße, wie konnte ich das bloß vergessen."

Katharina richtete sich auf. Das klang ja ganz vielversprechend. Nicht, dass Jörn mal wieder etwas Wichtiges vergessen hatte, er vergaß ständig Dinge, wichtige und unwichtige. Aber dass da überhaupt etwas war, das er hatte vergessen können.

„Also, da wohnt dieser Typ seit kurzem. Ist vor ein paar Tagen gegenüber eingezogen. So eine ganz merkwürdige Figur, vielleicht so alt wie du, sieht eigentlich ganz normal aus, blonde Haare, fast taillenlang, meist im Pferdeschwanz, glatt und grüne Augen."

„Das weißt du so genau?"

„Jepp, seit der mir bei uns im Treppenhaus mal ganz komisch gekommen ist und sehr nah." Jörn berichtete von der unheimlichen Begegnung mit dem Nachbarn von gegenüber.

„Du meinst, Ilka und der kannten sich?" Katharina war nun ganz gespannt.

Jörn nickte. „Mit Sicherheit. Wenn du mich fragst, das ist ein Ex von ihr. Hat mir gedroht, ich soll mich von ihr fern halten. Kurz vor dem Zusammentreffen hab ich einen heftigen Streit zwischen den beiden gehört. Es ging irgendwie ums Besoffensein und um Ampullen. Irgendwelche vertauschten Ampullen." Jörn zuckte die Schultern. Dann richtete er sich wieder auf. „Und diese Ratte! Ilka hat ihm gesagt, er soll sein Ungeziefer mitnehmen. Und dann lag bei uns im Mülleimer eine tote Ratte. Wir hatten noch nie Ratten."

Katharina klopfte eine Weile mit dem Stift auf die Tischplatte und sah vor sich hin. Dann sah sie wieder auf. „Du meinst, der hat ihr tote Ratten vor die Tür gelegt?"

„Keine Ahnung. Was ich gehört habe, klang so. Aber wissen tu ich es nicht."

„In welcher der Wohnungen wohnt der Typ? Weißt du das? Oder besser noch, weißt du, wie der heißt?"

„Im zweiten Stock links. Wie der heißt – nee. Irgendwas mit B, glaube ich. Und U? Nee, keine Ahnung. Ich guck noch mal aufs Klingelschild, wenn du willst. Der war ziemlich komisch in der Nacht, als Ilka verschwand."

Katharina zog die Brauen hoch. „Komisch? Erzähl mir noch mal genau, was sich in der Nacht abgespielt hat."

Jörn berichtete und unter heldenhafter Selbstbeherrschung gelang es Katharina, ihn nicht zu erwürgen, weil er ihr erst jetzt von dem merkwürdigen Verhalten des Nachbarn in der WG erzählte. Aber gut, man fand nicht alle Tage einen Abschiedsbrief von der Mitbewohnerin, in die man verknallt war, das konnte auch weniger chaotische Menschen als Jörn das eine oder andere vergessen lassen.

„Okay, also erst siehst du den Schuppen brennen, dann fährt Ilkas Auto unbeleuchtet davon, dann ist dieser ominöse Nachbar in eurer Wohnung. Er findet den Abschiedsbrief und verschwindet abrupt", fasste Katharina zusammen. Noch konnte sie keinen Sinn in dem Ganzen sehen, aber sie glaubte, nicht mehr weit davon entfernt zu sein. In jedem Fall musste sie endlich die Heimleitung erwischen. Wenn Ilka und dieser ominöse neue Nachbar sich über irgendwelche Ampullen stritten, lag ein Zusammenhang mit dem Seniorenheim nahe. Wenn er wirklich ein Ex-Freund von ihr war, könnte er tatsächlich der Pfleger sein, mit dem sie den heftigen Streit hatte. Sie brauchte den Namen und ein Foto von dem Kerl.

„Gut. Dann bring ich dich jetzt mal nach Hause und wir legen uns auf die Lauer. Wenn der Typ auftaucht, zeigst du mir den."

9. Nov. 1872

Eine in gutem Zustand befindliche Bock-Windmühle mit
französischen Steinen soll wegen Errichtung einer
Mühlen-Anlage mit Dampf-Betrieb zum Abbruch
verkauft werden.
Näheres zu erfahren im Comptoir der Maschinenfabrik
von W. Bauer in Greifswald

Stralfundische Zeitung, Sonnabend, den 9. November 1872

Niederschlag: 2,3 mm
Temperatur: 6,5 °C
Windrichtung: SW
Windstärke: 40 km/h
Wasserstand: –30 cm

In der Nacht tat Ottilie kein Auge zu, aber als es dämmerte, hatte sie einen Plan. Am nächsten Morgen sandte sie noch vor dem Frühstück den zweiten Gärtnerjungen mit einem Billet zu Eduard Behrendt. Es enthielt nur einen Satz: „Ich muss dich sehen."

Wenn das Datum auf dem Abschiedsbrief stimmte, hatte sie nur noch drei Tage Zeit.

Sie wusste, dass Eduards Geschäfte ihm nie vor Mittag Zeit ließen, sie musste ihre Unruhe bis dahin mit irgendeiner Ablenkung bekämpfen. Ein Blick durch das Fenster zeigte ihr zwar dunkle Wolken, die Regen versprachen, aber noch war es trocken. So legte sie ihren Mantel um, ignorierte den Äste schüttelnden Südwestwind, so gut es ging, und spazierte nach dem Frühstück ins Dorf, um den Apotheker aufzusuchen.

Eilfertig öffnete er ihr mit einer Verbeugung die Tür. „Sehr erfreut, dass Sie mich beehren, mein hochverehrtes Fräulein von Musing-Dotenow zu Moordevitz. Womit kann ich Ihnen diesmal behilflich sein?"

Ottilie erklärte ihm, welches Mittel sie wollte.

Es gelang dem Apotheker nicht ganz, sein Erstaunen zu verbergen. „Ist denn das Gläschen von Ihrem letzten Besuch bereits aufgebraucht? Ich hoffe nicht, dass Sie so leidend waren?"

„Nein, nein, keineswegs. Es geht mir mehr als zufriedenstellend. Es ist nur so, dass die Katze der Köchin, das ungeschickte Tier, das Glas zerbrochen hat. Das Pulver war nicht mehr zu retten, nachdem das Tier darin herumgelaufen war."

„Ich verstehe, natürlich bekommen Sie ein neues Glas. Wenn Sie mich einen Augenblick entschuldigen wollen."

Nach wenigen Minuten erschien er wieder und überreichte Ottilie ein braunes Glas mit einem hellen Pulver. „Sie wissen ja, wie Sie es dosieren müssen. Auf keinen Fall sollten Sie die Dosis erhöhen, es könnte tödlich enden."

„Nein, ganz gewiss nicht. Ich nehme es ja auch nur im äußersten Notfall. Haben Sie meinen herzlichsten Dank!"

Wieder auf der Straße wandte Ottilie sich nach links, um zurück zum Schloss zu gehen. Entnervt verzog sie den Mund. Vor ihr standen zwei Bauern, stritten sich und versperrten ihr den Weg, der dank der Marktstände ohnehin schon beengt war. Sie zog kurz die Brauen hoch, als sie den alten Lüttin erkannte, der Jüngere der beiden war offenbar sein Sohn, Ludwigs Bruder.

Sie wollte gerade fordern, man möge ihr den Weg frei machen, als sie Worte aus dem Streit aufschnappte, die sie ihre Meinung ändern ließen. Sie drehte sich um, schlenderte zur anderen Straßenseite, wich einer im Wind vorbeifliegenden Mütze aus und unterdrückte einen Fluch, als sie dadurch in eine Pfütze trat. Jemand jagte an ihr vorbei, der Mütze nach. Erste Tropfen begannen zu fallen.

Sie suchte Schutz unter dem Dach eines Töpferstandes, scheinbar in der Betrachtung irdener Ware versunken, die nicht einmal annähernd ihrem kultivierten Geschmack entsprach, und achtete darauf, in Hörweite der beiden Bauern zu bleiben.

„Das sind keine Lügengeschichten!" Der jüngere Mann brüllte jetzt.

Ottilie wandte sich kurz um und sah dessen geballte Fäuste.

„Ich habe die beiden gesehen, Ludwig hat was mit der Freiherrntochter!", setzte der Zornige hinzu.

Ottilie drehte sich halb wieder den Töpferwaren zu, stellte sich aber so, dass sie die beiden Streithähne ebenfalls im Blick hatte, und spitzte jetzt erst recht die Ohren.

„Um Himmels willen, leise! Wenn du schon solchen Unsinn verzapfen musst, muss das nicht das ganze Dorf hören!", zischte der Ältere.

„Und warum nicht? Weil dein teurer Ludwig mal wieder machen kann, was er will? Der ruiniert uns noch – was glaubst du denn, was der Alte vom Schloss dazu sagt, wenn er dahinterkommt?"

„Zum letzten Mal, Ludger, das bildest du dir ein! Ludwig würde nie etwas tun, was eurer Mutter solchen Kummer bereiten würde. Ganz im Gegensatz zu dir, der du dich immer noch Tag für Tag im Hafen bei Fischer Meier rumtreibst! Der hat doch gar kein Boot mehr!"

Ludger schnaubte. „Ja, weil das reiche Pack es ihm abgenommen hat, dieser Papier-Behrendt! Jetzt kann er nur noch mit 'nem geliehenen Boot rausfahren, was ihn Tag für Tag Geld kostet! Und bald noch nicht mal mehr das!"

„Umso eher kannst du endlich wieder auf dem Hof arbeiten! So lange Ludwig beim Freiherrn Geld verdient, brauchen wir dich auf dem Hof!"

„Ludwig, Ludwig! Wenn wir den Hof verlieren, ist es seine Schuld! Aber das werde ich nicht zulassen, ich werde ..."

„Schluss jetzt! Gar nichts wirst du!" Der alte Lüttin drehte sich um und ging ohne weitere Worte davon.

Ludger ballte die Fäuste, lief zwei Schritte hinter seinem Vater her, mit einem solchen Zorn in den Augen, dass Ottilie den Atem anhielt, weil sie erwartete, dass der Sohn den Vater angreifen würde. Aber das Befürchtete trat nicht ein, Ludger hielt inne und sah seinem Vater nach.

Beim Anblick seines hasserfüllten Gesichtsausdrucks wog Ottilie das braune Fläschchen in der Hand.

Als Ludger sich schließlich auch auf den Weg machte, murmelte die Töpferfrau: „Irgendwann bringt er seinen Vater noch um."

Ottilie stellte fest, dass sie vielleicht doch eins von den groben, bäurischen Schälchen gebrauchen konnte. „Den eigenen Vater umbringen? Das doch wohl hoffentlich nicht." Sie wählte eins aus und hielt es der Töpferin hin. „Was bekommen Sie für dieses schöne Stück?"

Die Händlerin nannte einen Preis für die Schale, Ottilie suchte die passenden Münzen zusammen.

„Doch, meine Liebe, Sie haben ja keine Ahnung, wie es bei den Lüttins manchmal zugeht. Der älteste Sohn, der Ludwig, der ist ein ganz anderer Kerl, fleißig, zuverlässig, und auch der junge Christian ist ein Sohn, wie man ihn sich wünscht, nicht wahr? Aber was Ludger angeht – seit dem Unfall ist er nur auf Zank und Streit aus."

„Er hatte einen Unfall? Das ist natürlich sehr belastend." Ottilie zog ihre Geldbörse hervor.

„Nicht er – Christian. Aber das ist schon viele Jahre her. Und es war Ludgers Schuld, er hatte die Stalltür nicht ordentlich verschlossen, sodass der Bulle herauskam und auf den Kleinen losging. Das Kind spielte auf dem Hof. Wenn Ludwig nicht rechtzeitig dazugekommen wäre, hätte das noch ganz anders ausgehen können."

„Aber das ist ja eine schreckliche Geschichte." Ottilie legte so viel Bedauern in ihre Stimme, wie ihr angemessen schien. „Auch für die armen Eltern! Und dem Kind ist nichts passiert?"

„Doch, er hinkt seitdem. Die Krankenhauskosten hätten die Eltern fast ruiniert, wenn der Freiherr nicht schließlich eingesprungen wäre und ihnen Kredit gegeben hätte. Seitdem sind die alten Lüttins nicht gut auf Ludger zu sprechen. Er kann machen, was er will, es ist nie richtig. Und irgendwann hat es angefangen, dass er nur noch auf Ärger aus war. Seine Eltern kommen kaum mit ihm klar und den armen Ludwig hasst er geradezu. Vielleicht wäre es wirklich das Beste, wenn er den Hof verlassen und bei Hinrich Meier als Fischer anfangen würde. Der olle Hinrich kommt gut mit ihm klar, auf See soll Ludger wie ausgewechselt sein. Aber damit ist ja nun Schluss. Jetzt wo Hinrich seine Jolle verloren hat. Und der alte Lüttin würde das niemals erlauben."

„Aber sollten sie nach so langer Zeit nicht auch vergeben können? Ich nehme an, er hat den Bullen nicht absichtlich freigelassen."

Die Töpferfrau schüttelte den Kopf. „Natürlich nicht. Ludger war lebhaft und hatte ständig neuen Unsinn im Kopf, aber er hatte das Herz am rechten Fleck, damals. Aber jetzt ... Sie haben recht, wenn die Eltern ihm endlich verzeihen könnten, würde auch Ludgers Hass zur Ruhe kommen."

Ottilie nahm das Schälchen entgegen. Selbst das Prasseln des Regens auf der Holzüberdachung konnte ihre Laune nicht senken.

Sie hoffte im Gegenteil, dass Ludgers Hass auf Ludwig noch eine Weile anhielte.

Heute

Endlich. Seit zwei Stunden hockte Katharina nun schon am Fenster in Jörns Studentenbude und beobachtete das Haus gegenüber, neben dem schwarz und gelb die Brandruine des Schuppens stand. Zwischendurch hatte sie immerhin endlich die Leiterin des Seniorenheims telefonisch erreicht und sich mit ihr verabredet.

Da – sie richtete sich auf. Die Tür öffnete sich, jemand trat auf die Straße und ging dann zügig Richtung Innenstadt. Ein Pflaster klebte auf seiner Stirn, die Hand war bandagiert. Das Wichtigste jedoch – auf seinen Rücken fiel ein langer blonder Pferdeschwanz.

„Bingo", murmelte Katharina, knipste rasch ein paar Fotos und rannte dann in den Nebenraum. Die Party dort war noch in vollem Gange, mehr oder weniger beduselte Menschen hingen auf verschiedensten Sitzgelegenheiten oder tanzten zu der ohrenbetäubenden Musik. Als sie Jörn entdeckte, war er bereits auf dem Weg zu ihr. Sie hielt ihm das Foto hin, er sah kurz darauf und nickte.

Bevor sie zu ihrem Auto ging, warf sie noch einen Blick auf die Klingelschilder. Ein Steffen Buhk wohnte im zweiten Stock links.

*

Goliath verschwand zwischen den Büschen, David folgte ihm sofort. Umgekehrt passierte das selten, in der Regel gab der Dackel die Marschrichtung vor. Johanna rief nach den beiden – auch wenn sie sich im Schlosspark befand, der rundum von einer Mauer umgeben war, verirrten sich mitunter Rehe oder kleineres Wild hierher. Keine Reaktion. Was ungewöhnlich war, normalerweise hörten sie recht gut. Johanna drehte sich um sich selbst. Wohin waren die Hunde gelaufen? Irgendwo zwischen der tausendjährigen Linde und der alten Eiche müssten sie stecken.

Johanna ging hinüber zu den Baumriesen und dann zwischen ihnen hindurch. Sie wandte den Kopf nach rechts und links und stutzte. Die Rinde der Eiche trug eine Schnitzerei, die ihr noch nie aufgefallen war. Sie trat an den Baum heran und fuhr mit dem Finger über die verwachsenen Buchstaben. Die Schnitzerei musste schon alt sein, die Zeichen waren inzwischen schwer zu lesen. Trotz aller Bemühungen brachte Johanna keinen rechten Sinn hinein, denn was sie entziffern konnte, war:

HLEUDWIG

Ratlos zuckte sie die Schultern und wollte sich gerade wieder der Suche nach den Hunden widmen, als unvermittelt lautes Gebell aus den Büschen erklang. Zorniges Gebell. Sehr zorniges Gebell. Dann brüllte ein Mann. Johanna fuhr herum. In der Lücke zwischen den Rhododendren sah sie einen Mann davonlaufen. Davonrennen, um genau zu sein, David und Goliath auf den Fersen. Johanna lief los. „David,

Goliath! Stehenbleiben!" Mit Letzterem meinte sie allerdings den Mann, was der nicht verstand oder vermutlich auch nicht verstehen wollte. Gerade erreichte er die Mauer, sprang hoch, zog sich hinauf und schwang die Beine über die Mauer. Johanna sah noch den langen Pferdeschwanz fliegen, dann war der Mann hinter der Mauer verschwunden. David bellte noch einmal und kam dann nach einem letzten Blick zur Mauer zu ihr zurück. Goliath wollte nicht so schnell aufgeben und lief kläffend vor der Mauer hin und her.

„Und dann ist er abgehauen." Mit immer noch leicht zitternden Händen trank Johanna einen Schluck von Herthas sagenhaftem Kakao, den sie nach dem Schreck allerdings nicht so würdigen konnte wie sonst.

Katharina klopfte mit dem Stift auf den Küchentisch, fügte noch ein paar Details zu ihren Notizen hinzu und starrte dann aus dem Fenster. „Pferdeschwanz, ja? Der hier?" Sie zeigte Johanna ein Foto von Jörns neuem unangenehmen Nachbarn.

Johanna nahm das Handy und nickte dann ungläubig. „Ja, könnte sein. Woher hast du das?"

„Das ist der Kerl von neulich! Der unbedingt zu Ilka wollte!" Hertha stand da, die Hände in die Seiten gestützt und sah das Foto unter gerunzelten Brauen an. „Sie müssen den Kerl verhaften!" Jetzt war es Katharina, die von Herthas brauengerunzeltem Blick fixiert wurde. „Der ist gemeingefährlich. Wenn der Ilka nicht findet, nimmt er am Ende Johanna."

„Was soll der denn von mir wollen?" Johanna sah zu Hertha auf.

Katharina seufzte. „Zum Verhaften reicht das noch nicht ganz. Aber ich habe so eine Ahnung, was der mit Ilka zu tun hat. Deshalb muss ich morgen in das Seniorenheim deiner Oma. Was hältst du davon, wenn du mitkommst? Du kannst mich fahren und deine Oma besuchen. Vor allem kann ich sie dann endlich mal kennenlernen." Katharina liebte ihren Trabbi heiß und innig, verschloss aber nicht die Augen davor, dass Johannas E-Auto schneller und bequemer und vor allem leiser war. Zumindest hoffte Katharina, dass Johanna nicht auf die Idee kam, ihren ebenso heißgeliebten Bulli zu nehmen. Der war weder jünger noch leiser als der Trabbi. „Und bis dahin lasse ich die Mauer absuchen. Vielleicht hat der irgendwelche Spuren hinterlassen."

„Sowie den ganzen Park", ergänzte Hertha.

„Ja, aber ich weiß doch, wo der ..." Johannas Einwand wurde von Hertha im Keim erstickt.

„Keine Widerworte. Es kann mehrere durchlässige Stellen geben." Hertha sah Johanna finster an, griff dann zum Telefon. „Meier? Hier Böhmer. Sie haben für die anstehende Feuerwehrausbildung ein neues Thema."

Johanna ließ den Kopf in die Hände sinken, als sie hörte, wie Hertha dem langen Meier haarklein erklärte, wonach sie suchen sollten und was dann zu unternehmen wäre, um die Mauer sicher zu machen, wenn sie die Einstiegsstelle gefunden hatten. Eigentlich war es ihre Aufgabe als Wehrführerin, den Ausbildungsplan aufzustellen. Aber niemand widersprach einer aufgebrachten Hertha. So war Johanna auch nur wenig verwundert, als sie aus dem Telefon von Seiten des langen Meier nur etwas hörte, das klang wie: „Aye, Käppen."

9. Nov. 1872

Stralsund, 11. November. Am Sonnabend Morgen strandete auf Darßer=Ort=Riff die Yacht Silka, Capt. Jahn, aus Fehmarn, von Lübeck mit Stückgütern auf hier bestimmt. Einer gestrigen Depesche zufolge ist das Schiff, nachdem ein Theil der Ladung gelöscht worden, wieder abgekommen und hat nach Uebernahme der gelöschten Waaren mit Hülfsmannschaft an Bord die Reise auf hier fortgesetzt.

Stralsundische Zeitung, Dienstag, den 12. November 1872

In Putbus auf Rügen

Ludger Lüttin?"

Ottilie trat aus ihrem Versteck hinter einem Schlehenbusch hervor und stellte sich Ludger in den Weg. Der Wind
fasste nach ihrem Mantel und riss ihr die Kapuze vom Kopf.
Sie zwang sich, den Regen, der nun ihre Frisur durchnässte,
zu ignorieren.

Der Angesprochene hielt auf Ottilies Frage hin an und
hob den Blick vom Feldweg. Ohne allerdings den Missmut
in seinen Gesichtszügen durch ein Lächeln zu ersetzen.

„Und?", knurrte er.

„Hätten Sie einen Moment für ein Gespräch?"

„Ich wüsste nicht, worüber ich mit Ihnen zu sprechen
hätte. Noch gehört uns das Land hier."

„Das ist nicht ganz korrekt. Solange Ihr Vater das Erbstandsgeld nicht an meinen Vater gezahlt hat, ist es nach
wie vor das Land meiner Familie. Und Sie wissen, dass das
mit einer gewissen Wahrscheinlichkeit auch so bleiben
wird."

Ludger ballte die Fäuste und trat einen Schritt auf Ottilie
zu. Die zwang sich, unbewegt stehen zu bleiben, warf nur
einen kurzen Blick zu dem Schlehenbusch hinüber. Ludger
war mehr als einen Kopf größer als sie und sie standen weit
außerhalb von Moordevitz. Rechts und links des Weges erstreckten sich die regennassen Weiden, die zum lüttinschen Hof gehörten. Linkerhand wand sich die Moordenitz
durch die Wiesen.

„Wie meinen Sie das?", zischte er.

Sie zog kurz die Brauen hoch. „Nun, ich hatte heute Vormittag das zweifelhafte Vergnügen, einer Unterhaltung zwischen Ihnen und Ihrem Vater lauschen zu müssen. Sie wissen, dass Ihr Bruder und meine Schwester eine, sagen wir, einigermaßen unpassende Beziehung haben."

Ludger wurde eine Nuance bleicher. „Und was habe ich damit zu tun?"

Ottilie bemerkte das leichte Zittern in seiner Stimme. „Nun, die Tatsache, dass der Freiherr von Musing-Dotenow zu Moordevitz nicht sehr glücklich ist über diese Beziehung, könnte sich auswirken auf seine Bereitschaft, Ihrer Familie zwei Jahre Aufschub auf die Zahlung zu gewähren."

Ludger schoss die Röte ins Gesicht, er sprang auf Ottilie zu. „Ihr nehmt uns unser Land weg? Ihr Adelspack, ihr ..."

Ottilie zuckte unwillkürlich zurück und sog die Luft ein. Ein Schlag traf Ludger in den Rücken, der ihn auf den nassen Boden warf.

„Mäßigen Sie sich, junger Mann. Sie sprechen mit einer Dame."

Ludger erhob sich auf die Knie und wandte sich um.

Eduard Behrendt war von Ludger unbemerkt nun ebenfalls hinter dem Schlehenbusch hervorgekommen und hatte ihm von hinten einen Hieb mit seinem Stock verpasst. Ottilie entspannte sich wieder. Langsam kam Ludger wieder auf die Beine.

„Ich will mit niemandem von euch sprechen, lassen Sie mich vorbei." Nach der Erfahrung von eben schien er nicht zu wagen, Ottilie einfach beiseitezuschieben.

„Nun mal langsam, junger Mann. Sie sollten der Dame zuhören, es wird nur zu Ihrem Besten sein", ließ Eduard sich wieder hören.

Ludger drehte sich wieder zu Ottilie, starrte sie mit mahlenden Kiefern an. „Also los, sagen Sie, was Sie zu sagen haben, und dann lassen Sie mich vorbei!"

„Aber gern." Ottilie lächelte kurz. Wenn sie den schlammbespritzten Bauerntölpel erst so weit hatte, dass er zuhörte, würde sie ihn schon dazu bringen, zu tun, was sie wollte. „Zunächst einmal sind wir uns einig, dass Sie den Hof in Familienbesitz halten wollen, nicht wahr? Und wie es aussieht, steht Ihr Bruder dabei im Weg. Ist das soweit korrekt?"

Ludger nickte mit zusammengepressten Kiefern.

„Wenn Sie also genug Geld hätten, um das Erbstandsgeld zu zahlen, und zudem Ihr Bruder verschwinden würde, wären Ihre Probleme aus der Welt geschafft. Ist das zutreffend zusammengefasst?"

Jetzt hatte sie seine Aufmerksamkeit. Wachsam sah er sie an, die Fäuste hatte er immer noch geballt, steckte sie jetzt aber in die Hosentaschen.

„Ich könnte Ihnen das nötige Geld verschaffen", schaltete sich jetzt Eduard ein und trat vor Ludger.

Ludger runzelte die Stirn. „Sie? Wer sind Sie denn überhaupt? Und was geht Sie unser Hof an?"

Eduard betrachtete seine Fingernägel. „Sagen wir, ich bin jemand, der Ihnen das nötige Geld verschaffen kann. Und Ihr Hof, nun ja, der geht mich gar nichts an. Ich bin lediglich einer Dame behilflich."

„Einer Dame? Ach, ich verstehe. Die Dame dort ist Ihre ... nun ja, von mir aus. Aber was haben denn Sie davon, wenn wir unseren Hof behalten?" Jetzt wandte er sich an Ottilie.

„Sehen Sie es als Bezahlung an. Bezahlung dafür, dass Sie Ihren Bruder und meine Schwester verschwinden lassen." Ottilie behielt Ludger scharf im Auge. Die Wahrheit war, sie hätte gar nichts davon, wenn die Lüttins auf dem Hof blieben. Aber das brauchte Ludger nicht zu wissen.

Der sah zunächst nicht besonders geistreich drein. Sein Kiefer war herabgesunken, sodass der Mund halb offen stand. Dann weiteten sich Ludgers Augen. „Ich soll was tun? Meinen Bruder und Ihre Schwester umbringen?" Seine Stimme kippte.

Ottilie lächelte beruhigend. „Aber keineswegs, ich sagte: verschwinden lassen, nicht umbringen. Sie brauchen niemanden zu töten.“

„Ich soll – ja, was? Seine Leiche verschwinden lassen? Dann werde ich doch trotzdem als Mörder verhaftet.“

Ottilie registrierte befriedigt, dass keinesfalls irgendwelche Skrupel ethischer oder moralischer Art Ludger umtrieben.

„Was das angeht, können Sie ganz beruhigt sein. Es wird nie ein Mörder gesucht werden.“

Heute

Frau Lütten? Bitte kommen Sie herein, nehmen Sie doch bitte Platz!"

Katharina drückte die entgegengestreckte Hand und betrat das gediegene Büro der äußerst gediegenen Heimleiterin. Lediglich zwei Fotos von der Frau beim Bergwandern zeigten, dass sie nicht immer in Twinset, anthrazitfarbenem Rock und mit Dutt herumlief. Katharina setzte sich auf eins der Ledersofas, die in der Besucherecke um einen niedrigen Holztisch herumstanden.

„Tee? Kaffee? Bitte bedienen Sie sich." Die Heimleiterin, Frau Menzel, wies auf die Porzellanschale. Keksen hatte Katharina noch nie widerstehen können. Sie nahm sich zwei, ließ sich dadurch aber nicht davon abhalten, sich zu fragen, ob die ausgesuchte Höflichkeit nicht einen Grund hatte.

„Sie müssen entschuldigen, dass ich nicht erreichbar war. Aber ich war wandern und in den Bergen ist der Empfang oft so schlecht. Dass zeitgleich meine Stellvertretung erkrankt war, war ein wirklich unglückliches Zusammentreffen."

Das mit dem schlechten Empfang in den Bergen stimmte, so viel wusste Katharina. Auch wenn sie nie besonders viel Sinn darin gesehen hatte, auf irgendwelche Gipfel zu keuchen. „Das verstehe ich", erwiderte sie und schickte einen Versuchsballon los. „Nach den Aufregungen der letzten Zeit war eine kleine Auszeit sicher sehr erholsam."

Frau Menzel seufzte und nickte. „Da haben sie allerdings recht." Dann fuhr sie geradezu erschrocken auf. „Was meinen Sie mit Aufregungen? Wir sind ein Seniorenheim, wir sind es gewohnt, mit dem Tod von Bewohnern umzugehen."

Katharina zog die Brauen hoch. Bevor sie zu einer Antwort ansetzen konnte, schloss die Heimleiterin kurz die Augen, nahm die Brille ab und rieb sich die Nasenwurzel. Dann setzte sie die Brille wieder auf und straffte sich wieder.

„Ja, natürlich. Sie sind wegen des Todes von Ilka von Musing-Dotenow hier. Sie haben schon von dem Streit gehört, den sie mit ihrem Kollegen hatte. Steffen Buhk. Und ich frage auch gar nicht erst, welche Kollegin oder welcher Kollege Ihnen davon erzählt hat. Das dürfen Sie mir vermutlich ohnehin nicht sagen."

Katharina sah keine Notwendigkeit, Frau Menzel darüber aufzuklären, dass sie mit der Freifrau Senior eine Informantin ganz anderer Art im Heim hatte. Befriedigt hatte sie registriert, dass der neue Nachbar von Jörn mit Namen Buhk tatsächlich Ilkas Ex-Freund aus dem Heim zu sein schien. „Worum ging es denn bei dem Streit?"

Die Heimleiterin zuckte die Schultern. „Ich weiß es ehrlich gesagt nicht so genau. Die beiden hatten ein heimliches Verhältnis. Heimlich, weil wir das hier nicht so gern sehen. Und zwar genau deswegen – weil so etwas immer irgendwann zu Problemen im Dienst führt. Streit, Bevorzugungen undsoweiter undsofort. Darunter leiden dann alle. Deshalb hatten wir den beiden die Kündigung nahegelegt. Obwohl wir das natürlich nicht wirklich hätten verlangen dürfen. Es traf sich äußerst vorteilhaft, dass Ilka ohnehin aufhören wollte, weil sie die Uni wechseln wollte."

„Ach, und der Herr Buhk ist auch gegangen?"

„Ja, er hat ebenfalls gekündigt. Beziehungsweise um einen Aufhebungsvertrag gebeten. Dem haben wir gern entsprochen."

Das konnte Katharina sich lebhaft vorstellen. Aber noch hielt sie mit ihrem Wissen um vertauschte Ampullen hinter dem Berg. Sie hatte den starken Verdacht, dass die Kündigung noch ganz andere Gründe hatte. Ampullen wurden vertauscht, zwei Pfleger mussten gehen und zeitgleich verstarb eine Heimbewohnerin.

Erst einmal wollte sie die letzten Zweifel an Buhks Identität ausräumen. „Sie haben sicher ein Foto von Herrn Buhk?"

Überrascht sah die Heimleiterin sie an. „Ja, ich denke, in seiner Akte sollte eines sein. Warten Sie." Sie ging hinüber zu ihrem Schreibtisch, tippte etwas auf ihrer Tastatur, und wandte sich dann wieder an Katharina. „Hier, sehen Sie."

Katharina stand auf, stellte sich neben Frau Menzel und warf einen Blick auf den Bildschirm. Aus diesem sah ihr, wie erwartet, der neue Nachbar von Jörn entgegen. Befriedigt nickte sie vor sich hin. „Davon bräuchte ich dann mal einen Ausdruck. Ja, von der ganzen Seite, mit Bild, Namen und Adresse."

Geradezu beflissentlich kam die Heimleiterin Katharinas Wunsch nach. Kein Protest von wegen Datenschutz, Firmengeheimnis oder dergleichen mehr von dem, was Katharina sonst in solchen Fällen zu hören bekam.

„Besten Dank." Sie nahm die Blätter entgegen und ließ sich wieder gemütlich in dem Sofa nieder. Mit leicht irritiertem Gesichtsausdruck folgte Frau Menzel ihr. „Wenn ich Ihnen sonst noch irgendwie behilflich sein kann ..."

„Aber ja, das können Sie. Erzählen Sie mir doch mal, warum die beiden wirklich gehen mussten." Dann wagte sie einen gehörigen Schuss ins Blaue. „Was das mit dem Tod der alten Frau Tarnow zu tun hatte."

Der Schuss traf. Frau Menzel erbleichte. Sekundenlang saß sie reglos da, dann wandte sie sich Katharina zu, musterte sie mit leicht zusammengekniffenen Augen, als könnte sie so erkennen, wie viel Katharina bereits wusste. Katharina sah sie betont gleichmütig an, mit ihrem Ich-weiß-alles-du-kannst-mir-nicht-entkommen-Blick.

Und es wirkte. Frau Menzel sackte zusammen, barg das Gesicht in den Händen. „Letztlich war es ein furchtbares Versehen." Sie hob den Kopf wieder. „Herr Buhk wäre zuständig gewesen, die Medikamente für Flur 34 zusammenzustellen. Aber es ging ihm an dem Abend wohl nicht so gut, wir hatten Probleme mit Magen-Darm-Viren. Wo so viele Menschen eng aufeinander leben und arbeiten, können Sie solche Viren nur schwer in Schach halten, wenn sie einmal eingeschleppt sind. Insofern war es durchaus verantwortungsvoll von ihm, jemand anderen zu bitten, die Medikamente zusammenzustellen und zu verteilen, sobald er merkte, dass er sich angesteckt hatte. Wissen Sie, so ein Darmvirus, den wir jungen Menschen leicht wegstecken, kann für ältere lebensbedrohlich sein."

„Aber?", hakte Katharina nach, als Frau Menzel in Schweigen verfiel.

„Er hätte nicht Ilka damit beauftragen dürfen. Als Aushilfe hatte sie nicht die nötige Ausbildung und Qualifikation für eine solche Aufgabe. Herr Buhk dagegen ist ausgebildeter Krankenpfleger."

„Und warum hat er es dennoch getan? Und ihr die Aufgabe überlassen?"

Frau Menzel schüttelte seufzend den Kopf. „Weil niemand anderer verfügbar war. Die Krankheit hat ihn wohl sehr plötzlich erwischt, er musste sich sehr kurzfristig krankmelden. und wir haben Personalmangel. Wie alle."

„Das heißt, Frau Tarnow hat die falschen Medikamente bekommen?"

„Jein. Es war das richtige Medikament, aber die Dosierung stimmte nicht. Sie hätte eine geringere Dosierung gebraucht. Es war nicht viel, es hätte bei einer jüngeren Person auch gut gehen können, aber ..."

„Aber Frau Tarnow war keine jüngere Person", stellte Katharina fest.

„Nein." Frau Menzel strich sich über die Stirn. Dann sah sie wieder auf. „Was passiert jetzt?"

„Mit Ihnen? Das ist nicht meine Baustelle. Meine Aufgabe ist es, den Tod von Ilka von Musing-Dotenow aufzuklären. Aber natürlich muss ich das, was Sie mir erzählt haben, an die hiesigen Kollegen melden."

Frau Menzel nickte und seufzte. „Wissen Sie, im Grunde bin ich erleichtert. Ständig so ein Geheimnis hüten zu müssen, ist furchtbar. Das hab ich denen in der Geschäftsführung gleich gesagt. Dass das sowieso irgendwann ans Licht kommt."

10. Nov. 1872

Vortheilhafte Offerte.
Um mit dem Rest meines Lagers von
Papier=Wäsche
möglichst rasch zu räumen, verkaufe von heute ab das Dutzend
bester Papierkragen für Herren zu 2 *Sgr.*
Manchetten für Herren das Dutzend Paar für 5 *Sgr.*
Manchetten für Damen das Dutzend Paar für 5 *Sgr.*
Unter einem Dutzend wird nicht verkauft.
C. Topp's Papierhandlung, Ossenreyerstr. 23

Stralsundische Zeitung, Sonntag, den 10. November 1872

Niederschlag: 1,9 mm
Temperatur: 5 °C
Windrichtung: NW
Windstärke: 11 km/h
Wasserstand: 0 cm über NN

assen Sie nur, Else, ich bringe es ihr." Ottilie nahm dem Dienstmädchen das wollene rote Tuch ab.

„Sehr freundlich von Ihnen, vielen Dank! Sie sind heute alle so gut zu mir – erst nimmt Ihr Fräulein Schwester mir den Gang in den Park ab bei diesem Regen und nun muss ich ihr noch nicht einmal das warme Tuch bringen!"

„Aber das ist doch nicht der Rede wert, seit Magda krank ist, haben Sie doch alle genug zu tun. Gehen Sie nur."

Ottilie nickte Else zu, die knickste lächelnd und verschwand.

Das klappte ja besser als gedacht. Abgesehen davon, dass tatsächlich ein unangenehmer Nieselregen fiel. Aber dieses Opfer musste sie wohl bringen. Ottilie nahm den Weg, der zwischen den Rhododendronbüschen zum Park führte. Ihre Gedanken arbeiteten, jetzt musste der Plan konkreter werden. Ein Blick zurück zeigte ihr, dass sie vom Schloss aus nicht mehr zu sehen war. Sie trat ein paar Schritte vom Weg herunter zwischen die Büsche. Dann achtete sie darauf, dass Hedwigs Tuch im Rhododendron hängen blieb. Zum Glück hatte sich der Wind nach Tagen stürmischen Südwestwindes heute endlich beruhigt, er würde das Tuch nicht davon wehen. Ottilie sah sich einen Moment um – nur eine leichte Brise spielte mit den gelben und braunen Blättern des Spätherbstes. Dann ging Ottilie zurück zum Weg und folgte ihm, bis sie ihre Schwester entdeckte. Hedwig wartete mit dem Korb am Tor zum Park darauf, dass Else ihr das vergessene Tuch brachte. Ottilie winkte, Hedwig winkte zurück, wenn auch zögerlich. Ottilie gestattete sich ein kurzes spöttisches Verziehen der Mundwinkel. Ihr war völlig klar, dass sie die letzte Person war, der Hedwig jetzt begegnen wollte. Im anderen Arm hielt Hedwig einen Weidenkorb, der mit einem Leinentuch abgedeckt war.

„Liebste Hedwig, du willst wirklich bei der Kälte in den Park hinaus?" Ottilie musterte den Korb, als wäre er völlig neu für sie. „Und die Arbeit der Dienstboten erledigen? Es wäre doch nun wirklich Elses Aufgabe gewesen, dem Gärtnerjungen sein Mittagessen zu bringen. Ich habe Else gerade getroffen, sie wollte dir dein Tuch bringen. Ich habe es ihr abgenommen, hier ... Oh nein, wie dumm von mir! Ich habe es verloren, ausgerechnet dein Lieblingstuch – es muss zwischen dem Rhododendron liegen. Warte, ich hole es dir." Ottilie wandte sich um, aber Hedwig reagierte wie erwartet.

„Nein, lass nur, Ottilie, ich will dich nicht aufhalten, ich weiß doch, wie wenig du Regen magst. Ich hole es schnell selbst." Sie stellte den Korb ab und machte sich auf den Weg.

Ottilie sah ihr einen Moment lang nach, dann bückte sie sich rasch und zog das Leinentuch von dem Korb. Ein Stück Brot, ein Apfel, dessen Schale jetzt im November schon etwas eingeschrumpelt war, und eine abgedeckte Schüssel, aus der es nach Suppe duftete. Ottilie zog ein braunes Glasfläschchen aus dem Muff, öffnete es, nahm den Deckel von der Suppe und kippte den Inhalt des Fläschchens in die Suppe. Der weiße Haufen Pulver sank langsam in die Flüssigkeit ein. Ottilie fluchte in Gedanken, sie hatte nicht bedacht, dass sie würde umrühren müssen. Kurzerhand nahm sie den Löffel, der neben der Schüssel im Korb lag, und rührte Suppe und Pulver vorsichtig um. Zwischendurch warf sie einen raschen Blick zum Rhododendron hinüber. Von Hedwig war noch nichts zu sehen. Gut so, das Pulver war in der Suppe verschwunden. Aber was tat sie

jetzt mit dem schmutzigen Löffel? Seufzend zog sie ihr mit
Spitzen umhäkeltes Taschentuch hervor. Es war die reinste
Verschwendung, aber dennoch ein nur kleines Opfer. Sie
wischte den Löffel mit dem Taschentuch ab, bis er aussah
wie frisch gespült. Das Taschentuch würde sie verbrennen
müssen. Kaum hatte sie den Korb wieder ordentlich mit
dem Leinen abgedeckt, tauchte Hedwig wieder auf.

„Ottilie! Ich hätte gedacht, du hast wichtigere Besorgun-
gen als hier auf mich zu warten. Bei der Kälte in den Park
zu gehen, ist deiner Gesundheit sicher nicht zuträglich."

„Oh, mach dir bitte keine Sorgen um mich. Aber – Hedwig, wir wissen beide, wohin du unterwegs bist. Du willst
diesem Gärtnerjungen sein Mittagessen bringen. Und wir
wissen auch beide, wie Vater darüber denken würde. Also
lass mich dich begleiten."

„Mich begleiten?" Hedwig lachte kurz auf. „Als An-
standsdame?"

„Wenn du es so nennen willst."

Hedwig schnaubte. „Wenn es denn sein muss."

Schweigend gingen beide den Weg hinunter, der durch
die Parkmauer in die Allee aus Magnolien und dann
hinüber zur Laube führte. Dort trafen sie Ludwig, der sich
strahlend zu ihnen umwandte – wobei sich das Strahlen
beim Anblick Ottilies deutlich abschwächte. Ottilie ließ sich
davon nicht beeindrucken und ließ sich auf der Bank in der
Laube nieder, nicht ohne vorher ihr Tuch auf dieser ausgebreitet zu haben. Abgesehen davon, dass ein Rhododendron den Nordwestwind von dieser Bank abhielt, waren
Ludwig und Hedwig nun gezwungen, sich auf zwei Stühle
zu setzen, denn es gab nur diese eine Bank. Hedwig reichte
Ludwig den Korb und warf Ottilie einen zornigen Blick zu.

„Liebste Schwester", erklärte Ottilie daraufhin, „du
weißt, dass ich dich nicht allein hier mit ihm sitzen lassen
werde. Also sei dankbar, dass ich bereit bin, ebenfalls hier
zu sitzen. Anderenfalls müsstest du sofort mit mir zurück-
gehen."

Hedwigs Blick wurde nicht freundlicher, dennoch fügte sie sich in ihr Schicksal und ignorierte Ottilie von da an.

Ottilie beobachtete, wie Ludwig in das Brot biss und dann die ersten Löffel Suppe aß. Würde er etwas merken? Nein, er achtete kaum auf das Essen, weil er ständig in Hedwigs Augen hineinschmachtete. Vermutlich dank Ottilies Gegenwart verlief die Unterhaltung der beiden recht einsilbig.

Nach etwa einem Dutzend Löffeln runzelte Ludwig dann aber doch die Stirn und betrachtete den nächsten Löffel voll Suppe. „Sie schmeckt etwas bitter heute."

Hedwig zog besorgt die Brauen zusammen und beugte sich vor. „Oh – soll ich einmal kosten?"

Sie griff schon nach dem Löffel, als Ottilie sich aufrichtete und sich laut räusperte. Auf ihren strengen Blick hin setzte Hedwig sich wieder gerade hin. „Wie konnte ich das nur vergessen, das schickt sich natürlich nicht", giftete sie ihre Schwester an.

Als die Schüssel leer war und Brot und Apfel verspeist waren, drängte Ottilie ihre Schwester zum Aufbruch. „Es wird kälter, lass uns gehen, sonst werden wir uns erkälten."

Es würde eine Weile dauern und Ottilie wollte auf keinen Fall zugegen sein, wenn die Wirkung einsetzte.

Heute

Johanna meldete sich am Empfang des Seniorenheims an und betrat die helle Eingangshalle. Eben kam Katharina die Treppe herunter, ihr Termin bei der Heimleiterin war rechtzeitig geschafft. Dann entdeckte Johanna auch ihre Großmutter, die sie bereits erwartete. Frisch vom Friseur, mit dezentem Make-up und schlichtem, aber bestimmt nicht billigem Schmuck auf dem dunkelblauen Seidenkleid war sie auch im Rollstuhl eine elegante Erscheinung. Adelheid hatte nie gefunden, dass man mit neunzig nicht mehr auf sein Äußeres achten musste.

„Johanna! Wie schön, dich einmal wieder persönlich zu sehen!" Sie erwiderte Johannas Umarmung. „Und endlich lerne ich die berühmte Hauptkommissarin kennen! Freut mich sehr, Katharina! Ich darf doch Katharina sagen? Wenn Sie mich Adelheid nennen."

Katharina drückte der alten Dame die Hand. „Gern! Ich freue mich auch, Sie endlich kennenzulernen!"

Es wurde ein vergnüglicher Nachmittag im Café des Seniorenheims, in dessen Verlauf Johanna auf das Thema zu sprechen kam, das sie zurzeit am meisten beschäftigte. „Oma, wer war Ottilie?"

„Ottilie? Ich kenne leider keine Ottilie, mein Kind – ach, du meinst Ottilie von Musing-Dotenow? Die Schwester der Urgroßmutter deines Großvaters?"

„Genau die. Also, ich denke, dass ich die meine. Sie ist in der großen Ostseesturmflut umgekommen. Du wolltest mir noch erzählen, was damals passiert ist."

Adelheid nickte. „Ja, das muss ganz furchtbar gewesen sein. An sich lag Schloss Moordevitz hoch genug. Es war wohl rundum von Wasser umgeben und die Bewohner eingeschlossen von den Wellen, aber es ist ihnen nichts passiert, weil das Wasser das Schloss selbst nicht erreicht hat. Aber aus irgendwelchen Gründen war Ottilie nicht zu Hause. Sie hielt sich bei einer Bauernfamilie auf und ist mit ihnen umgekommen. Die ganze Familie ist ertrunken, das ist doch furchtbar!"

„Der jüngste Sohn hat wohl überlebt", stellte Johanna richtig. „Von dem stammt Katharina ab."

„Ach, tatsächlich?" Adelheid sah Katharina erstaunt an.

Die hob nur abwehrend die Hände. „Ich weiß von nichts."

„Aber warum Ottilie auf dem Hof war, weißt du nicht?", fragte Johanna.

Ihre Großmutter wandte sich ihr wieder zu. „Nein. Natürlich gab es Geschichten, aber ehrlich gesagt halte ich nicht viel davon. Es soll eine Entführung gegeben haben."

„Die Lüttins haben Ottilie entführt?" Ungläubig verzog Johanna das Gesicht.

„Lüttin hieß die Familie? Aber Sie heißen doch Lütten, Katharina? Nun ja, die Schreibweisen änderten sich oft. Nein, es wurde wohl nicht Ottilie entführt, sondern ihre

Schwester. Einer der lüttinschen Söhne soll Hedwig entführt haben. Und Ottilie soll angeblich auf dem Hof nach ihr gesucht haben. Dort wurde sie dann vom Wasser überrascht. Wie gesagt, das sind wilde Geschichten, deren Wahrheitsgehalt bezweifelt werden darf. Wenn Hedwig vermisst wurde, hätte bestimmt nicht ihre Schwester nach ihr gesucht, sondern die kräftigen männlichen Haushaltsmitglieder. Es herrschte immerhin Sturm. Und wahrscheinlich auch noch Regen, Schnee und Kälte."

„Und Hedwig? Sie muss ja überlebt haben, wenn sie Opas Uroma werden konnte. Wie alt war sie 1872?"

„Ach je, Kind, das weiß ich nun wirklich nicht. Vielleicht achtzehn oder zwanzig. Aber ja, Hedwig wurde gefunden, auf einem Schiff. Von dort wurde sie von ihrem späteren Ehemann aus höchster Lebensgefahr befreit." Oma Adelheid lächelte kurz. „Dass sie aus irgendeiner Gefahr gerettet wurde und ihren Retter heiratete, das scheint wahr zu sein. Aber wie sollte sie in der Sturmnacht auf ein Schiff gelangt sein? Und welche Rolle sollte der lüttinsche Junge dabei gespielt haben, der sich anschließend auch noch umgebracht haben soll? Nein, ich denke, hier sind wir Zeuge des Entstehens einer Sage. Sehr passend dazu ist überliefert, dass Hedwig nie erzählt haben soll, was passiert ist. Ob sie einfach traumatisiert war und sich wirklich nicht erinnern konnte oder ob sie sich nicht erinnern wollte – wer weiß. Sie blieb dann wohl über ein Jahr in einem Sanatorium, bis sie sich soweit von den Ereignissen erholt hatte, dass sie ihren Retter ehelichen konnte. Sie haben sich während der Zeit ihrer Genesung nicht gesehen, sie hat sich angeblich nur in seine Briefe verliebt. So wie bei Cyrano de Bergerac. Womit die Sage dann auch ihren Teil an Romantik erhält. Aber müssen wir jetzt wirklich über diese alten Geschichten reden? Erzählt mir lieber von eurer Gegenwart!"

Auf der Rückfahrt nach Moordevitz ließ Johanna Katharina fahren und hing auf dem Beifahrersitz ihren Gedanken nach. Ludwig sollte Hedwig entführt haben? Aber was sollte dann die Schnitzerei im Baum? Denn deren Bedeutung schien für Johanna inzwischen klar – die Verschachtelung der Buchstaben aus beiden Namen sollte die Verbundenheit der beiden symbolisieren. Wenn es wirklich eine Entführung gegeben hatte, existierten möglicherweise noch Polizei- oder Gerichtsakten. Auch wenn es stimmte, dass Hedwig selbst nie etwas gesagt hatte, gab es dort vielleicht Hinweise, wie alles zusammenhing. Vielleicht fiel Oma Adelheid auch noch mehr ein, jetzt, wo sie einmal auf Thema gebracht war.

Johanna freute sich, dass es ihr gelungen war, ihre Großmutter zu dem Besuch auf Schloss Moordevitz zu überreden. Sie würde ihren alten Bulli nehmen und Adelheid in wenigen Tagen abholen. Dann konnten sie weiter über die alten Geschichten reden und sich auch mit den Finanzen auseinandersetzen.

Johannas Handy brummte, sie entsperrte es und warf einen Blick in die Messenger-App. Eine Nachricht von einem unbekannten Absender. Sie seufzte. Sie musste wirklich vorsichtiger mit ihrer Nummer umgehen, die war zu leicht zu finden.

Sie wollte die Nachricht überfliegen, um sie dann mit großer Wahrscheinlichkeit löschen zu können.

Aber bereits bei den ersten Worten zog sie scharf die Luft ein und ließ vor Schreck das Smartphone fallen. Mit zittrigen Händen klaubte sie es aus dem Fußraum des Autos wieder hervor und las den Rest der Nachricht.

Nach fünfzig Kilometern fiel Katharina auf, dass Johanna kein Wort mehr gesagt hatte, seit ihr das Handy heruntergefallen war. Sie wandte kurz den Kopf und bemerkte Johannas totenbleiches Gesicht.

„Ist was?", fragte sie schließlich.

„Dein Urur-undsoweiter-Großvater hat meine Urur-und-soweiter-Großmutter entführt", war die Antwort. „Und da heißt es immer, wir Adeligen waren die Bösen."

Katharina glaubte, sich verhört zu haben. „Und muss ich dafür jetzt ohne Abendbrot zu Bett? Oder in den Keller umziehen? Oder worüber grübelst du nach?"

Johanna schüttelte bloß kurz den Kopf, wandte das Gesicht ab und lehnte den Kopf ans Beifahrerfenster.

Katharina schwieg von da an auch, sie schwankte zwischen Verständnislosigkeit, Wut und ja – Angst. Was war da los? Konnte wirklich diese Entführung vor Jahrhunderten der Grund für Johannas Verstimmung sein? Das passte so gar nicht zu ihr.

Im Schloss angekommen betraten sie weiterhin schweigend die Halle. Hertha kam aus der Schlossküche und brachte einen Schwall Duft nach Makkaroni-Auflauf mit sich. Johanna verschwand sofort nach oben in ihr Zimmer, gefolgt von ihren beiden Hunden. Da die Begrüßung diesmal ausgeblieben war, waren es zwei Hunde mit hängenden Schwänzen.

Hertha stand der Mund offen. Dann wandte sie sich Katharina zu und runzelte die Stirn. „Was ist hier los?"

Katharina zuckte die Schultern und schüttelte den Kopf. „Ich weiß es nicht." Aber auch ihr hatte es den Appetit verschlagen.

Schloss Güstrow

10. Nov. 1872

Mitternacht

Wolgast, 10. November. Der am 24sten v. M.
aus einer Höhe von 95 Fuß herabgestürzte
Maurergeselle Stange aus Stralsund befindet sich
auf dem Wege der Besserung. Nach ärztlichem Gutachten wird
derselbe allem Anscheine nach nicht nur wieder gesund, sondern
sogar wieder arbeitsfähig werden. — Wir wollen hierbei nicht
unerwähnt lassen, daß die Direction der hier im Bau
begriffenen Dampfmühle in der anerkennenswerthesten Weise
für die bei ihrer Fabrikanlage Verunglückten Sorge trägt.
Letztere erhalten nicht allein ihren vollen Wochenlohn, sondern
auch freie Medizin und freie ärztliche Behandlung.

Stralsundische Zeitung, Dienstag, den 12. November 1872

Niederschlag: 0 mm
Temperatur: 6 °C
Windrichtung: NO
Windstärke: 18 km/h
Wasserstand: 30 cm über NN

Ludger fuhr zurück und schlug die Hände vor den Mund. Eduard Behrendt zog nur spöttisch die Brauen hoch. „Ich dachte, Sie hätten verstanden, worum es geht. Sie sehen, wir haben unser Versprechen gehalten. Sie brauchen niemanden zu töten."

Ludger würgte, er atmete ein paar Mal tief ein und aus. Ja, er hatte gewusst, worum es ging. Dennoch begriff er es erst jetzt wirklich. Beim Anblick seines toten Bruders, dessen bleiches Antlitz im Schein der Laterne leuchtete. Seine leblosen Glieder waren verkrampft, er hatte Schaum vor dem Mund.

„Hat er ... hat er gelitten?" Ludger ließ die Hände sinken. Ihm war übel, er brauchte all seine Kraft, um sich aufrecht zu halten.

„Ich weiß es nicht. Ist das wichtig?" Behrendt stellte die Laterne ab und holte eine Decke vom Wagen. „Lassen Sie uns zur Tat schreiten." Er breitete die Decke auf dem Boden aus. „Und nun tun Sie, was vereinbart war. Sie müssen die Leiche einwickeln, es muss ja nicht gleich jeder sehen, was wir hier transportieren."

„Nein." Ludger schüttelte heftig den Kopf und wich zurück. Sein Kopf schüttelte sich weiter und weiter, er konnte das Schütteln nicht stoppen.

„Nun kommen Sie endlich!" Behrendt wurde lauter, seine Stimme zischte vor Ungeduld. „Wir müssen ... wir müssen ihn auf Ihren Tweismaker bringen!"

Das kurze Zögern war Ludger trotz seines Entsetzens nicht entgangen. Aufmerksam sah er Behrendt an. „Ich habe keine Volljolle. Noch nicht einmal eine Halbjolle."

„Aber doch, ab heute haben Sie eine. Und nun kommen Sie, ich will das Ganze erledigt haben, bevor es hell wird."

Ludger brauchte einen Moment, um das zu verdauen. Ein eigener Tweismaker, eine Volljolle mit zwei Masten! Davon träumte er seit Jahren, aber sein Vater hatte es nie gern gesehen, wenn er mit dem alten Fischer Heinrich Meier auf Fischfang fuhr. Draußen auf See verlebte er die einzigen Stunden, in denen er wirklich zufrieden war. Nicht selten war es pures Glücksgefühl gewesen, wenn das Boot unter vollen Segeln durch die Wellen pflügte. Auch wenn die Arbeit nicht weniger hart war als auf dem elterlichen Hof.

Den Tod hatte Ludwig nicht verdient, aber da es ja nun einmal geschehen war, musste er das Beste daraus machen.

Mit zusammengebissenen Kiefern breitete Ludger die Decke über Ludwig aus. Er vermied es, seinem toten Bruder ins Gesicht zu sehen – doch da ihm dieses ständig vor dem inneren Auge stand, nützte das nichts. Mit bebenden Händen schlug er die Decke um den Leichnam.

„Wir werden den Leichnam in Moordevitz auf die Jolle schaffen. Dann segeln wir ihn noch diese Nacht auf die Ostsee, wo wir Ihren Bruder versenken. Unbeobachtet, versteht sich. Danach bringen wir das Boot nach Dotenow. Es muss in die Werft, bevor Sie es übernehmen können. Ich gehe davon aus, dass Sie das schaffen."

Und ob er das schaffte. Für einen eigenen Tweismaker schaffte er alles. Das Wetter war günstig, aus der leichten Brise des Tages war ein schwacher Wind geworden.

Ludger wuchtete den in die Decke gehüllten Körper auf den Wagen und lief dann neben her, während Behrendt auf dem Kutschbock saß und die Pferde zu dem kleinen Hafen etwas außerhalb von Moordevitz lenkte. Als sie dort ankamen, war Mitternacht lange vorbei und niemand war zu sehen. Nur das leise Plätschern des Wassers war zu hören. Durch die Wolkendecke war gerade genug Mondlicht zu erahnen, dass es nicht vollständig finster war. Sie würden ohne Lampenlicht auskommen können.

Behrendt stoppte den Wagen, bevor der gepflasterte Weg begann. Auf dem Rundkopfpflaster würden Hufe und Räder allzu viel Lärm verursachen. Mit einem Wink des Kopfes bedeutete er Ludger, Ludwigs Leiche vom Wagen zu heben. Ein zweiter Wink gab die Richtung zum Hafenbecken an.

Ludger keuchte unter der Last, auf den letzten Metern schien das Gewicht seines toten Bruders ins Unermessliche zu steigen. Die Luft blieb ihm weg, er meinte zu ersticken, musste würgen.

War es das wirklich wert? War eine eigene Jolle das wirklich wert?

Dann hatte er die Kaikante erreicht und war nahe genug an der Jolle, dass er sie erkennen konnte.

Denn er kannte dieses Boot, war selbst viele Male mit Hinrich Meier auf der Jolle zum Fischen hinausgefahren. Meier hatte das Boot an Behrendt verloren, der ihm Geld geliehen hatte, als Meier dringend welches gebraucht hatte für einen Arzt für seine kranke Frau. Er hatte gedacht, mit ein bisschen Glück im Fischfang würde er die immens hohen Zinsen schon zahlen können.

Aber er hatte kein Glück im Fischfang gehabt und sein Boot an den Fabrikanten verloren. Um sich überhaupt über Wasser halten und das geliehene Boot bezahlen zu können, übernahm Meier neben der Fischerei alle möglichen Arbeiten, schleppte sogar in Musing-Dotenow Sand als Ballast für die Segler.

Aber das hätte nun ein Ende. Ludger schöpfte neuen Mut. Wenn ihm jetzt die Jolle gehörte, konnte er wieder mit Hinrich Meier zum Fischen raus fahren.

Den Gedanken, dass er selbst von dem skrupellosen Fabrikanten möglicherweise genauso hereingelegt werden könnte, erstickte er, bevor er wirklich Form annehmen konnte.

Heute

Am nächsten Morgen bot sich Hertha ein Bild, das sie bei den beiden Freundinnen nicht für möglich gehalten hätte. Johanna hing todmüde, bleich und schweigend über ihrer Tasse Tee, ohne ihr Brötchen anzurühren. Das war schon besorgniserregend. Katharina hing todmüde und schweigend, wenn auch nicht bleich, über ihrer Tasse Kaffee, ohne ihr Brötchen anzurühren. Das war in allerhöchstem Maße besorgniserregend – Katharina hatte immer Hunger, unter allen Umständen. Was immer da gestern vorgefallen war, es musste aus der Welt.

„Johanna, wenn Sie mir freundlicherweise einen Eimer Kartoffeln aus dem Keller holen würden?" Sie drückte Johanna den Eimer in die Hand. Die sah schlaftrunken auf, nahm wortlos den Eimer und ging in den Keller.

Seit dem Brand im alten Pferdestall lagerten die Kartoffeln im Gewölbekeller unter dem Schloss. Nach gründlicher Sanierung war es hier unten trocken und kühl, ideal für die Vorratshaltung. Als Johanna den Eimer mit Kartoffeln gefüllt hatte, wandte sie sich um und stand vor Katharina.

„Tut mir leid, wenn ich in deine Gewölbe eindringen muss", ätzte die, „aber Hertha braucht auch noch Speck."

In dem Moment schlug die Kellertür zu und der Schlüssel wurde herumgedreht.

„Wenn Sie sich wieder vertragen haben, lasse ich Sie wieder raus." Herthas Schritte verklangen in der Halle.

Eine Weile standen beide vor der Kellertreppe und sahen hinauf zur geschlossenen Tür. Johanna starrte die dicken Bohlen sprachlos an. Dann fühlte sie ein Zucken um ihren Mund, das Zucken wurde stärker und schließlich brach das Lachen aus ihr heraus. Katharina stimmte vorsichtig ein.

„Oh Mann, diese Haushälterin ist klasse in ihrem Job", keuchte Johanna schließlich. Dann brach sie in Tränen aus.

Katharina stand einen Moment da, dann nahm sie die Freundin in den Arm. „Erfahre ich jetzt, was los ist?"

„Ich kann nicht", war die tränenerstickte Antwort.

„Doch, du kannst. Ich bin die Polizei, mir kann man alles sagen."

Johanna schüttelte den Kopf, machte sich frei und trat an das Kellerfenster, aus dem sie allerdings mangels Körpergröße nicht hinaussehen konnte. „Nein. Das ist es ja. Gerade der Polizei kann ich es nicht sagen."

„Johanna, du weißt, es ist immer ein Fehler, wenn Leute nicht mit der Polizei sprechen. Auch wenn Entführer und Erpresser das immer wieder ford..." Katharina unterbrach sich und starrte Johanna sekundenlang wortlos an. „So was ist es aber nicht, oder?" Ihre Stimme krächzte und versagte dann.

Johanna reagierte nicht.

„Johanna!" Katharina schrie jetzt. Sie lief zu Johanna hinüber und schüttelte sie. „Rede mit mir! Was ist los?"

Johanna wollte sich losmachen, aber Katharina hielt sie fest, zog ihr das Handy aus der Tasche und wich damit in die hinterste Ecke zurück. Johannas PIN zum Entsperren kannte sie schon lange, rasch tippte sie sie ein, bevor Johanna ihr das Smartphone wieder wegnehmen konnte. Deren halbherzige Versuche, genau dies zu tun, verebbten. Kraftlos sank sie auf dem Boden zusammen, während Katharina die Nachricht las, wobei ihre Augen immer größer wurden.

„Bitte? Was ist das denn für ein krankes Aas?", brüllte sie schließlich.

Dann ließ sie sich neben Johanna auf dem Boden nieder. „Okay. Also der will deine Oma umbringen, wenn du ihn nicht heiratest. Heiratest! Das ist doch krank! Aber wer denn überhaupt? Wer ist das?"

Johanna schüttelte den Kopf. „Ich weiß es nicht. Ich habe nicht die geringste Ahnung. Dabei würde ich es sogar tun, um Oma zu retten."

„Du – was? Mit Sicherheit nicht. Ich erschieß den noch am Altar. Sobald ich weiß, wer das ist. Als Erstes überprüfen wir ... genau, Pannicke kann das machen. Der ist heute aus dem Urlaub zurück."

Katharina rief ihren Kollegen Oberkommissar Pannicke an. „Können Sie mal – ja, danke, ja, freut mich, dass Sie einen schönen Urlaub – Pannicke! Das hier ist wichtig, Smalltalk können wir später noch machen! Sie müssen rauskriegen, wem diese Nummer gehört." Sie diktierte die Nummer des Nachrichtenschreibers.

„Ja, natürlich schnell!" Sie legte auf.

„So." Katharina kniff die Augen zusammen und dachte nach. „Jetzt ruf deine Oma an und frag, wie es ihr geht."

Mit großen, furchtsamen Augen sah Johanna ihre Freundin an, die ihr das Handy in die Hand drückte. Nach dem vierten misslungenen Versuch, mit ihren zitternden Fingern Oma Adelheids Nummer einzutippen, gab Johanna Katharina das Handy zurück. „Mach du!"

Als Oma Adelheid sich am anderen Ende meldete, flossen bei Johanna wieder die Tränen.

„Adelheid, hier ist Katharina! Ich wollte mich nur noch einmal für den wunderbaren Nachmittag gestern bedanken. Und ..." Einen Moment kräuselte sie nachdenklich die Lippen. „Wir haben beschlossen, dass wir Sie heute noch abholen, das Wetter soll eintrüben. Dann hätten Sie vorher hier noch ein, zwei schöne Tage für den Strand. Wunderbar, dann sehen wir uns ja bald!"

Johanna sah Katharina ungläubig an, als diese ihr das Handy wiedergab. „Hältst du das für eine gute Idee? Sie herzuholen, quasi in die Höhle des Löwen? Ich wollte sie im Gegenteil überreden, zu Hause zu bleiben."

„Hier ist aber nicht nur der Löwe, sondern auch meine Leute und ich. Hier können wir auf deine Oma aufpassen. Da drüben ist sie auch nicht sicher vor ihm, der weiß mit Sicherheit, wo sie wohnt."

Eine Weile schwiegen beide.

Dann sah Katharina Johanna grimmig an. „Sobald Pannicke weiß, von wem die Nachricht kam, sperre ich den ein. Vorbei an allen Untersuchungsrichtern auf Lebenszeit bei Wasser und Brot. Okay, dann lass uns Hertha rufen, ich habe Hunger, ich will mein Frühstücksbrötchen."

„Ich weiß was Besseres. Komm mit." Johanna wischte sich die letzten Tränen ab und verschwand rechts hinter einem Regal voller alter Einmachgläser. „Hilf mir mal, es bewegt sich immer so schwer."

Mit vereinten Kräften schoben sie das Regal beiseite und standen vor einer Tür.

„Wow! Eine Geheimkammer!" Katharina wischte sich Spinnweben aus dem Haar.

„Na ja, so geheim jetzt auch nicht, Hertha kennt sie jedenfalls." Johanna zog die Tür auf. Sie betraten einen kleinen Raum, der durch ein kleines Fenster erhellt wurde. Auch hier reihten sich Regale aus dicken Brettern entlang der Wände.

„Is nich wahr! Hier bewahrt Hertha ihre Köstlichkeiten auf! Der Sanddornwein! Die Erdbeermarmelade!" Katharina sah sich um.

Johanna zog eine Flasche aus dem Regal. „Für Wein ist es vielleicht noch ein bisschen früh, aber wie wäre es mit ihrem kostbaren Kirschsaft? Rache ist Blutwurst."

„Oder Mettwurst." Katharina holte eine geräucherte, duftende Wurst von einem der Haken an der Decke. „Himmel, riecht die lecker!"

Eine Weile hockten beide Mettwurst kauend auf dem staubigen Boden und tranken den Saft aus der Flasche. Johanna fühlte sich besser und besser, Adelheid war in Sicherheit und ein geteiltes Geheimnis war tatsächlich deutlich leichter zu tragen. Sie griff das Thema wieder auf.

„Ich glaube, wir sollten Oma nicht hier im Schloss unterbringen. Der lange Meier hat mir erzählt, sie haben Abdrücke einer Leiter gefunden. Mit einer Leiter kommt man immer rüber über die Mauer, da können wir nicht viel machen."

Katharina nickte langsam. „Bei einem von den Meiers?"

Johanna lachte. „Eine Freifrau von und zu würde man tatsächlich nicht bei den beiden vermuten! Das machen wir, ich kriege denen das schon angeschnackt. Aber im Sinne der großmütterlichen Nerven frage ich erst den langen Meier und den kurzen als zweite Option. Wenn du satt bist, können wir ja los, ich will so bald wie möglich zu Oma. Wir krabbeln durchs Kellerfenster, wer weiß, wo Hertha ist und ob sie uns hört, wenn wir rufen."

„Genau. Wir werden schon dafür sorgen, dass die heutige Freifrau nicht vom Pöbel entführt wird wie die von vor keine Ahnung wie viel Jahren."

„Oh." Johanna wurde rot. „Das war blöd von mir, das zu sagen. Dass dein Vorfahr meine Vorfahrin entführt hat. Da kannst du ja nichts für. Außerdem hat Ludwig Hedwig nicht entführt."

„Nicht?"

Johanna schüttelte den Kopf. „Nein. Ich glaube, meine Hedwig und dein Ludwig hatten eine Affäre. Sie haben sich in einem der Parkbäume verewigt. Die Beziehung musste vermutlich geheim bleiben, wegen Standesdünkel und so."

„Ob er sich deswegen vielleicht umgebracht hat? Mein Ludwig? Weil seine Traumfrau letztlich unerreichbar für ihn war?"

„Oder ..." Johanna nahm noch einen Schluck Saft. „Oder Hedwig war tatsächlich auf einem Schiff, weil sie zusammen fliehen wollten, und dann kam das Hochwasser dazwischen. Wow, ist das romantisch."

„Also kein Suizid? Ist Ludwig dann einfach auch in dem Hochwasser umgekommen, bei dem Fluchtversuch?", überlegte Katharina.

„Gefiele mir deutlich besser, die Variante", stellte Johanna fest. „Wunderbar romantisch und tragisch. Und ..."

„Und?"

„Wenn man einen Selbstmord vortäuscht, könnte man unentdeckt verschwinden. Niemand würde einen suchen."

Katharina ließ um Haaresbreite die Flasche fallen. Mit offenem Mund starrte sie Johanna an.

„Das ist es! Johanna, du hast gerade den Knoten im Fall Ilka gelöst!"

12. Nov. 1872

Morgens

Stralsund, 12. November. Bei dem heftigen Sturm aus
Nordosten ist in der vergangenen Nacht ein Schiff im hiesigen
Hafen nicht unerheblich beschädigt, indem ein anderes,
daneben liegendes Schiff durch Zerspringen der Kette
in's Treiben gerieth.

Das Dampfschiff „Hertha" hat heute wegen des starken
Nord-Ost-Sturmes seine Fahrt von hier nach Wittow
ausgesetzt und wird dafür morgen, Mittwoch, um 10 Uhr
Vormittags, von hier abfahren.

Am Donnerstag fällt daher die Fahrt von Stralsund nach
Ralswiek aus und finden vom Freitag ab wieder die
planmäßigen Fahrten statt.

In Folge des starken Nordost-Windes stand das Wasser heute
Vormittag im Hafen etwa 3 Fuß über dem gewöhnlichen
Wasserstande.

Stralsundische Zeitung, Mittwoch, den 13. November 1872

Niederschlag: 14 mm
Temperatur: 4,5 °C
Windrichtung: NO
Windstärke: 112 km/h
Wasserstand: 100 cm

$\mathcal{H}$edwig stieß einen Schrei aus. Dann probierte sie mehrere Arten, die Hände zu ringen und gleichzeitig dabei den Brief zu halten. Endlich war sie zufrieden, sie stieß die alte Tür auf und lief aus dem Schuppen, in dem die Gartengeräte aufbewahrt wurden. Sie zog ihr Tuch gegen den heftiger werdenden Regen über den Kopf und schlang die Enden um den Hals.

Sie durfte das Schreien und Weinen nicht vergessen. Sie eilte die Treppe hinauf und stürmte ins Esszimmer, wo sie Vater und Schwester bereits beim Frühstück wusste. Hinter der Schwelle blieb sie stehen und rang die Hände. „Er ist tot! Er ist aus freien Stücken aus dem Leben geschieden! Meinetwegen! Ich wünschte, ich wäre an seiner Stelle!"

Der Freiherr fuhr erschrocken auf, schob seinen Stuhl so rasch zurück, dass der umfiel. Er achtete nicht auf das umgestürzte Möbel und eilte auf seine Tochter zu. „Tot? Wer um Himmels willen ist gestorben?"

Er griff nach ihrem Arm, aber sie streckte ihm nur den Brief entgegen. Hastig überflog er das Schreiben. Dann ließ er die Hand mit dem Blatt sinken und sah sichtlich betroffen zu Boden.

„Dass ihr jungen Leute aus jeder Schwärmerei aber auch immer gleich so etwas Absolutes machen müsst. Eine Ehe gründet sich doch nicht auf Verliebtheit. Er hätte jede Möglichkeit gehabt, eine passende, anständige Frau zu finden." Gustav schüttelte den Kopf.

Hedwig schluchzte auf, barg das Gesicht in den Händen. Bei der bloßen Vorstellung, Ludwig könnte tatsächlich tot sein oder eine andere heiraten, flossen echte Tränen. Ihr Vater tätschelte ihr unbeholfen die Schulter.

„So beruhige dich doch. Es ist schrecklich, aber es ist doch nicht deine Schuld. Die Entscheidung hat er ganz allein getroffen."

Nun ja, ihr Vater hatte durchaus auch einen nicht unerheblichen Anteil an Schuld, aber darauf kam er natürlich nicht. Hedwig hob das Gesicht, suchte nach ihrem Taschentuch und tupfte sich die Augen ab. Während ihr Vater im Wesentlichen ratlos schien, wie er mit ihr und der Situation umgehen sollte, aß Ottilie in aller Seelenruhe ein Marmeladenbrötchen. Typisch. Für die Schwester ging die Welt unter, aber Ottilie kümmerte das alles gar nicht. Doch das konnte Hedwig bald völlig gleichgültig sein. Sie straffte sich, holte Luft und sah ihren Vater an.

„Wenn ich mich für ein, zwei Tage ins Strandhaus zurückziehen dürfte? Bis ich wieder mit mir im Reinen bin."

Gustav sah verständnislos drein. Diese Bitte hatte ihn offenbar ziemlich überrumpelt. „Ins Strandhaus? Im November? Zumal der Wind schon wieder zunehmen will und es schüttet wie nichts Gutes? Meine Liebe, dort ist nicht geheizt, wir hatten es schon für den Winter hergerichtet. Und ich halte es nicht für eine gute Idee, wenn du dort über Nacht allein bist."

„Aber Vater", schaltete sich nun unerwartet Ottilie ein. „Du kannst Chim bitten, den Kamin anzuheizen und die für zwei Tage nötigen Vorräte hinüberzubringen. Hedwig selbst ist doch durchaus im Stande, ein Feuer in Gang zu halten. Was soll ihr dort geschehen, was ihr nicht auch hier geschehen könnte?"

Zwei Stunden später machte sich Hedwig auf den Weg durch den Wald der Graadewitzer Heide ins Strandhaus, das wenige Kilometer vom Schloss entfernt direkt an den

Dünen lag. Selbst bei geschlossenen Fenstern hörte man das regelmäßige Auf und Ab der Ostseewellen. Im Sommer übernachtete die Familie dort gelegentlich, aber im Winter wurde es nicht genutzt. Es wäre der richtige Ort für eine verwundete Seele, um zu heilen.

Es war allerdings auch der richtige Ort, um von dort unbemerkt aus den Zwängen der Familientradition zu entfliehen. Bis ihr Vater dahinterkam, wäre sie schon weit weg auf dem Weg nach Hamburg. Dorthin, wo die großen Segler nach Amerika ablegten.

Sobald sie nicht mehr vom Schloss aus gesehen werden konnte, verwandelte sich der schleppende gebeugte Gang Hedwigs in ein flottes Schreiten, unterbrochen von gelegentlichen Hüpfern. Lachend drehte sie sich um sich selbst, schwang ihr neues rotes Wolltuch um sich herum. Um sehr bald wieder zu einem langsamen Schritt überzugehen, es war mühsam, gegen den zunehmenden Wind anzuschreiten, der ihr genau entgegenblies. Zumal aus dem Regen jetzt auch noch Schneeregen wurde, der ihr nass und kalt ins Gesicht schlug.

Doch selbst der Ast, der ihr vom Sturm vor die Füße geworfen wurde, konnte ihre freudige Stimmung nicht beeinträchtigen. Sie summte vor sich hin und malte sich ihr neues Leben in den leuchtendsten Farben aus. Sie würden sich einen eigenen Hof dort drüben aufbauen, Ludwig würde genug Geld verdienen, um auch seiner Familie den Hof hier in Mecklenburg-Schwerin zu erhalten. Irgendwann würde ihr Vater einsehen, dass er in seinem Vorurteil eine ganz falsche Entscheidung getroffen hatte. Er würde ihr verzeihen und stolz auf seinen tüchtigen Schwiegersohn sein.

Über all der Träumerei traf es sie völlig unvorbereitet, als sie grob an den Armen gepackt wurde und sich ein Sack über sie stülpte. Etwas Schweres traf ihren Kopf und die Welt versank in Schwärze.

Das ehemalige Haus des Lotsenkommandeurs in Warnemünde

Heute

Hertha räumte derweil die Küche auf und stellte Überlegungen an, wie viel sie von ihren Vorräten im Keller würde ersetzen müssen, denn natürlich war ihr klar, dass Johanna von ihrem Versteck wusste. Es kratschte irgendwo unter ihr, offenbar stellten die beiden gerade einen Fluchtversuch durch das Kellerfenster an. Das Fenster hatte sich gesetzt und kratzte beim Öffnen immer an der Mauer entlang. Ja, da liefen sie hinüber zur Eingangstür. Hauptsache, die Stimmung war wieder normal. Vergnügt machte Hertha sich an die Vorbereitung des Mittagessens.

Wieder kratschte es. Nanu, die beiden würden doch nicht den umständlichen Weg durchs Kellerfenster wieder hereinkommen? Vermutlich wollten sie sie ärgern und heute Abend so tun, als hätten sie den ganzen Tag im Keller hungernd ausgeharrt. Sollten sie.

David hob den Kopf und ließ dieses Grollen tief in seiner Kehle hören, das Hertha in höchste Alarmbereitschaft versetzte. Eine Tür quietschte unter ihr. Die Tür zu ihrem geheimen Vorratskeller. Hertha stand leise auf, hob die Hand, damit David still blieb, schlich zur Küchentür, zog diese einen Spalt weit auf. Schritte auf der Kellertreppe. Die Klinke wurde von innen heruntergedrückt. Dann wurde an der Tür gerüttelt, aber das Schloss war neu, es ließ sich nicht beeindrucken.

„David, Laut!"

Das ließ der große schwarze Hund sich nicht zweimal sagen. Er stürmte in die Halle, sprang an der Kellertür hoch und sein Gebell wurde in der hohen Halle hin- und hergeworfen, als wäre eine ganze Meute direkt aus der Hölle gekommen. Goliath unterstützte nach Leibeskräften und untermalte das Spektakel mit seinem Gekläff.

Hertha hastete zurück in die Küche und lief zum Fenster. Katharina und Johanna kamen die Treppe heruntergerannt, beide waren in ihren Wohnungen gewesen, um ein paar Sachen zusammenzusuchen. Gerade noch konnten sie einen Mann mit langem Pferdeschwanz sehen, wie er über die Wiese rannte und hinter der Remise verschwand.

„So. Dann verrammel ich jetzt erst mal das Kellerfenster und kontrolliere alle anderen Fenster. Ab sofort werden alle Türen nachts abgeschlossen." Kaum dass sie den Satz beendet hatte, machte Hertha sich auf den Weg, um ihren Plan in die Tat umzusetzen.

„Ich kümmere mich jetzt erst mal um diesen Buhk." Katharina runzelte die Stirn. „Kennst du den?"

„Wen?" Johanna verstand gerade offensichtlich nichts.

„Diesen Typ, der gegenüber von Jörn neu eingezogen ist. Das ist ein ehemaliger Kollege von Ilka. Ihr Ex, um genau zu sein. Der ist der Einbrecher, wie es aussieht."

„Und was will der hier? Moment, den hat Hertha hier doch auch schon mal gesehen!"

„Eben." Katharina nickte. „Und deshalb knöpf ich mir den jetzt gründlich vor. Naja, eigentlich hauptsächlich wegen Ilka. Und du siehst zu, dass du zu deiner Oma kommst."

Johanna stieg in ihre Schuhe. „Schon unterwegs. Aber ..." Sie sah Katharina an. „Kann ... kann der hinter der Erpressung stecken?"

„Weil er Ilka nicht kriegen kann, will er dich? Nee, das macht nicht wirklich Sinn. Obwohl du die bessere Partie bist, mit Schloss und Bankjob und allem. Aber dann müsste er ja partout darauf aus sein, in die von Musing-Dotenows einzuheiraten. Glaub ich nicht. Krieg ich aber raus."

*

„Gelöst? Wie, gelöst?" Levke sah Katharina an.

„Die Frage, ob Suizid oder Mord. Wieso das so widersprüchlich war." Katharina setzte sich auf ihren Schreibtisch. „Pannicke, haben Sie schon was erreicht?"

Nachfragen bei Telefongesellschaften konnten ewig dauern.

Pannicke sah herüber von seinem penibel aufgeräumten Schreibtisch. „Ja und nein, werte Kollegin. Ja, ich habe herausgefunden, dass es ein Prepaid-Handy war. Nein, ich habe den Namen des betreffenden Herrn oder der betreffenden Dame nicht herausfinden können. Was angesichts des Inhalts der Nachrichten äußerst bedauerlich ist."

Bedauerlich. So konnte man es auch ausdrücken.

„Nachrichten? Was für Nachrichten?" Eine höchst alarmierte Levke sah ihre Chefin an. Katharina berichtete, worum es ging.

„Jemand bedroht Johannas Großmutter? Da müssen wir was tun. Wir organisieren Personenschutz rund um die Uhr. Wir postieren einen vor ihrem Zimmer und einen – wie viele Eingänge hat das Heim?"

„Langsam, Levke, langsam. Zum einen liegt das Heim nicht in unserem Zuständigkeitsbereich, sondern ..."

„Du willst die Sicherheit der Freifrau Senior von irgendwelchen Zuständigkeiten abhängig machen?" Levkes
blonder Pferdeschwanz wippte empört.

„Erst mal möchte ich einfach nur meinen Satz beenden.
Johanna ist gerade unterwegs, sie holt ihre Oma her. Dann
ist sie in unserem Zuständigkeitsbereich. Zufrieden?"

Levkes Pferdeschwanz beruhigte sich. Sie nickte. Dann
stützte sie sich auf Katharinas Schreibtisch und beugte sich
vor. „Sie kann aber nicht im Schloss wohnen, da findet sie
jeder sofort. Wir brauchen ein Safe-Haus."

„Ja, und wir haben schon eins. Das beste, was Moordevitz
zu bieten hat. Die Fischerkate vom langen Meier."

Pannicke hob einen Zeigefinger. „Werte Kollegin, wenn
ich mir die Bemerkung erlauben darf, die Fischerkate des
Herrn Meier scheint mir kein geeigneter Aufenthaltsort für
eine von Musing-Dotenow zu Moordevitz zu sein."

„Und genau deswegen ist es perfekt!" Levke klatschte in
die Hände. „Oh Mann, ein Mord und eine Erpressung –
dafür bin ich mal zur Polizei gegangen!" Ihre Augen
strahlten.

„Mord. Das war das Stichwort", hakte Katharina ein.
„Wir müssen uns trotz allem weiter um den Tod von Ilka
kümmern." Sie wurde unterbrochen, ihr Handy klingelte.
„Jörn, gut, dass du anrufst! Kannst du Ilkas Laptop hacken?
Blöde Frage, ich weiß, dass du es kannst. Ich brauche Hinweise, was mit diesem Buhk los ist. Schnell! Ach, du hast es
schon gehackt. Dann erzähl mal."

„Diesen Buhk verhaften musst du! Du glaubst nicht, was
ich für E-Mails von dem in Ilkas Posteingang gefunden
habe. Und bevor du fragst, ja, den habe ich auch gehackt."

„Was für E-Mails? Drohungen?"

„Aber hallo. Er droht ihr glatt mit üblen Unfällen, wenn
sie ihn verrät. Und nicht nur ihr. Auch der Großmutter von
Johanna."

„Verrät? Was verrät?"

„Das schreibt er leider nicht."

„Warte mal – bei dem Streit, den du im Treppenhaus ge- hört hast – war da nicht was mit Alkohol?"

„Ja, er hat gesagt – also so sinngemäß, dass er nur ihret- wegen zu besoffen war, um die Ampullen auseinan- derzuhalten. So ähnlich war das."

Katharina lachte kurz auf. „Von wegen Magen-Darm. Be- soffen war der. Schick mir diese Mails. Alle!"

Jörn seufzte abgrundtief. „Hältst du mich für blöd? Hab ich doch längst! Guck einfach mal in deine E-Mails!"

Katharinas Kollegen, selbst Pannicke, standen vor ihr, hatten gespannt das Telefonat verfolgt und warteten auf ihren Bericht.

„Also – Johanna brachte mich auf die richtige Spur, wieso wir so lange nicht eindeutig sehen konnten, ob es nun Mord oder Suizid war. Es war in gewisser Weise beides. Ich vermute Folgendes: Ilka hat ihren Suizid vorgetäuscht, um vor ihrem Mörder fliehen zu können. Vermutlich wollte sie sich mit dem Boot absetzen bis zu einem Ort, von dem aus sie dann nach Schweden gekommen wäre. Deshalb hatte sie Gepäck dabei. Und deshalb wirkt der Abschiedsbrief so echt, sie hat ihn wirklich selbst geschrieben. Und das hohe Stresslevel, das der Sachverständige erkannt hat, ist unter diesen Umständen auch kein Wunder. Den Brand hat sie wohl gelegt, um von ihrer Flucht abzulenken. Wenn es bei ihrem Verfolger brennt, dachte sie vielleicht, vergisst er sie für einen Moment. Dummerweise hat Jörn ihn dann in die Wohnung gelassen, wo er den Abschiedsbrief fand. Mög- licherweise hat er auch die Schweden-Reiseführer gesehen. Jedenfalls ist er ihr gefolgt und hat sie auf hoher See er- wischt und vermutlich erschlagen. Er konnte hoffen, damit durchzukommen, weil es ja diesen Abschiedsbrief gibt."

„Aber warum? Was ist sein Motiv?", fragte Levke.

Katharina zuckte die Schultern. „Weiß ich nicht. Noch nicht. Aber es hat auf jeden Fall mit den Vorkommnissen im Seniorenheim zu tun, mit den vertauschten Ampullen und dem Tod von Frau Tarnow."

„Verhaften wir den jetzt?", fiel Levke ihr ins Wort.

„Allerdings. Holt mir den so schnell wie möglich her."

Während Levke und Finn das Büro verließen, sah Katharina ihre E-Mails durch. Jörn hatte recht. Dieser Buhk hatte die wüstesten Drohungen gegen Ilka ausgestoßen. Befriedigt lehnte Katharina sich zurück. Diesen Fall hatten sie gelöst. Sie hatten den Mörder.

*

„Ach Kind." Adelheid ließ ihren Blick durch die Küche schweifen.

Johanna wurde etwas mulmig. Sie hatte sich immer davor gedrückt, Oma Adelheid zu gestehen, dass der einst so festliche Wintergarten nun einen so profanen Zweck hatte.

Adelheid seufzte. „Nun, es ist wohl so, dass ihr jungen Leute andere Vorstellungen habt. Und – eigentlich fand ich es als Kind immer schade, dass dieser wundervolle Raum so selten genutzt wurde. Ich durfte damals nie hinein, habe immer nur von außen durch die Fenster gelinst und die tanzenden Damen in den wundervollen Kleidern bewundert. Und aufgepasst, dass mich niemand erwischt." Sie runzelte nachdenklich die Stirn. „Tatsächlich. Ich bin heute das erste Mal in diesem Raum. Oh, Hertha, wie schön, Sie zu sehen!"

Adelheid drückte Hertha die Hände. Hertha erwiderte den Händedruck und warf dann Johanna einen Blick zu, der vermutlich bedeuten sollte: „Weiß sie schon Bescheid?"

Dann setzte sie Kaffee auf und deckte den Tisch.

„So, Oma. Was möchtest du denn alles machen, während du hier bist?" Johanna war sich noch nicht sicher, wie sie am besten auf das heikle Thema zu sprechen kommen sollte, dass Oma zum langen Meier umziehen sollte. Noch wusste diese nichts von der Drohung.

„Zwei Dinge würde ich furchtbar gern tun. Oh, danke sehr, der Kaffee duftet köstlich." Adelheid nahm ihre Tasse und trank einen Schluck. „Wirklich, ganz wunderbar."

„Nämlich?" Johanna biss sich auf die Zunge. Sich jetzt bloß nicht durch Ungeduld verraten.

„Zum einen möchte ich gern mal durch Musing-Dotenow bummeln. Ich kann mich noch gut an die gebrannten Mandeln erinnern, die ich als Kind dort beim Sommervergnügen immer bekam. Das Sommervergnügen gibt es sicher nicht mehr, oder? Und bei der Gelegenheit würde ich gern dieses Bild vergrößern und rahmen lassen. Es ist das einzige, das ich von Frau Tarnow habe. Vielleicht kann man diese ganzen anderen Menschen wegretuschieren?"

Johanna nahm das Foto. Es zeigte die alte Frau Tarnow in einem Park umgeben von drei anderen Menschen. Einen davon erkannte Johanna, das war der sympathische Enkel, mit dem sie neulich Kaffee getrunken hatte. Bisher hatte er sich noch nicht wieder gemeldet. Ob und wie das Vergrößern und Retuschieren bei einem Papierabzug ging, wusste sie auch nicht und es war ihr im Moment auch herzlich egal. Sie legte das Foto, auf den Tisch, zwang sich zu einem Lächeln und sah ihre Oma an. „Und das zweite? Was möchtest du noch tun?"

Der Himmel erhörte sie. Vor Erleichterung kamen ihr beinah die Tränen, als ihre Oma erklärte: „Ich würde furchtbar gern einmal die beiden Herren Meier kennenlernen, von denen du so oft erzählst."

Jetzt musste sie Oma nur noch beibringen, dass sie beim langen Meier gleich einziehen sollte. Der hatte sich schon bereiterklärt, während Großmutters Besuch auf den Heuboden umzuziehen. Eigentlich war seine Kate für Besuch nämlich zu klein. Was sie, wie Levke festgestellt hatte, noch geeigneter als Safe-Haus machte.

„Oh, vielen Dank, junger Mann." Adelheid Freifrau von Musing-Dotenow zu Moordevitz lächelte den langen Meier an, der sie in ihrem Rollstuhl an den Küchentisch herangeschoben hatte. Der kurze Meier stellte derweil drei Bierflaschen auf den Tisch, öffnete alle drei an der Tischkante und hob seine mit einem „Prost".

Oma Adelheids Lächeln wurde etwas sparsamer, als sie zögernd nach der Flasche griff. Der lange Meier stieß den kurzen Meier an. „Kannst nich måken. So'n vörnähm Fru brukt'n Glas."

Hastig sprang der kurze Meier auf, lief los. Und verharrte beim zweiten Schritt. „Gläser?" Hilflos sah er seinen langen Cousin an. „Wo hast'n so was?"

„Inne Stuw." Der lange Meier wies mit dem Kopf zur Tür. „Möötst åwer denn Stoff rutwischen." Entschuldigend wandte er sich an die Freifrau. „Warden nich so oft brukt, weten Sei."

„Oh, ich bitte Sie, ich möchte Ihnen doch keine Umstände machen."

„Sünd keen Ümstänn. Måkt hei ja", stellte der lange Meier fest, mit einer Kopfbewegung in Richtung des kurzen Cousins, der eilig in die Stube wieselte.

Der lange Meier stellte Holzbretter, Besteck, geräucherten Fisch und Sauerteigbrot aus dem Holzofen auf den Tisch, während Adelheid sich in aller Ruhe umsah. Über dem Tisch an der Wand hing ein gebogenes, zerfressenes Brett, auf dem ihr Blick länger hängen blieb. Es war ein mindestens ungewöhnliches Dekorationsstück für eine Küche. Andererseits sah es aus, als stammte es von einem Boot. Und immerhin war das hier ja die Küche eines Fischers.

„Dat is von den Grotvadding von min Grotvadding. Orrer von den Urgrotvadding von min Urgrotvadding? Egål. Is lang her. Dat wier en Plank von sin Jolle. Dat Boot hett dat grote Hochwåder nich œwerläwt, åwer min Urururgrotvadding is mit de Jolle taun Held warden. Hei hett ein Fru von en Mast runnerhålt, tausåmen mit en annern Kierl. Mine Lüd weren all jümmers bannig stolt dor up."

„Und das wohl auch zu recht, denke ich", erwiderte Adelheid und musterte das Holz jetzt mit mehr Respekt.

Der kurze Meier kam mit drei Gläsern zurück, musterte den Tisch und sah seine Gelegenheit zur Rache gekommen. „Musst aber auch Gemüse auf den Tisch stellen. Damen haben immer gern was Frisches." Wohl wissend, dass der lange Meier nicht viel von Gemüse hielt.

„Oh, aber nein, bitte machen Sie sich keine unnötige Mühe", fiel Adelheid ein, „ich war noch nie eine Verfechterin von übermäßigem Vitamingenuss. Wenn Sie noch etwas Butter hätten?"

„'N Köm?"

Hoffnungsvoll hielt der kurze Meier der alten Dame die Flasche hin.

Die wiegte den Kopf. „Meine Enkelin warnte mich davor, mir einen Köm aufschwatzen zu lassen, wie sie das nannte. Aber wenn Sie so freundlich wären, einen Blick in meine Tasche zu werfen?"

Der lange Meier zog kurz die Brauen hoch, ging dann aber in die Diele, wo die Freifrau ihre Reisetasche abgestellt hatte. Man hörte ihn pfeifen, dann erschien er mit einer Flasche schottischen Whiskeys wieder in der Tür. „Een bannig gaudet tüüch. Weet dat Ehr Enkelin?"

Adelheid lachte. „Ich denke, ich bin alt genug."

Eine Weile aßen sie schweigend, bis Adelheid nach vier Broten mit Räucherfisch Messer und Gabel zur Seite legte. Selbst der kurze Meier hatte nur eins mehr geschafft. „Das war wahrhaft köstlich. Dafür schenke ich Ihnen alle Boeuf Stroganov und Straußenfilets mit all diesen unaussprechlichen Saucen. Aber nun erklären Sie mir mal, warum ich hier bin. Ich bin nicht sicher, ob ich das alles verstanden habe. Johanna denkt, ich sei in Gefahr?"

Die beiden Meiers sahen sich an, dann nickten beide. Der kurze Meier richtete sich auf und begann eine lange Schilderung der jüngsten Ereignisse, die der lange Meier irgendwann unterbrach.

„Åwer Sei mööten sik nich sorgen, uns Katharina kricht den Schandkierl tau fåten. Dor up kœn'n Sei sik verlåten." Er hob sein Whiskey-Glas.

12. Nov. 1872

Mittags

Barth, 12. November. Der seit gestern stark blasende Nordost hat
dem Bodden so bedeutende Wassermassen zugeführt, daß dieselben
an verschiedenen Stellen übergetreten sind. Leider haben diese
Wassermassen auch schon Schaden angerichtet, indem sie die
Umfriedigung des zur Anlage einer Dampfschneidemühle
bestimmten Terrains durchbrochen und dasselbe überfluthet haben.
Wie hoch sich der hierdurch angerichtete Schaden beziffert, läßt
sich zur Zeit noch nicht bestimmen; hoffen wir, daß derselbe
möglichst gering sei.

Stralsundische Zeitung, Donnerstag, den 14. November 1872

ieh, da kommt Chim endlich zurück." Ottilie stand am Fenster des Salons, das in Richtung Küste zeigte. Der eisige Nordost heulte um die Mauern des Schlosses und fand trotz der geschlossenen Fenster Ritzen, durch die er in die Zimmer eindringen konnte. Ottilie fröstelte.

Der Diener rannte auf den Dienstboteneingang zu, Schneeregen hatte eingesetzt. Seine Mütze musste er festhalten, der Wind peitschte den Mantel um seinen Körper.

„Aber Hedwig ist nicht bei ihm?" Der Freiherr stand am Kamin und sah auf. Er hatte versucht, gegen die Kälte ein stärkeres Kaminfeuer zu entfachen, denn der Sturm entzog den Mauern jede Wärme. „Zieh doch bitte die Vorhänge zu, es zieht durch die Fenster."

Ottilie verkniff sich die Bemerkung, dass mit dem Erlös aus dem lüttinschen Land neue Fenster eingebaut werden könnten. Doch dafür würde sie schon bald sorgen. Sie zog die dunkelgrünen Samtvorhänge zu. Der eisige Zug ließ nach, die Vorhänge bewegten sich leicht im Wind.

„Nein, Hedwig war nicht bei ihm. Sie findet es bei dem Wetter sicher romantisch dort im Strandhaus." Ottilie setzte sich auf das Sofa und griff sich ihr Buch.

Gustav betrachtete das Feuer, das jetzt endlich zufriedenstellend brannte. Dann sah er auf und schüttelte den Kopf. „Das ist nicht romantisch, das ist gefährlich. Ich hätte ihr den Aufenthalt im Strandhaus nie erlauben dürfen. Ich werde hinüberfahren und sie zurückholen."

„Aber Papa, was soll ihr denn dort passieren? Außer dass sie vermutlich eine noch kältere Nacht erleben wird als wir hier."

„Der Sturm nimmt noch zu, er drückt das Wasser herein. Das Wasser, das über Tage vom Südwest von uns weggetrieben wurde, kommt zurück. Es wird auflaufen."

Ottilie sah von ihrem Buch, in dem sie endlich die richtige Seite gefunden hatte, wieder auf. „Ja, gewiss. Aber dann steht es morgen eben wieder so hoch wie letzte Woche. Weit unterhalb des Strandhauses."

Ihr Vater schüttelte den Kopf. „Nein, ich habe mit dem Lotsenkommandeur gesprochen. Die erfahrenen Seeleute sagen, dass der Südwest das Wasser aus der Nordsee in unsere Ostsee gezogen hat. Und wenn jetzt der Nordost so schnell und stark bläst, dann kann das Wasser nicht in der gleichen Geschwindigkeit durch die Nadelöhre Skagerrak und Kattegat zurück. Es staut sich auf. Wir bekommen Hochwasser."

„Dennoch halte ich es für keine gute Idee, wenn du bei diesem Wetter anspannen lässt. Der Sturm wird dir noch die Bäume vor die Kutsche werfen."

„Gleichgültig. Ich hole Hedwig zurück, bevor es noch schlimmer wird."

Entschlossen wandte sich der Freiherr zur Tür, die just in dem Moment aufgerissen wurde. Ein atemloser Chim mit vom Wind geröteten Wangen und schneenassem Mantel trat ins Zimmer.

„Verzeihen Sie meine Aufdringlichkeit, Herr von Musing-Dotenow – aber ich bin in größter Sorge. Das Fräulein Hedwig ist nicht im Strandhaus eingetroffen. Ich bin den ganzen Weg zurückgelaufen, habe auch rechts und links des Weges geschaut, sogar auf dem Lüttin-Hof nachgefragt, habe aber nichts von ihr gesehen oder gehört. Doch sie hätte mir entgegenkommen müssen."

Der Freiherr stand wie vom Donner gerührt; Ottilie vergaß nicht, von ihrem Sofa hochzufahren.

„Hat sie sich verlaufen?" Sie rang die Hände.

„Nein, Hedwig kennt Park und Wald besser als ich", sagte ihr Vater. „Ihr ist etwas zugestoßen. Wenn sie bei diesem Wetter hilflos, vielleicht verletzt irgendwo da draußen liegt, wird sie erfrieren. Wir müssen sie suchen. Chim, hol alle zusammen, dann wärme dich auf."

Der Diener schüttelte den Kopf. „Auf keinen Fall bleibe ich zurück, ich suche mit." Mit diesen Worten verschwand er, um die restliche Dienerschaft und Knechte und Mägde zu alarmieren.

Der Freiherr schickte sich an, den Salon zu verlassen, Ottilie folgte ihm. Er drehte sich zu ihr um. „Nein, du bleibst hier. Es reicht, wenn deine Schwester in Schwierigkeiten steckt."

Ottilie blieb stehen, nickte folgsam und setzte sich wieder.

Kaum hatte Gustav die Tür hinter sich geschlossen, erhob sich Tante Charlotte. „Nun, Ottilie, die Suchmannschaften werden kalt und hungrig zurückkehren. Wir sollten alles vorbereiten, damit sie eine warme Suppe und heißen Tee vorfinden. Decken müssen bereitgelegt werden und die Kaminfeuer angeheizt werden."

„Wenn du erlaubst, Tante, würde ich lieber hier im Salon warten und die Arbeit dem Personal überlassen. Die Leute wissen besser Bescheid und der Kopfschmerz plagt mich schon wieder."

Charlotte hatte mit nichts anderem gerechnet und deshalb auch gar nicht erst auf Ottilie gewartet, sondern gleich den Salon verlassen. Sie eilte über den Gang zur Treppe, die in die Küche hinab führte, kam aber nicht weit. Die übernächste Tür öffnete sich, ein kleiner Mann streckte einen Kopf mit dunklen glatten Haaren heraus.

„Frau von Musing-Dotenow! Was ist geschehen, was bedeutet all diese Aufregung? Kann ich meine Hilfe anbieten?"

Charlotte stoppte ihren Schritt erschrocken. „Herr Weizmann, Sie hier? Aber ja, die Bücher und Kredite des Freiherrn, ich vergaß. Und ich fürchte, mein lieber Gustav hat Sie auch vergessen über der Aufregung. Es ist schrecklich – Hedwig ist verschwunden. Und das bei diesem furchtbaren Wetter! Wir sind in größter Sorge."

Weizmann runzelte die Stirn, sah kurz vor sich hin, wandte sich dann wieder an Charlotte. „Dürfte ich Sie bitten, mir genau zu erzählen, was vorgefallen ist?"

Charlotte hatte ihn beobachtet und nahm sich die Zeit, alles zu erzählen.

„Der junge Ludwig Lüttin hat sich umgebracht? Wann und wo soll er denn das getan haben?"

Charlotte musste ihm die Antwort schuldig bleiben, das hatte in dem Abschiedsbrief nicht gestanden.

„Nun, es ist so, dass die Lüttins ihren Sohn Ludwig bereits seit zwei Tagen vermissen. Wie ist der Abschiedsbrief denn an das Fräulein Hedwig gelangt? Die Eltern wussten bis gestern nichts von Ludwigs Selbstmord." Weizmann sah Charlotte aufmerksam an.

Charlotte schwieg mehrere Sekunden lang. Ihre Gedanken wirbelten. Wenn Ludwig sich umgebracht hatte, hatte er dann den Eltern nichts hinterlassen? Und hatte Hedwig nicht sehr schnell auf den Abschiedsbrief hin den Wunsch geäußert, ins Strandhaus zu ziehen? Wäre es nicht wahrscheinlicher gewesen, dass sie erst einmal in ihrem Kummer gar keinen klaren Gedanken hätte fassen können? Charlottes Gedankenwirbel wurde enger und zog sich um einen einzigen Gedanken zusammen. Einen ungeheuerlichen Gedanken. „Und ... und das bedeutet Ihrer Meinung nach?" Sie sah den Bankier an, in der Hoffnung, er würde auf eine ganz andere Schlussfolgerung kommen.

„Nun ..." Er brach ab und fuhr sich verlegen über die Stirn. „Ihre hochverehrte Nichte und der junge Lüttin ... ich weiß nicht, wie ich es sagen soll, ohne allzu vermessen zu erscheinen ..."

Charlotte schüttelte energisch den Kopf. „Lassen Sie es gut sein, es war nicht zu übersehen, dass meine Nichte eine gewisse Zuneigung für diesen Gärtnerjungen entwickelt hat." Sie schloss die Augen und seufzte. „Dann denken Sie also dasselbe wie ich. Ludwig Lüttin ist nicht tot, sondern mit Hedwig auf der Flucht."

„In diesem Fall würde ich beide in Musing-Dotenow vermuten. Dort findet man am ehesten ein Schiff, das einen außer Landes bringt. Oder einen Zug nach Spökenitz, um von dort aus ein Schiff zu finden. Wenn Sie erlauben, würde ich mich auf dem schnellsten Wege nach Musing-Dotenow begeben und dort nach den beiden suchen. Bei diesem Wetter läuft kein Schiff aus. Es besteht Hoffnung, dass ich sie dort noch finde."

„Natürlich erlaube ich das! Was stehen Sie hier noch herum! Ich sollte – wie benachrichtige ich denn jetzt Gustav …"

„Überhaupt nicht, gnädige Frau. Für den Fall, dass ich unrecht habe und Hedwig doch einen Unfall im Wald hatte, muss weiterhin jede Schneewehe und jeder Busch nach ihr durchsucht werden. Können Sie mir sagen, welche Kleidung Hedwig trug?"

Charlotte nickte bedächtig. „Ja, Sie haben recht, im Wald muss weiter gesucht werden. Was sie trug – das Auffälligste war ihr rotes Wolltuch."

Ottilie öffnete den Vorhang einen Spalt und beobachtete, wie ihr Vater die Leute in Suchtrupps einteilte. Der Schnee trieb jetzt nahezu waagerecht über den Hof. Gerade noch waren die beiden Kastanien auf dem Schlosshof in dem fegenden Grau zu erkennen, dahinter lag alles im Schneetreiben verborgen. Schließlich schwärmten die Trupps aus und wurden bald ebenfalls verschluckt.

Kaum waren die Letzten außer Sicht, erschien ein Reiter. Er ritt zwischen den Kastanien hindurch und hielt vor dem Schlossportal. Ottilie ließ den Vorhang fallen, eilte aus dem

Zimmer und lief die Treppe hinunter und durch die Halle. Dann öffnete sie Eduard die Tür und ließ ihn ein. Der alte, humpelnde Karl hatte ihm das Pferd bereits abgenommen, sichtlich froh darüber, etwas Sinnvolles tun zu können, nachdem man ihm wegen seines Alters die Teilnahme an der Suche nicht erlaubt hatte.

Eduard hinterließ eine Spur Nässe auf den Fliesen, legte aber weder Schuhe noch Mantel ab.

„Du kommst im richtigen Augenblick, hier läuft alles wie geplant." Ottilie führte ihren Gast in den Salon. „Ich nehme an, bei deinem Teil der Unternehmung steht ebenfalls alles zum Besten?"

Eduard nickte. „Aber ja, meine Liebe. Obwohl der junge Lüttin doch noch einen Rückzieher zu machen drohte und ich ihm noch meine Volljolle in Aussicht stellen musste. Der gute Ludger wähnt sich jetzt im Besitz eines Tweismakers. Nun, soll er. Für unser zweites Vorhaben habe ich ihm Zutritt zur Christina verschafft. Eine Brigg mit Kajüte ist besser geeignet als eine offene Jolle."

Ottilie zögerte kurz, nickte dann und läutete. Die Köchin Bertha würde noch im Hause sein, auch sie war zu alt, um bei Wind und Wetter durch den Wald zu laufen. Und sie würde den Leuten nach der Suche eine heiße Suppe vorsetzen.

Kaum hatte die Köchin den Salon betreten, schlug Ottilie die Hände vor den Mund. „Was sagen Sie da, Herr Behrendt? Sie haben meine Schwester zum Lüttinschen Hof gehen sehen?"

Eduard Behrendt nickte gewichtig. „Ganz recht. Und nun bin ich in Sorge, dass Ihre Schwester bei dem Sturm zu Schaden kommen könnte. Es schien mir aber nicht recht, dass ich, als ein ihr völlig Fremder, ihr eine Rückkehr vorschlüge."

„Nein, das wäre in der Tat nicht schicklich. Ich werde Sie begleiten. Ich weiß, ich bot Ihnen einen heißen Tee an, dürfte ich dennoch ..."

Behrendt setzte seinen Hut wieder auf. „Auf gar keinen Fall sollten wir jetzt Zeit an einen Tee verschwenden. Lassen Sie uns aufbrechen."

Ottilie wandte sich an die Köchin, die mit schreckensweiten Augen zugehört hatte. „Wir werden Ihre Dienste jetzt leider doch nicht in Anspruch nehmen können. Es tut mir leid, dass Sie umsonst heraufgekommen sind."

„Aber das macht doch nichts, Fräulein Ottilie. Und Sie wollen wirklich hinaus in den Sturm? Ich sage Karl Bescheid, er soll den Fuchs satteln und das Pferd des gnädigen Herrn bereit machen. Ich bete, dass Sie sie finden, das arme Kind."

Während Eduard vor das Portal trat und auf die Pferde wartete, holte Ottilie ihren Mantel, wechselte ihr Kleid gegen ein Reitkleid und schlüpfte schließlich noch in Hedwigs Zimmer. Nach kurzem Umherblicken fand sie, was sie suchte. Sie griff Hedwigs grünen Schal und lief hinunter zu Eduard.

Heute

Buhks Anwalt hatte neben Buhk Platz genommen, das Aufnahmegerät lief und die Formalitäten waren erledigt.

„Sie sind ein ehemaliger Arbeitskollege von Frau Ilka von Musing-Dotenow?", stellte Katharina ihre erste Frage.

Steffen Buhk sah zwischen ihr, Pannicke und Levke hin und her. Finn stand breitbeinig und breitschultrig neben der Tür.

„Ja. Und?" Steffen Buhk hing jetzt lässig, man könnte sagen: betont lässig, in seinem Stuhl.

„Sie beide hatten außerdem eine Beziehung?"

„Ist das wichtig?"

„Ich glaube nicht, dass die persönlichen Beziehungen meines Mandanten hier eine Rolle spielen", warf der Anwalt ein.

„Doch tun sie. Antworten Sie bitte." Katharina sah Buhk mit hochgezogenen Brauen an.

„Ja, gut, hatten wir. Warum fragen Sie, wenn Sie ohnehin schon alles wissen?"

„Es gab einen Streit, der zu Ihrer beider Entlassung führte?"

Buhk verschränkte die Arme. „Kann sein."

„Schildern Sie uns doch mal den Grund für den Streit."

„Es gab keinen. Sie hat rumgezickt." Buhk zuckte mit den Schultern.

„Dann lassen Sie mich Ihnen auf die Sprünge helfen. Frau von Musing-Dotenow hatte Ihre Arbeit erledigen müssen, weil Sie – sagen wir: unpässlich – waren."

„Magen-Darm. Meine Güte, hatte in der Zeit beinah jeder im Heim."

„Uns liegen Zeugenaussagen vor, wonach es eher ein Zuviel an Alkohol war, als ein Zuviel an Viren, was Ihre Unpässlichkeit verschuldete."

Buhk wurde eine Nuance bleicher. Er löste die Arme, verschränkte sie wieder. Seine Haltung machte keinen ganz so lässigen Eindruck mehr. „Wer sagt das?"

„Waren Sie betrunken, als Sie Ihre Kollegin mit der Verabreichung der Medikamente in Flur 34 beauftragten? Einer Kollegin, von der Sie wussten, dass sie nicht die nötige fachliche Kompetenz dafür hatte?"

Unvermittelt fuhr Buhk vor, stützte die Hände auf den Tisch. Die Versuche seines Anwalts, ihn zum Schweigen zu bringen, ignorierte er in seinem Zorn. „Ich hab sie nicht beauftragt! Sie hat das von sich aus übernommen! Niemand hat sie darum gebeten!"

Katharina blieb unbewegt, sah ihn ausdruckslos weiter an. Allerdings war das ein neuer Aspekt. „Warum hätte sie das tun sollen? Etwas übernehmen, was sie den Job hätten kosten können? Was sie den Job letztlich gekostet hat?"

„Was weiß ich." Buhk lehnte sich wieder zurück, als suchte er größtmöglichen Abstand, seine Hände umklammerten einander. „Wollte mich schützen oder so ein romantischer Quatsch."

Levke stieß die Luft aus, bei einem raschen Seitenblick bemerkte Katharina, wie Levkes Augen schmal wurden. Sie machte rasch weiter, bevor Levke etwas sagen konnte.

„Ihre Kollegin und Freundin wollte Sie schützen, sagen Sie. Sie wollte demnach verhindern, dass Ihre Trunkenheit jemandem auffiel und zu einer Abmahnung oder gar Ihrer Entlassung führen würde."

„Wenn die blöde Kuh nicht die Flaschen verwechselt hätte, wär gar nichts passiert. Ihr nicht und mir nicht."

„Es ist aber was passiert. Es ist vor allem Frau Tarnow was passiert. Worum ging es also bei Ihrem Streit?"

„Unterlassen Sie bitte solche unbeweisbaren Unterstellungen", versuchte der Anwalt noch einmal, seinen Job zu machen. „Und Sie halten besser den Mund."

Buhk schien ihn gar nicht gehört zu haben. „Eben um diese Alte ging es! Ilka wollte zur Heimleitung, wollte alles beichten, wegen irgendwelcher Gewissensbisse. Als hätte das noch irgendwas geändert."

„Die Verwechslung ist dennoch bei der Heimleitung bekannt geworden", stellte Katharina fest. Die das dann jedoch praktischerweise unter Verschluss gehalten hatte. Aber diese Bemerkung behielt sie für sich.

Buhk verzog die Mundwinkel und sah vor sich hin wie ein trotziges Kleinkind.

„Sie konnten Ilka immerhin dazu überreden, die Sache mit dem Alkohol für sich zu behalten und diese Magen-Darm-Grippe zu erfinden", fuhr Katharina fort.

Buhk nickte mit mahlenden Kiefern.

„Antworten Sie bitte mit ganzen Worten", verlangte Katharina.

„Antworten Sie nicht", verlangte der Anwalt.

„Ja, verdammt, hat sie!", brüllte Buhk. „Sonst hätte ich einpacken können, was glauben Sie, wer mich dann noch als Pfleger nehmen würde?"

„So haben Sie jedoch praktischerweise in Ilkas Nähe eine neue Stelle gefunden. Und fanden praktischerweise genau ihr gegenüber eine Wohnung."

„Pflegekräfte werden überall gesucht, was wollen Sie. Alles reiner Zufall."

„Der Grund war nicht eher der, dass Sie Ilka weiter im Blick haben wollten? Um sie weiter unter Druck zu setzen, damit die Wahrheit nicht herauskommt?"

„Unterlassen Sie die Unterstellungen. Mein Mandant hat niemanden unter Druck gesetzt. Oder haben Sie hierfür Beweise?" Der Anwalt lehnte sich zurück, Buhk sah Katharina mit zusammengekniffenen Augen von unten an.

Katharina warf Levke einen Blick zu. Die hatte schon auf ihren Einsatz gewartet und knallte Buhk die Ausdrucke der E-Mails vor die Nase.

Der Anwalt schüttelte stumm den Kopf. Buhk wurde kalkweiß, sein Mund klappte auf, dann fasste er sich an die Oberarme, als sei ihm kalt. „Woher haben Sie die?"

„Wir haben so unsere Methoden", zischte Levke.

Katharina tippte auf die Blätter. „Die waren der Grund für Ihre Versuche, in Schloss Moordevitz einzudringen, erst zu einem angeblichen Besuch bei Ilka, dann sogar mit einem Einbruch. Sie dachten, dass Johanna von Musing-Dotenow als Verwandte von Ilka möglicherweise deren Gegenstände, vor allem deren Laptop in Verwahrung hat." Es war ein Pfeil ins Blaue, aber er hatte getroffen, das sah Katharina deutlich. Buhk hockte nur noch wie ein Häufchen Elend auf seinem Stuhl. Jetzt hatte sie ihn.

„Sie haben Ilka und der alten Freifrau mit Unfällen gedroht. Mit tödlichen Unfällen! Dann haben Sie dafür gesorgt, dass Ilka tatsächlich einen Unfall hatte, oder etwas, von dem Sie hofften, wir würden es für einen Unfall halten, und wollten anschließend die Beweise vernichten."

Katharina stand jetzt, stützte sich auf den Tisch und beugte sich in ihrer ganzen Länge zu Buhk hinüber. Der Anwalt sagte und tat nichts. Er hatte offenbar aufgegeben.

Katharina versuchte, sich ihre Verwunderung nicht anmerken zu lassen. Denn ihr Verdächtiger sah einen Moment lang verdutzt aus, regelrecht verblüfft. Dann riss er die Augen auf, jetzt hatte er Angst.

„Unfall? Wieso Unfall? Sie hat sich doch umgebracht! Damit hab ich doch nichts zu tun!"

„Sie haben sie erschlagen! Sie haben eine Latte vom Schuppen gerissen, sind ihr auf die Ostsee gefolgt und haben sie dort erschlagen und ins Meer geworfen", schleuderte Levke ihm entgegen. Katharina trat sie gegen die Wade. Jetzt bloß nicht zu viel verraten.

„Woher haben Sie denn sonst Ihre Schrammen?" Levke war nicht zu bremsen und deutete auf das Pflaster, das auf Buhks Stirn prangte. „Ilka hat sich gewehrt, stimmt's?"

„Gewehrt? Ilka? Wovon reden Sie hier denn bloß? Was für 'ne Latte? Das war ein Fahrradunfall! Meine Bremsen waren kaputt. Und nicht einfach kaputt, die hat einer kaputt gemacht! Ich bin hier das Opfer! Fragen Sie doch Ihre Kollegen in Spökenitz!"

Katharina setzte sich wieder, ignorierte die Bemerkung zu Buhks Fahrradunfall aber. Der hatte nichts mit ihrem Fall zu tun und ein Opfer war der Typ ganz bestimmt nicht. „Und dass Ilka sich umgebracht hat, wissen Sie woher so genau?" Sie ließ ihr Gegenüber keinen Moment aus den Augen. Sie hatte ein blödes Gefühl, irgendetwas passte da nicht ganz so gut, wie sie erst gedacht hatte.

Buhks Atmung hatte sich deutlich beschleunigt, aber immer noch war ein Gutteil Verwunderung in seinem Gesichtsausdruck. „Na, der Abschiedsbrief! Den müssen Sie doch gefunden haben."

„Und woher wissen Sie davon?" Levke sprach, bevor Katharina es verhindern konnte. Sie klang einigermaßen verblüfft.

„Ich hab ihn gefunden, als ich nach dem Brand in die Wohnung bin. Ich wollte … ach, ist jetzt auch egal, ich dachte, ich käm an ihren Laptop ran in dem ganzen Durcheinander. Ihr Auto war nicht da, deshalb dachte ich, sie wäre weg. War sie ja auch. Und dann bin ich an ihrem dämlichen Mitbewohner vorbei und hab in ihrem Zimmer den Brief gefunden. Und dann hab ich Polizei und Feuerwehr an der Tür gehört und bin abgehauen. Das müssen Sie mir glauben, ich habe mit Ilkas Tod nichts zu tun."

„Sie geben also zu, dass Sie den Abschiedsbrief gefunden haben? Dass Sie wussten, dass Ilka sich allein mitten auf der Ostsee befinden würde? Sie sind ihr gefolgt, um sie dort in aller Ruhe erschlagen zu können." Levkes Augen blitzten den Verdächtigen an.

Pannicke hob den Zeigefinger und winkte kurz damit und Katharina wusste jetzt, was nicht stimmte. Aber bevor sie etwas sagen konnte, fuhr Buhk mit echter Panik in der Stimme auf: „Nein, bestimmt nicht! Ich hasse Boote, ich fahre bestimmt nicht nachts auf das Meer! Ich habe Ilka nicht erschlagen! Das hätte ich niemals getan – ich wollte sie zurück haben!"

„Und wo waren Sie stattdessen, nachdem Sie abgehauen waren?", fragte Katharina.

„Im Alten Gustav. Hab mich volllaufen lassen. Bis ... ich weiß nicht mehr. Gegen vier Uhr war ich wieder zu Hause. Glaube ich."

Mist. Es passte einfach nicht. Katharina sah ihren Hauptverdächtigen entschwinden. Aber es fiel ihr schwer, sich das einzugestehen. „Und als Sie wieder nüchtern waren, hatten Sie nichts Besseres zu tun, als im Schloss einzubrechen?", fuhr sie ihn an.

Buhk seufzte. „Ich dachte, da finde ich den Laptop vielleicht doch noch. Diese Feuerwehr-Freifrau wollte doch Ilkas Zeug einlagern."

Katharina klopfte mit dem Stift auf den Tisch. Es half nichts. „Ihr passt auf ihn auf. Kommen Sie, Pannicke."

Katharina erhob sich und verließ mit dem Kollegen Pannicke den Raum. In ihrem Büro angekommen warf sie sich in ihren Stuhl und sah Pannicke missmutig an.

„Der war's nicht. Leider. Der kann es nicht gewesen sein."

Pannicke nickte, setzte sich und griff zum Telefonhörer. „Ich teile Ihre Einschätzung, werte Kollegin. Wenn der Verdächtige kurz nach dem Brand noch in der Wohnung der Toten war, kann er nicht rechtzeitig zum Fundort der Toten gelangt sein, um dort ihren Tod verursacht zu haben. Selbst wenn dies in seiner Absicht gelegen hätte. Dennoch würde ich jetzt im Alten Gustav anrufen wollen."

Katharina nickte. „Tun Sie das. Ich rufe in Spökenitz an."

Aber es kam, wie erwartet. Die Bedienung konnte sich noch sehr gut an den unangenehmen, langhaarigen, volltrunkenen Gast erinnern. Und die Kripo Spökenitz bestätigte, dass bei dem Fahrradunfall des Herrn Buhk die Bremsen defekt waren und es wahrscheinlich war, dass sie mutwillig beschädigt worden waren.

Sie mussten Buhk laufen lassen. Lediglich für den Einbruch in Schloss Moordevitz konnten sie ihn belangen.

„Und nun? Wo kriegen wir einen neuen Verdächtigen her." Levke blies sich eine blonde Strähne aus der Stirn und stemmte die Hände in die Seiten. Der Anwalt hatte mit Buhk das Polizeigebäude verlassen.

Katharina drehte sich auf ihrem Stuhl hin und her. „Bleiben wir doch mal bei dem Tod von Frau Tarnow. Wenn dort das Motiv für den Mord an Ilka liegt – wer käme denn noch in Frage? Genau, die Angehörigen. Also müssen wir rauskriegen, welche das sind und ob die von der Schlamperei wissen."

Katharina griff zum Telefonhörer.

Die Heimleiterin ging sofort ran. „Frau Lütten, guten Tag!", meldete sie sich. Ihre Stimme klang etwas dünn. „Wie kann ich Ihnen noch helfen?"

„Guten Tag, Frau Menzel. Sagen Sie, hatte Frau Tarnow Angehörige?"

Eine Weile herrschte Schweigen am anderen Ende der Leitung. „Angehörige ... Ja, ihr Enkel hat sie häufig besucht.

Aber sagten Sie nicht, der Tod von Frau Tarnow sei nicht Ihre – äh, Aufgabe?"

„Sie wissen doch, die einzige Konstante im Universum ist die Veränderung. Hat schon Platon gewusst." Katharina bemerkte, wie Pannicke entsetzt die Augen aufriss. Er schrieb etwas auf einen Zettel und schob ihn ihr hin. „Heraklit" las sie. Was Frau Menzel aber offenbar genauso wenig wusste.

„Ach so, ja. Also wie gesagt, ihr Enkel kam häufig zu Besuch, ein äußerst sympathischer junger Mann und äußerst hilfsbereit. Er hat noch nicht einmal eine Rechnung gestellt, als wir seine Hilfe in Anspruch nehmen mussten."

„Seine Hilfe? Wobei denn?"

Frau Menzel geriet ins Räuspern, schwieg eine Weile, räusperte sich wieder und erklärte endlich: „Wenn das bitte unter uns bleiben könnte. Wir hatten ein kleines Rattenproblem. Herr Tarnow ist selbstständiger Kammerjäger."

„Hygieneprobleme sind endgültig nicht meine Baustelle, auch wenn das Universum sich noch sehr ändert", beruhigte Katharina die verunsicherte Heimleiterin. „Weitere Verwandte sind Ihnen nicht bekannt?"

„Nein, es war nie jemand anderes hier. Soweit ich weiß, hatte Frau Tarnow nur einen Sohn und der ist vor einigen Jahren verstorben. Ich glaube, an Krebs. Geschwister haben weder Frau Tarnow noch ihr Enkel je erwähnt."

„Hm. Bei der Beerdigung – wer ist denn da noch so aufgetaucht?"

„Ebenfalls nur ihr Enkel. Dann waren noch ein paar der Heimbewohner dort. Die Freifrau von Musing-Dotenow, die auch einen sehr engen Kontakt zu Frau Tarnow hatte. Sie wurde von ihrer Enkelin begleitet."

Katharina nickte vor sich hin. Sie ließ sich die Kontaktdaten von Herrn Tarnow geben und beendete das Gespräch. „In Ordnung, vielen Dank. Wenn ich noch etwas brauche, melde ich mich."

Anschließend fasste sie das Gespräch für die anderen zusammen.

„Diesen Enkel Tarnow hat Johanna bei der Beerdigung gesehen. Sie fand ihn sympathisch. Neulich war sie mit ihm im Stadttor auf einen Kaffee, sie hatte ihn zufällig in Musing-Dotenow getroffen, er machte wohl gerade einen Kurzurlaub hier." Katharina überlegte, konnte sich aber an keine weiteren Details aus Johannas Bericht erinnern. Vermutlich gab es keine, so wichtig war ihr die Begegnung wohl nicht gewesen.

„Das heißt nichts", erklärte Levke. „Mafiabosse sind im Alltag bestimmt auch nette Menschen. Also in ihrem normalen Alltag. Nicht im Mafiaalltag."

„Ratten." Das war Finns Beitrag zur Diskussion. Pannicke zog erstaunt die Brauen hoch. Wegen seines Urlaubs war er noch nicht auf dem Laufenden.

Katharina runzelte die Stirn. „Du meinst, wegen der toten Ratte vor Ilkas Tür? Weil er Kammerjäger ist? Bisschen dünn, oder?"

Finn zuckte nur vielsagend die Schultern.

„Stimmt, wir haben nichts anderes im Moment. Okay, Pannicke, wenn Sie sich bitte mal dahinterklemmen, ob und welche Verwandten es noch gibt. Ich versuche, diesen Tarnow zu erreichen. Mit dem müssen wir auf jeden Fall reden."

Das gelang ihr jedoch nicht. Tarnows Handy war ausgeschaltet. Vielleicht jagte er gerade Ratten und Handyklingeln würde die Biester verscheuchen.

Katharina klopfte eine Weile mit dem Stift auf die Schreibtischplatte. Dann warf sie einen Blick auf die Uhr. Sie stand auf und griff sich ihre Jacke. „Johanna müsste längst mit ihrer Großmutter zurück sein. Ich fahr mal zum Schloss. Vielleicht kann die alte Dame noch was zu Tarnow erzählen."

*

„Außerhalb des Hafens, hart an der Pfahlreihe, befinden sich auf dem Mast eines gesunkenen Schiffes zwei Menschen (ein Mann und eine Frau), verzweifelnd um Hülfe rufend; aber alle Rettungsversuche erwiesen sich bei der Brandung und dem rasenden Sturme als unausführbar und bis gegen Mittag war es noch nicht möglich gewesen, ihnen Hülfe zu bringen. Nachdem von den Männern der Seenotrettung mit höchster Aufopferung zweimal vergeblich ein Versuch gemacht war, die beiden Menschen mit Hülfe des Rettungs-Apparates aus den Masten zu retten, mußten sie mit ansehen, wie der Mann in die rasenden Fluten stürzte. Schließlich gelang es mittags zwei tollkühnen Männern, mit einer Jolle das Schiff zu erreichen und der Frau Hülfe zu bringen. Unter beständiger Lebensgefahr gelang es den beiden, die Rettungsleinen anzubringen und die Frau, die inzwischen völlig erstarrt war, mittels der Hosenboje ans sichere Land zu bringen. Einer der beiden war, wie uns berichtet wurde, der Bankier Weizmann, der andere ein selbstloser Fischer, der sein eigenes Hab und Gut nicht achtete, um der Hilflosen Rettung zu bringen."

Johanna sah eine Weile aus dem Fenster, das in den Innenhof des Klostergebäudes zeigte, in dem das Spökenitzer Archiv untergebracht war.

Sie hatte Oma Adelheid beim langen Meier abgesetzt, nachdem sie ihr beigebracht hatte, warum sie das für nötig hielt. Dann war sie in ihr Büro gefahren und nach dem Treffen mit dem Landrat noch einmal ins Archiv. Sie wollte so wenig wie möglich zusammen mit ihrer Oma hier gesehen werden und musste sich dringend ablenken, sonst würde sie durchdrehen.

Kein Zweifel, dieser Artikel aus dem Spökenitzer Anzeiger vom 16. November 1872 beschrieb die Rettung Hedwigs.

Und auch das Ende Ludwigs?

Die Auskünfte waren widersprüchlich – einerseits sollte er sich umgebracht haben. Dann konnte er nicht mit Hedwig auf dem Schiff sein. Andererseits sollte er sie entführt haben. Das Wahrscheinlichste war tatsächlich, dass der Selbstmord vorgetäuscht war, weil er eigentlich eine Flucht mit Hedwig geplant hatte, die dann von Hedwigs Familie und vor allem von Ottilie als Entführung missdeutet wurde. Und dann sank tragischerweise das Fluchtschiff im Sturm. Ludwig stürzte in die Fluten und nur Hedwig konnte gerettet werden.

Johanna wandte sich dem Computer zu und begann, ein wenig ziellos in den online verfügbaren Kirchenbüchern zu suchen. Aber das brachte sie nicht weiter, über die Familienverhältnisse der Lüttins hatte sie schon alles gelesen, was darin zu lesen war. Sie war schon aufgestanden und wollte gerade das Programmfenster schließen, als ihr Blick auf den Eintrag unter dem zur Heirat von Maria-Katharina Behn und Wilhelm Lüttin fiel. Dort war am selben Tag die Heirat einer Magdalena Behn mit einem Johann Tarnow verzeichnet. Hastig setzte sie sich wieder hin und suchte in den Geburtsanzeigen knapp zwanzig Jahre zuvor. Nach einer knappen Viertelstunde Suchens wusste sie, dass Maria-Katharina und Magdalena Schwestern waren.

Lüttins und Tarnows waren verschwägert.

Waren diese Tarnows mit den heutigen verwandt? War sie auf einer Spur?

12. Nov. 1872

Nachmittags

Rostock, 12. November. Heute wehte ein ziemlich starker Wind
aus Nordost, der uns einen hohen Wasserstand brachte,
sodaß die niedrige Gegend am Gade des Fischer= und
Gärberbruches am Nachmittage schon unter Wasser stand.
Auch der Petridamm war überflutet, sodaß Fußgänger
nicht mehr passieren konnten, und im Hafen stieg
das Wasser über das Bollwerk.
Um 5 Uhr Nachmittags war das Wasser noch im Steigen,
doch fehlten noch 0,33 Meter bis zu der Höhe, welche der
Wasserstand am Vormittage des 30. December 1867 erreichte.

Rostocker Zeitung, Mittwoch, den 13. November 1872

Äste knackten, Bäume rauschten, der Wind trieb den eisigen nassen Schnee schräg von links und vorn heran. Neben Ottilie krachte es, als sie herumfuhr, sah sie einen Ast herabstürzen, im Fallen noch weitere mit sich reißend. Unwillkürlich duckte sie sich tiefer auf das Pferd und trieb es voran. Kaum achtete sie darauf, ob Eduard ihr folgte, obwohl er den Weg nicht kannte.

Endlich lichtete sich der Wald. Vor sich konnte sie zwischen den sich biegenden Stämmen die tiefen Wolken über den Himmel rasen sehen. Aber den Wald zu verlassen würde bedeuten, dass der Sturm sie noch gnadenloser erfassen würde. Kurz entschlossen holte Ottilie den wollenen Schal ihrer Schwester hervor, um ihn sich über Mund und Nase zu wickeln.

Doch die von der Kälte steifen Finger taten nicht, was sie sollten, der Schal entglitt Ottilie und flog nach rechts davon zwischen die Bäume. Sie wandte sich im Sattel um und konnte ihr Glück nicht fassen. Der Schal war in einem kahlen Schlehenbusch hängen geblieben. Sie wendete ihr Pferd und näherte sich dem Strauch. Das Tier wehrte sich, zwischen den Büschen lag der Schnee in hohen Wehen, die es nicht betreten wollte. Ottilie verpasste ihm einen Schlag mit der Gerte, doch das Pferd warf lediglich unwillig den Kopf zurück. Über ihr knackte ein Ast, brach unter der Last nassen Schnees und fiel. Fiel genau hinter Ottilie auf die Kruppe des Pferdes. Der Fuchs scheute, schlug aus und sprang zur Seite. Ottilie stürzte vom Pferd und landete auf allen Vieren. Seiner Last ledig überlegte der Braune nicht lange und lief mit hängenden Zügeln und schlenkernden Steigbügeln Richtung Heimat, wo er den warmen Stall wusste. Eduard riss seinen Rappschimmel herum und jagte ihn hinter dem Braunen her.

Ottilie fluchte diesmal richtig. Sie rappelte sich hoch, wischte sich, so gut es ging, den weißen, nassen Matsch vom Mantel. Dann stapfte sie hinüber zu dem Schlehenbusch und zerrte den Schal heraus. Er erlitt einigen Schaden dabei, aber die Löcher und Risse waren ihrem Plan nur förderlich.

Ungeduldig stampfte sie hin und her, die Kälte drang allmählich durch ihre Stiefel. Hoffentlich ließ Eduard dieses dumme Pferd bald laufen, der Weg war nicht mehr weit, das konnten sie auch zu Fuß schaffen. Aber nur, wenn sie bald weiterkamen.

Endlich sah sie ihn zurückkommen, natürlich ohne den Fuchs. Reiterlos war der schließlich um einiges schneller als Eduards Gaul. Ihr heimlicher Verlobter verstand mehr von Aktien und Geschäften als von Pferden.

Eduard hielt neben Ottilie an. Sein Pferd hatte Schaum vor dem Maul und die Nässe in seinem Fell stammte nicht nur vom Schnee. Wenn das Tier bei dieser Kälte schwitzte, reichten seine Kräfte nicht mehr weit. Hoffentlich hielt es lange genug durch.

Sie gingen nun beide zu Fuß weiter, auch um Eduards Pferd eine Erholungspause zu gönnen. Schweigend kämpften sie sich durch den Schneeregen, den der Sturm ihnen ins Gesicht peitschte. Schon eine ganze Weile war über dem Brausen des Windes noch ein anderes Geräusch – tiefer, voller, ein Schlagen und Donnern. Als sie den Dünenrand erreichten, sahen sie es.

Die See rollte bis an die Dünen, hatte den Strand verschlungen. Immer wieder rannten die Wogen gegen die Dünenkette an, fraßen an ihr, jede Welle riss Sand mit sich.

Ohne sich darüber verständigt zu haben, beschleunigten sie ihren Schritt, hasteten, so rasch es in diesem höllischen Wetter ging, den Pfad durch den Dünensand entlang. Immer wieder nach dem Wasser schielend, das weiter stieg.

Eine Stunde später erreichten sie völlig durchnässt mit kältetauben Füßen und Händen den Lüttinschen Hof. Zwei Männer trieben gerade einige Kühe in den großen Stall rechts neben dem Wohnhaus. Nein, der eine war noch ein halbes Kind, vielleicht elf oder zwölf.

Ottilie straffte sich und ging auf den älteren Mann zu. Dann sah sie, dass dies nicht der alte Lüttin war. Jetzt stemmten die beiden sich gegen das große Tor des Rinderstalles, um es gegen den Wind zu schließen. Die Füße rutschten ihnen im Schneematsch weg, doch dann bewegte sich das Tor endlich. Hastig verriegelte der Mann das Tor. Er rief dem Jungen etwas gegen den Sturm zu, lief dann über den Hof zur Straße und verschwand nach links.

Ottilie sprach nun den Jungen an. „Wo sind deine Eltern? Ich muss Wilhelm Lüttin sprechen. Dringend.“

Der Junge warf ihr einen erstaunten Blick zu, deutete mit dem Daumen auf das Wohnhaus und verschwand leicht hinkend hinter dem Stall.

Ottilie und Eduard sahen sich kurz an. Dann band Behrendt sein Pferd an den Zaun und sie klopften an die niedrige Haustür. Das Haus hatte ungestrichene Lehmgefache in dunklem Fachwerk.

Niemand reagierte. Kurz entschlossen öffnete Ottilie die Tür und sie traten ein. Eine Diele öffnete sich, rechts führte eine steile Treppe nach oben. Hinten links war eine Stimme zu hören, eine zornige Frauenstimme. Am hinteren Ende der Diele befand sich der Herd, auf dem noch Reste des Kochfeuers unter einem Kessel glommen.

Die beiden gingen über den Flur. Etwa in der Mitte verharrte Ottilie, sah sich kurz um und stopfte dann Hedwigs Schal so zwischen zwei Truhen, dass ein Zipfel auf den Boden fiel.

Dann klopften sie an die Tür, hinter der das Zetern erklang. Bei dem Klopfen erstarb die Stimme. Nach einer Weile Schweigens erklang ein ärgerliches „Ja?"

Ottilie und Eduard betraten die Küche. Am Tisch saß Wilhelm Lüttin, den Kopf in die Hände gestützt, vor sich einen Krug Bier. Neben dem Tisch stand mit zornfunkelnden Augen, den Kochlöffel wie zum Schlag erhoben, seine Frau.

„Wir können kein weiteres Vieh unterbringen! Die Ställe sind voll bis zum letzten Platz, ihr müsst euch an jemand anderen wenden!", fauchte sie die Ankömmlinge an. „Es gibt noch mehr Höfe, die höher über dem Wasser liegen!"

„Und du komm endlich in die Gänge!" Frau Lüttin trat zum Tisch und hieb den Löffel knallend auf die Tischplatte, so dass Ottilie zusammenzuckte und der Löffel zerbrach. „Es geht nicht an, dass der Junge mit seinen zwölf Jahren deine Arbeit macht und dass Schwager Tarnow herüberkommen muss! Der hat genug mit seinem eigenen Hof zu tun! Das Wasser kommt, das Heu und die Betten müssen nach oben geschafft werden!"

Mit trübem Blick sah Wilhelm auf. „Wenn Ludwig hier wäre …"

„Ludwig ist aber nicht hier! Ludwig wird nie wieder hier sein, wenn es stimmt, was Chim vorhin erzählt hat! Aber Christian ist da! Und er ist noch ein Kind! Hoch mit dir!"

Wilhelm erhob sich, als wöge sein Körper viele Zentner. „Und noch nicht einmal seinen eigenen Eltern hat er einen Abschiedsbrief hinterlassen." Langsam schlich er ein paar Schritte zur Tür und verharrte dann. „Was wollen denn die vom Schloss hier?"

„Schloss?" Maria Lüttin sah auf und stutzte auch. Sie bemerkte offenbar erst jetzt, wer da in ihrer Küche stand. „Was führt Sie zu uns? Sie verstehen sicher, dass wir uns im Moment um Hof und Vieh kümmern müssen. Sonst ersaufen uns die Kühe." Marias Blick ließ keinen Zweifel daran, dass es ihr keine Träne entlocken würde, wenn stattdessen Ottilie und Eduard ersaufen würden.

Ottilie setzte ein Lächeln auf. „Aber sicher verstehen wir das. Wir möchten lediglich Auskunft. Meine Schwester, Fräulein Hedwig, ist verschwunden. Sie wurde zuletzt gesehen auf dem Weg zu Ihrem Gehöft. Haben Sie sie gesehen? Ist sie vielleicht sogar hier?"

„Das Fräulein Hedwig? Ganz sicher nicht. Wenn Sie weiter keine …"

Wilhelms höhnisches Schnauben unterbrach Frau Lüttin. „Hedwig? Was soll die hier jetzt wohl noch wollen? Jetzt, wo sie unseren Jungen ins Unglück gestürzt hat, soll sie sich bloß nicht hier blicken lassen!"

Maria Lüttin widersprach ihrem Mann nicht.

Ottilie fiel ein, dass die Familie gerade einen Todesfall zu beklagen hatte. Ihr Lächeln wich einem ernsten, verständnisvollen Blick. „Es ist unverzeihlich von mir, Ihnen nicht sofort mein tief empfundenes Beileid ausgesprochen zu haben. Ich versichere Ihnen, dass Hedwigs Verhalten in keiner Weise unsere Billigung findet. Es ist unentschuldbar."

Zwei finster blickende Augenpaare waren die einzige Reaktion, die sie bekam.

„Nun, wir wollen Sie auch gewiss nicht weiter aufhalten. Auf Wiedersehen."

Ottilie folgte Eduard, der sich zur Tür gewandt hatte, und betrat die Diele. Bei den beiden Truhen angekommen, bückte sie sich und zog das grüne Tuch hervor. „Gestatten Sie, dass ich es aufhebe, es nimmt nur Schaden, wenn es hier auf dem Boden … Nein! Das gibt es doch nicht – sieh, Eduard! Sieh nur!"

Der Angesprochene drehte sich, fragend die Augenbrauen hochgezogen. „Was ist mit dem Tuch?"

„Es gehört Hedwig!"

„Ganz sicher, meine Liebe?"

„Aber ja! Ich selbst schenkte es ihr zum Geburtstag!"

Beide wandten sich jetzt zu den Hofbesitzern um. „Ich hoffe, Sie haben eine Erklärung dafür, dass Hedwigs Tuch hier ist, obwohl Sie sagten, Hedwig sei nicht hier gewesen?" Ottilies Lächeln war gänzlich verschwunden.

Frau Lüttins Gesichtsausdruck drückte Ratlosigkeit aus, während ihr Mann geradezu dümmlich dreinsah. Was Ottilie selbstredend nicht überraschte.

Behrendt betrachtete das Tuch, rieb die feine Wolle zwischen Daumen und Zeigefinger. „Sagen Sie, wo ist eigentlich Ihr zweiter Sohn? Ludger, wenn ich mich recht erinnere?"

„Sollte er Ihnen nicht gerade in der derzeitigen Situation helfend zur Seite stehen?" Ottilie ließ offen, ob sie den Verlust des Sohnes oder das drohende Hochwasser meinte.

Jetzt schimmerte echte Sorge in Marias Gesicht durch. „Wir wissen es nicht, er ist seit gestern nicht mehr zu Hause gewesen."

„Was geht die hohen Herrschaften denn das an?", grunzte Wilhelm, sein Blick war wachsam geworden.

„Nun, höchstwahrscheinlich geht uns das gar nichts an." Ottilie sprach ruhig, aber nicht zu freundlich. „Aber Sie erlauben, dass ich Fragen stelle, wenn ich das Tuch meiner verschwundenen Schwester bei Ihnen finde und derjenige Ihrer Söhne, der bekanntermaßen – wie drückten Sie es aus – die vom Schloss nicht leiden kann, um nicht zu sagen, hasst. Wenn also dieser Sohn ebenfalls verschwunden ist."

Maria Lüttin erbleichte, Wilhelms Wangen zeigten Zornesröte. Er trat einen Schritt auf Ottilie zu. „Sie behaupten, unser Ludger hätte Ihre Schwester – ja, was wollen Sie da eigentlich behaupten?"

Ottilie war keinen Zentimeter zurückgewichen und sah ihm ungerührt in die Augen. „Nun, wir wissen doch alle, dass es nach Ludwigs Hinscheiden für Sie kaum noch zu schaffen ist, das Erbstandsgeld rechtzeitig zu erwirtschaften. Was, wenn wir demnächst einen Erpresserbrief erhalten?"

In Frau Lüttins Augen stand jetzt nackte Angst. Ottilie nahm zufrieden zur Kenntnis, dass Maria Lüttin es offenbar für durchaus möglich zu halten schien, dass ihr Sohn in seinem Zorn auf die von Musing-Dotenows eine solche Dummheit anstellen würde, wie Hedwig als Geisel zu nehmen.

Sie wandte sich an Behrendt. „Eduard, Liebster, wir müssen das Tuch schnellstmöglich zu Papa bringen, er muss wissen, dass Hedwig hier war. Oder nein, reite du, so schnell wie möglich. Ich nehme an, dass es Ihnen recht ist, wenn ich hier warte, bis der Freiherr mit seinen Leuten eintrifft, um die Suche von hier aus fortzusetzen?"

Die Bauersleute waren sichtlich überfordert mit der Situation. Ottilie marschierte einfach an ihnen vorbei, betrat die Stube und ließ sich auf dem Sofa nieder. Eduard hatte sich das Tuch gegriffen und kämpfte mit der Tür, bis er sie gegen den Sturm geöffnet hatte.

Heute

"Ist Johanna noch nicht wieder da?" Katharina betrat die Schlossküche.

Hertha wandte sich kurz um, sie war dabei, die gusseisernen Pfannen abzuwaschen, die nicht in die Spülmaschine durften. „Doch. Sie hat ihre Großmutter zum langen Meier gebracht und ist dann zu ihrem Meeting mit dem Landrat gefahren, den wollte sie nicht noch mal vertrösten. Danach wollte sie noch einen Abstecher ins Archiv machen und außerdem mit dieser Kanzlei telefonieren wegen der ungeklärten Zahlungen. Und ich denke, in erster Linie wollte sie sich ablenken."

„Und warum ist sie nicht mit zum langen Meier?" Katharina war an den Tisch getreten, ihr Blick fiel auf das Foto, das dort lag. Irgendwas an den abgebildeten Menschen zog ihren Blick an.

„Weil sie möglichst wenig mit Adelheid zusammen gesehen werden möchte. Um den Täter nicht auf deren Spur zu bringen." Hertha zuckte die Schultern.

„Darf ich denn zum langen Meier? Ich würde gern mit Adelheid über den Enkel der Verstorbenen sprechen. Aber zwischen mir und der Freifrau senior dürfte der Erpresser jeigentlich keine Verbindung vermuten."

„Das können Sie nicht wissen. Vielleicht beobachtet der uns schon lange und weiß, dass Sie auch hier wohnen."

„Na ja, dann weiß er aber auch längst, wo Adelheid ist. Was sind das für Leute?" Katharina hob das Foto hoch und studierte es. Dann sog sie scharf die Luft ein.

Hertha sah kurz herüber. „Das Foto hat Adelheid mitgebracht, sie möchte einen Rahmen dafür kaufen. Die alte Dame da in der Mitte ist die verstorbene Frau Tarnow."

Katharina starrte wie gebannt auf das Foto. „Ist ihr Enkel auch drauf?" Sie hielt die Luft an, fixierte den jüngeren Mann mit den dunklen kurzen Locken, der rechts neben der alten Dame stand, als wollte er sich in einem unbeobachteten Moment aus dem Foto stehlen.

Hertha kam herüber. „Ja. Lassen Sie mal sehen – der hier rechts neben ihr, das ist ihr Enkel. Warum?"

„Weil genau der neulich bei uns vor dem Tor stand."

„Bei uns ..." Hertha entglitt die Pfanne und platschte zurück ins Abwaschbecken. „Aber, Moment, Johanna war mit ihm im Café. Vielleicht wollte er sie besuchen."

Katharina schüttelte den Kopf. „Und warum sagt er mir das dann nicht einfach? Er hat so getan, als stünde er rein zufällig vor dem Tor und wüsste nicht, wer hier wohnt."

„Vielleicht wusste er es wirklich nicht. Johanna hat es ihm vielleicht nicht gleich auf die Nase gebunden."

„Mag sein. Aber ich habe ein ganz blödes Gefühl dabei." Sie zog ihr Handy hervor. „Levke? Hör zu, wir brauchen den Tarnow nicht bei sich zu Hause zu suchen. Der ist noch hier. Oder wieder. Klappert die Ferienvermietungen ab. Wir müssen wissen, wo der hier untergekommen ist."

*

Herr Doktor Bremer senior, der die Kanzlei Bremer & Bremer in nunmehr sechster Generation führte, gab sich hocherfreut, mit Freifrau von Musing-Dotenow der Jüngeren sprechen zu dürfen.

„Diese Zahlungen, die Sie ansprechen, sind in der Tat eine bereits seit dem 19. Jahrhundert bestehende Verpflichtung. Wenn Sie mich kurz entschuldigen würden ..." Johanna hörte Schritte, dann die leise Stimme von Dr. Bremer, die jemanden bat, den Vorgang Musing-Dotenow zu Moordevitz herauszusuchen.

Dann war er wieder am Telefon. „Frau von Musing-Dotenow? Vielen Dank für Ihre Geduld. In wenigen Minuten habe ich den gesamten Vorgang auf dem Tisch. Wie ich schon anklingen ließ, bekam unsere Kanzlei den Auftrag bereits vor etwa einhundertfünfzig Jahren. Ja, vielen Dank, legen Sie den Ordner bitte einfach hier ab. So, warten Sie, hier haben wir es. Am 12. Mai 1873 übernahm mein Urururgroßvater die Angelegenheit von Ihrem Urahn."

„1873? Und an wen genau gehen die Zahlungen seit diesen hundertfünfzig Jahren?"

„Es handelt sich um die Nachfahren einer Familie, lassen Sie mich nachsehen, einer Familie Tarnow."

„Tarnow?!"

„Ich höre, Ihnen sagt der Name etwas?"

„Ja. Nein. Ich weiß es nicht. Ich kenne Personen dieses Namens, aber dass zu diesen eine Verbindung besteht, ist eher unwahrscheinlich. Und seit Mai 1873 fließen diese Zahlungen regelmäßig?"

„Ja, tatsächlich seit so langer Zeit. Es gab lediglich von Kriegsende bis 1963 eine Unterbrechung. Warten Sie, lassen Sie mich kurz lesen ... ah ja. Der Grund für das Aussetzen der Zahlungen war zum einen die Flucht Ihrer Familie aus Moordevitz in den letzten Kriegstagen, zum anderen die

Tatsache, dass Familie Tarnow im Osten geblieben war. Nach deren Flucht in den Westen 1963 wurden die Zahlungen wieder aufgenommen. Es war sogar – ja, hier haben wir es: Es gab 1963 eine Zahlung außer der Reihe, sie hatte den Zweck, die Fluchthelfer zu bezahlen."

Johanna schwieg einen Moment, um das zu verarbeiten. „Aus welchem Grund fließen die anderen Zahlungen? Die regelmäßigen?"

„Dazu kann ich Ihnen leider nichts sagen. Wir haben hier ein Schreiben, datiert vom 3. Januar 1873, genauer gesagt, die Abschrift dieses Schreibens, in dem die Zahlungen erläutert werden. Wir bewahren es jedoch nur auf, über den Inhalt sind wir nicht informiert." Was Herr Bremer eigentlich meinte, war wohl eher, dass in seiner Kanzlei die alte Kurrentschrift, in der der Brief vermutlich verfasst war, niemand mehr lesen konnte.

„Könnte ich davon eine Kopie bekommen?"

„Aber selbstverständlich, ich lasse meine Assistentin eine anfertigen. In welcher Form dürfen wir sie Ihnen zukommen lassen?"

„Am besten per E-Mail." Johanna nannte ihm ihre E-Mail-Adresse. „Eine Frage noch – wenn meine Großmutter einmal nicht mehr ist, ginge diese Zahlungsverpflichtung auf mich, also ihre Erben, über?"

„Nein. Die Abmachung galt nur bis einschließlich der kürzlich verstorbenen Frau Tarnow. Weitere nachfolgende Generationen bleiben unberücksichtigt."

Johanna hatte keinen Zweifel mehr, hier lag irgendwo versteckt der Grund für Ilkas Tod.

Und der Grund für die Drohungen ihr und Adelheid gegenüber.

*

Es wurde ein äußerst fröhlicher Abend, der für Adelheid nur dadurch getrübt wurde, dass es auch ihr nicht gelang, die Vornamen der beiden Meiers herauszubekommen. Die Whiskey-Flasche leerte sich zusehends. Was vermutlich der Hauptgrund dafür war, dass die Freifrau es schaffte, die Meiers zu überreden, mit ihr zum Strand zu fahren.

„Ach, bitte, meine Herren, es ist Jahrzehnte her, dass ich die Ostsee gesehen habe."

„Is awer bannig puusterig. Dat gifft Storm hüt Nacht", wandte der lange Meier ein. „Un dat ward ok ball dunkel."

„Das ist doch gerade das Schöne. Ich liebe den Sturm und die See."

*

Er hatte in einer Nebenstraße geparkt und stand nun im Schatten einer Gruppe Kiefern. Von hier aus hatte er die Fischerkate gut im Blick. Der Schatten der Bäume schwankte genauso wild wie die Bäume selbst, verbarg ihn aber dennoch vor den Blicken anderer. Noch war die Sonne nicht untergegangen, aber dicke dunkle Wolken sorgten für ihre eigene Dämmerung. Der Wind nahm weiter zu, ihm wurde allmählich kalt. Aber da musste er durch, er konnte seinen Posten jetzt unmöglich verlassen.

Endlich wurde er belohnt. Die Tür der Kate öffnete sich, Lampenlicht fiel in den düsteren Vorgarten. Er beobachtete, wie der lange Dürre und der kurze Dicke die alte Dame und dann ihren Rollstuhl auf die Rückbank eines Kastenwagens verfrachteten und schließlich selbst einstiegen. Der Wagen fuhr los, in Richtung Osten. Er rannte hinüber zu seinem eigenen Auto, steckte den Schlüssel ins Zündschloss. Seine Hände zitterten, erst beim dritten Versuch gelang es ihm, den Motor zu starten. Mit quietschenden Reifen schoss der Wagen vorwärts, er hatte zu viel Gas gegeben. Eine Frau, die ihren Hund an die Laterne pinkeln ließ, warf ihm einen missbilligenden Blick zu. Mist, er durfte keine Aufmerksamkeit erregen. Er zwang sich zur Ruhe und rollte langsam an der Frau vorbei, bog in die

Hauptstraße ein und fuhr ebenfalls nach Osten – gerade so viel zu schnell, dass er hoffen konnte, nicht aufzufallen. Immer wieder trafen Windböen sein Auto, er musste das Lenkrad gut festhalten. Erst im Wald wurde es besser. Endlich sah er Rücklichter vor sich. Quälend langsam kam er ihnen näher, aber die Passagiere des Kastenwagens durften nicht aufmerksam werden.

Aber ja, es war das richtige Auto, das erkannte er jetzt. Mit gehörigem Abstand folgte er ihnen. Nach einigen Kilometern wurde vor ihm der linke Blinker gesetzt, der Kastenwagen verschwand von der Straße. Er stoppte am Straßenrand, schaltete das Licht aus, wartete eine Weile. Wie lange dauerte es, eine alte Dame aus dem Auto zu holen und in den Rollstuhl zu setzen? Mühsam bezwang er seine Ungeduld, bis er glaubte, es sei genug Zeit vergangen. Er startete den Wagen wieder und rollte unbeleuchtet auf den Parkplatz. Bei dem inzwischen zum Sturm angeschwollenen Wind konnte er hoffen, dass die Verfolgten das Motorengeräusch nicht hörten.

Er verließ seinen Wagen, die Tür drückte er sacht zu, hatte Angst, die drei vor ihm könnten das Zuschlagen hören.

Sie gingen vor ihm auf die Düne zu, langsam folgte er ihnen, hielt sich so lange wie möglich im Dämmerlicht unter den Kiefern, die vor den Dünen einen schmalen Waldstreifen bildeten. Die beiden Männer schoben den Rollstuhl gegen den Wind über den Sand die Düne hinauf. Ihrer gebückten Körperhaltung nach hatten sie zu kämpfen. War es schon bei Windstille nicht einfach, durch den tiefen Sand vorwärtszukommen, wehte ihnen jetzt auch noch der Sturm entgegen. Sobald sie die Dünen erklommen hatten, folgte er ihnen, so rasch er konnte. Oben angekommen ließ er sich fallen, lugte über die Dünen. Er blinzelte gegen den anstürmenden Sand, der ihm in Haut und Augen biss. Die drei vor ihm hatten sich bis an das seeseitige Ende der Dünen vorgekämpft. Hinter den Dünen brandete die See gegen die Sandwälle, spritzte die Gischt. Schwarze Wogen mit weißen Kämmen rollten von draußen heran, sich überschlagend und in Schaum zerberstend. Er robbte noch ein kleines Stück näher. Der kurze Dicke wickelte der alten Frau gerade ihren Schal um den Kopf, woraufhin die sich zur Hälfte wieder daraus befreite.

Auch er hatte Mühe, gegen wehenden Sand und Wind die Augen offen zu halten. Aber – du lieber Himmel, hörte er die Alte da lachen? Fand sie die tobenden Elemente allen Ernstes schön? Der Wind riss an Haaren, Jacken und Schals. Und da – das war seine Gelegenheit! Das Basecap des Langen trudelte im Sturm davon, der stürzte hinterher, um seine Kopfbedeckung zu retten. Stolpernd im tiefen Sand und wankend im Sturm entfernte er sich von den anderen auf der Jagd nach seiner Mütze.

Jetzt oder nie. Das Brausen des Sturms und das Donnern der Wellen übertönten alles.

*

Nachdem Johanna das Gespräch mit Bremer & Bremer beendet hatte, zog sie ihre Jacke an, sie wollte nach Hause und sich zum langen Meier schleichen, um Adelheid noch zu sehen. Als sie die Bürotür öffnete, zeigte ihr auf lautlos gestelltes Handy einen Anruf von Hertha an. Sie nahm den Anruf entgegen, während sie das Büro verließ und abschloss.

„Hallo, Hertha, was gibt's?"

„Ich fürchte, ich muss Sie zurückbeordern. David ist verschwunden."

„Wie, David ist verschwunden? Sie meinen Goliath?" Johanna biss sich auf die Zunge. Als ob Hertha die beiden Hunde nicht unterscheiden könnte.

„Nein, natürlich nicht. Ich habe die beiden in den Park hinausgelassen und eben stand nur Goliath mit seinem üblichen Gekläffe vor der Tür. David nicht. Ich müsste nun aber eigentlich meinen Räucherfisch vom langen Meier holen. Sonst bekomme ich heute Abend nichts auf den Tisch."

Einer Hertha, der drohte, nichts auf den Tisch zu bekommen, tat man besser jeden Gefallen, den sie einforderte. „Okay. Ich komme." Johanna legte auf.

Dass David verschwand, war mehr als ungewöhnlich. Johanna konnte sich nicht erinnern, dass der große Hund schon einmal abgehauen war. Goliath war derjenige, der gelegentlich seine eigenen Missionen verfolgte.

Johanna sprang die breite Treppe des Bankgebäudes hinunter, als ihr Handy klingelte. Wieder war es Hertha. Johanna nahm den Anruf entgegen, vermutlich war der Hund nun doch wieder aufgetaucht und sie konnte langsamer machen.

„Hallo, Hertha, wo war ...?"

„Sie müssen kommen! SOFORT!"

Johanna verharrte auf der Treppe. Was um Himmels willen hatte der Hund denn angestellt? Oder ...

„Ist ihm was passiert? Reden Sie doch!"

„Oh Gott, ich hoffe nicht, dass ihr ... ach, der Hund, lassen Sie doch diesen Hund jetzt mal. Ich habe den Park nach ihm abgesucht und keine Spur von ihm ..."

„Aber er kann doch nicht über die Mau..."

„Johanna, halten Sie den Mund und hören Sie zu! Als ich zum Tor bin, um zu sehen, ob das vielleicht wieder offen steht, steckte dieser Zettel am Gitter."

Johannas Knie wurden weich, sie musste sich auf die Treppenstufen setzen. Es ging nicht um den Hund. Irgendetwas noch viel Schlimmeres als ein verschwundener David war passiert.

„Was ist los?", fragte Johanna tonlos. „Was für ein Zettel?" Kaum brachte sie den Satz zu Ende, sie hatte einen entsetzlichen Verdacht.

„Ein Erpresserbrief, ein richtiger ... hier, ich schick es Ihnen."

Sekunden später trudelte ein Foto des Erpresserbriefes auf Johannas Smartphone ein. „Wenn Sie Adelheid Freifrau von Musing-Dotenow lebendig wiedersehen wollen, kommen Sie in spätestens einer Stunde zum Steilen Ort."

„Was sollen wir denn jetzt machen?", klang Herthas Stimme aus dem Lautsprecher.

Wenn sie noch einen Beweis für den Ernst der Lage gebraucht hätte, da war er: eine Hertha, die nicht wusste, was zu tun war. Johanna saß wie erstarrt. Oma. Nun war also doch das Schlimmste eingetreten.

„Ich fahr dahin." Johanna legte auf, rannte zu ihrem Auto und raste Richtung Moordevitz. Der Steile Ort war ein Stück Steilküste östlich des Dorfes. Hinter ihr nutzte die Sonne den schmalen Streifen, den die Wolken ihr über dem Horizont gelassen hatten, und schickte einen letzten Strahl in die Welt. Die Dämmerung setzte ein, sie dauerte hier im Norden relativ lang, aber irgendwann würde es dunkel sein. Dunkel und kalt. Johanna unterdrückte die Tränen beim Gedanken an ihre Großmutter.

Auf halbem Weg zwischen Musing-Dotenow und Moordevitz, sie hatte gerade die Gemeindegrenze überquert, sah sie sich einer winkenden Polizeikelle gegenüber. Einen Moment war sie versucht, einfach weiterzurasen, aber dann siegte die Vernunft, sie bremste, fuhr rechts ran und kurbelte das Fenster runter. „Was kostet das? Bitte, ich hab's eilig."

„Wär ich nich drauf gekommen." Der starke Finn beugte sich zu ihr herunter. „Warst 30 zu schnell."

„Finn! Die haben Oma entführt! Ich soll zum Steilen Ort! Hier – David ist weg und Oma ist entführt und Hertha hat das am Schlossportal gefunden!" Johanna hielt ihm ihr Handy mit dem Foto, das Hertha ihr geschickt hatte, vor die Nase. „Bitte – ich zahl dir alles, was du willst, aber lass mich weiterfahren!"

Finn studierte den aus ausgeschnittenen Buchstaben zusammengeklebten Brief.

„Nee. Steig aus."

„Finn!"

„Aussteigen! Mitkommen."

Was blieb ihr übrig? Johanna stieg aus ihrem Auto und setzte sich zu Finn auf den Beifahrersitz des Streifenwagens. Sie war noch nicht angeschnallt, da raste Finn auch schon mit Blaulicht und Martinshorn die Straße hinunter Richtung Küstenwald.

„Finn? Da steht ..."

„Keine Polizei. Schon klar."

Nach wenigen Kilometern tauchte der Wagen in den Wald ein. Zwischen den Bäumen war es schon um einiges dunkler als auf dem freien Feld. Kurz, nachdem sie die Moordenitz überquert hatten, sah Johanna links die Schranke, die den Waldweg zum Steilen Ort für den öffentlichen Verkehr sperrte. Rot und Weiß leuchtete der Balken im Dämmerlicht. Aber die Polizei Musing-Dotenow war kein öffentlicher Verkehr, Finn hatte einen Schlüssel. Er stellte das Sondersignal ab, Johanna öffnete die Schranke, ließ Finn durch und schloss die Schranke wieder. Zwischendurch musste sie einmal tief durchatmen, weil sie so zitterte, dass ihr der Schlüssel zweimal hinunterfiel.

„Ich fahr jetzt bis zum Pferde-Anbinde-Platz. Von da bist du in wenigen Minuten am Steilen Ort. Ich komm von der anderen Seite. Von hier ist er bestimmt nicht gekommen, so überraschen wir ihn."

Johanna warf einen Blick auf seine Uniform, verkniff sich aber eine Bemerkung. Letztlich war sie dankbar für die Hilfe.

„Kein Problem", erklärte Finn, der den Blick bemerkt hatte. „Hab mein Angelzeug dabei. Komme getarnt."

*

Sie hatten Glück, bereits die vierte Vermieterin von Ferienunterkünften war die richtige. Katharina wartete gar nicht ab, bis Pannicke das Telefongespräch beendet hatte, sondern stürmte mit Levke aus dem Gebäude. Nach wenigen Minuten hatten sie in Katharinas Trabbi das Ferienhaus erreicht. Es lag idyllisch am Rande der Dünen etwas außerhalb von Moordevitz.

„Von hier aus führt ein Wanderweg zum Schloss, oder?" Katharina sah sich um.

Levke nickte. „Ist verwildert, aber immer noch ohne Schwierigkeiten zu gehen und sogar mit dem Rad zu fahren." Sie klingelte, aber niemand reagierte.

Katharina klopfte. Sie klopfte heftiger. „Hallo? Herr Tarnow?" Nichts rührte oder regte sich. Sie wandte sich um. Es stand auch kein Auto auf oder vor dem Grundstück. „Der ist nicht da."

Levke drückte auf die Klinke. Die Tür öffnete sich.

Beide sahen sich an.

„Riecht das hier nach Rauch?", fragte Levke.

Katharina verdrehte die Augen. „Echt jetzt? Du guckst zu viele Krimis. Nein, es riecht nicht nach Rauch. Aber wir gehen da jetzt trotzdem rein. Wenn er kommt, tun wir, als ob – keine Ahnung, was wir dann machen. Du stehst Wache und ich seh mich kurz um."

Katharina huschte in das Haus. Die Inneneinrichtung war schlicht, aber gemütlich, wenn sie nicht sowieso in Moordevitz wohnen würde, könnte sie sich einen Urlaub in diesem Haus auch vorstellen. Rasch ließ sie den Blick umherschweifen, als sie die Zimmer abschritt. Wohnraum mit offener Küche, Flur und Bad nahmen das Erdgeschoss ein. Zwei benutzte Teller und Tassen neben dem Spülbecken, mehr Anzeichen gab es nicht, dass hier jemand wohnte. Rasch stieg sie die Treppe hinauf, zwei Türen gingen vom Flur ab. Hinter der rechten befand sich ein Schlafzimmer, das offensichtlich noch unbenutzt war, noch nicht einmal die Betten waren bezogen. Herr Tarnow bewohnte das Schlafzimmer auf der linken Seite, wie ein Blick durch die Tür zeigte. Hier war das Bett gemacht, ein Pyjama lag auf dem Kopfkissen. Hastig öffnete Katharina die Schranktüren. Klamotten, nichts Aufregendes. Dann zog sie die Schubladen der Kommode und des Nachttisches auf. Socken, Unterwäsche, wie zu erwarten.

Aber in der unteren Schublade des Nachttisches wurde sie fündig. Zumindest war dieser alte Brief nichts, was man in einem gewöhnlichen Urlaubsgepäck erwarten würde. Er war datiert vom 3. Januar 1873. Sie faltete den Brief auseinander, fotografierte ihn ab. Dann faltete sie ihn wieder zusammen und legte ihn wieder in die Schublade. Jetzt nichts wie raus hier.

Als sie Levke erreicht hatte, rannten beide auf die Straße und schlenderten dann, als könnten sie kein Wässerchen trüben, über die Straße zu ihrem Auto. Aber die Vorsicht war völlig unnötig. Von Tarnow war weit und breit nichts zu sehen.

„Und – hast du was?", fragte Levke, als sie in ihrem Auto saßen.

„Weiß ich noch nicht. Hier sieh mal, das lag in seiner Schublade." Sie zeigte Levke die Fotos. „Das ist Sütterlich. Wer kann denn das lesen?"

„Johanna. Hertha. Meine Großtanten", zählte Levke auf. „Und Pannicke. Ich schicke allen mal Fotos von dem Brief."

„Nee, warte mal, das ist Beweismaterial. Und zwar illegal erworbenes. Am besten erst mal nur Pannicke. Vor allem kriegen wir von dem eine vollkommen exakte und leserliche Abschrift. Aber erzähl ihm auf keinen Fall, wie wir es bekommen haben."

12. Nov. 1872

Mitternacht

Wustrow, 14. November. Die gestern in Folge des
Nordoststurmes stattgefundene Ueberschwimmung hat hier
schrecklich gewüthet und furchtbaren Schaden angerichtet.
Schon am 12. Abends hatte das Wasser der Ostsee und ebenso
das der Binnensee eine bedenkliche Höhe erreicht, und
am gestrigen Morgen des 13. November sah man bereits die
Wiesenniederung unserer Gegend unter Wasser.
Die Düne ragte wie ein schmaler Saum aus der bewegten
Wassermasse hervor. Aber bald,
zwischen 6 und 7 Uhr Morgens, brach die Düne
auf mehreren Stellen, und die schäumende See
strömte über den sandigen Dünenstreifen
mit gewaltiger Kraft fort, daß in kurzer Zeit
von Daendorf bis hier nur ein Meer zu sehen war.

Rostocker Zeitung, Sonnabend, der 16. November 1872

Zusammensturz eines Bauernhauses in Niendorf während des Ostsee-
hochwassers 1872
zeitgenössische Zeichnung von C. Osterley
erschienen in: Die Gartenlaube; illustrirtes Familienblatt, 1872

Eduard trieb das Tier vom Hof, wollte es in Galopp zwingen, aber mehr als ein schneller Schritt mit gelegentlichen Phasen langsamen Trabes war nicht möglich. Das Pferd war erschöpft, der Wind nahm immer noch an Stärke zu. Kaum war es dem müden Rappschimmel möglich, sich gegen den seitlich von hinten anbrausenden Sturm auf den Beinen zu halten. Es dämmerte bereits. Dank der schweren Wolken, die vorher schon das Sonnenlicht verschluckt hatten, wurde es rasch dunkel. Eduard hielt sich am Fuß der Dünen, die ihn wenigstens etwas vor dem Wind schützten. Den Lärm der rasenden Wellen konnten die Dünen nicht abschirmen, immer wieder tat es donnernde Schläge, die Eduard zusammenzucken ließen. Eine Fontäne spritzte weiß über den Dünenkamm, das Pferd scheute. Eduard trieb es weiter, jetzt bloß nicht das Pferd verlieren, zu Fuß hatte er keine Chance, das begriff er allmählich. Wieder ein dumpfer Schlag gegen das Ufer, eine aufspritzende Fontäne schlug über den Dünenkamm, höher noch als die erste. Weiter, nur rasch weiter!

Nach etwa zwei Kilometern schnaubte das Pferd und blieb stehen. Behrendt wollte es vorwärtstreiben, bis er den Grund für das Zögern erkannte. Vor ihm strömte ein reißender Bach von den Dünen in die tiefer gelegenen Wiesen.

Auf dem Hinweg hatte es keinen Bach gegeben, den sie hätten überqueren müssen. War er vom Weg abgekommen?

Dann bemerkte er, dass der scheinbare Bach in die falsche Richtung floss. Jeder gewöhnliche Bach floss vom Land ins Meer und nicht andersherum. Entsetzt sah Eduard zu den Dünen hinauf, wo das Wasser sich einen Kanal gegraben hatte. Wo es weiter grub und fraß und ins Land strömte.

Über den Strom zu kommen, war nicht mehr möglich, zu breit, zu reißend war er. Behrendt riss sein Pferd herum, prügelte auf das stolpernde Tier ein.

Dann brachen die Dünen.

Heute

Johanna hielt auf dem Waldparkplatz, sprang aus dem Auto und hinüber zu dem Weg, der zum Steilen Ort führte. Kaum hatte sie den Parkplatz verlassen und war unter die Bäume eingetaucht, wurde es dunkel um sie, das restliche Tageslicht drang kaum durch Kronen der Kiefern, Birken und Buchen. Ein Käuzchen rief, die Baumkronen rauschten im Sturm, hier und da knackte es. Irgendwo krachte ein Ast herunter, zwei Stämme rieben sich kreischend aneinander, aber Johanna achtete nicht darauf. Sie kannte den Weg und brauchte nicht viel Licht. Um sich im dunklen Wald zu gruseln, hatte sie keine Kapazitäten mehr, ihre ganze Angst drehte sich um das Schicksal von Oma Adelheid.

Ihr Handy gab den Ton von sich, der auf eine neu eingetroffene E-Mail hinwies. Sie warf kurz einen Blick auf die Vorschau – es war nur der Brief, den die Kanzlei Bremer & Bremer geschickt hatte. Das musste warten.

Vorn wurde es heller, sie näherte sich dem Waldrand. Über dem Rauschen des Laubes lag ein tieferes, dröhnenderes Rauschen, das nun überhandnahm. Kaum war Johanna zwischen den letzten Bäumen heraus getreten, erfasste sie der Sturm mit aller Kraft. Er blies ihr ins Gesicht, sie schnappte nach Luft, weil er ihr förmlich die Luft vor der Nase wegfegte. Schützend legte sie die Hand über die Augen, nadelspitzenfeine Sandkörner prasselten auf ihre Haut.

Nur wenige Meter trennten sie von der Kante, an der der Boden in den fast senkrechten Hang hinab zum Strand überging. Jetzt erkannte sie die Quelle des tiefen Dröhnens. Die Ostsee war in Aufruhr, schwer und grau tobte das Wasser, schäumten die Wellen und rannten gegen die Steilküste an.

Sie wandte sich nach rechts, lief den Weg zwischen dem Küstenwald und der Steilküste entlang, der sie direkt zum Steilen Ort führte. Endlich öffnete sich vor ihr die Stelle, an der die Steilküste sich in einer stumpfen Spitze einige Meter weiter in die See schob, sodass vor dem Wald eine größere Freifläche entstanden war. Dünnes Gras wuchs in dem Sandboden zum Wald hin, das zur Kante immer spärlicher wurde. Zwei Bäume standen hier dicht an der Kante – Johanna stoppte ihren Lauf abrupt und starrte zur Abbruchkante hinüber. Für einen Moment vergaß sie alles andere.

Dort stand nur noch ein Baum.

Langsam kämpfte sie sich gegen den Wind hinüber an die Kante, bis sie hinuntersehen konnte. Sie stand da und beobachtete ungläubig die Wellen, die heranströmten, sich überschlugen und schäumend an dem Steilhang zerspritzten. Und mitten in dem brodelnden Wasser hing der zweite Baum, noch mit wenigen Wurzeln an die Erde gekettet, wurde er von den Wellen hin und her geworfen.

Eine weitere Woge rollte heran, prallte gegen den Hang. Ein Brocken löste sich, die letzten Wurzeln verloren den Halt und der Baum stürzte ins Wasser.

Johanna sprang zurück, wurde vom Wind beinah umgeworfen. Der Steilhang wurde unterspült, sie konnte nicht sicher sein, wo unter ihr noch fester Boden war. Außerdem war sie nicht wegen der tobenden Elemente hier. Sie sah sich um. Und erschrak neuerlich.

Unter dem Baum, der sich noch wacker aufrecht hielt, stand ein Mann.

Jetzt wurde es also ernst.

Johanna sog unwillkürlich die Luft ein, sie konnte nicht verhindern, dass ihre Knie zitterten. Dennoch. Es musste sein.

Sie straffte sich und ging auf den Mann zu, der ihr entgegensah. Verwundert zögerte sie einen Augenblick. Das war doch ...

„Herr Tarnow! Was machen Sie denn bei diesem Wetter hier? Und um diese Uhrzeit?", rief sie gegen das Brausen des Windes an. Sie zwang sich zu einem Lächeln, von dem sie hoffte, es würde locker und harmlos wirken.

Der Angesprochene antwortete nicht, kam aber näher. Johanna lächelte krampfhaft weiter, sie musste ihn loswerden. Der Entführer würde sich mit Sicherheit nicht blicken lassen, so lange hier noch weitere Personen als Zeugen standen.

„Mögen Sie auch Abendspaziergänge am Meer?" Johanna schalt sich selbst, mit solcherlei Reden wurde sie ihn bestimmt nicht los, das klang ja eher nach einer Einladung, gemeinsam weiterzugehen.

„Aber es wird bald dunkel, müssten Sie nicht bald zurück?" War das besser?

Tarnow schüttelte den Kopf. „Nein, ich muss nicht zurück. Ich bin genau da, wo ich sein möchte."

Und du bist genau da, wo ich dich gerade überhaupt nicht gebrauchen kann. Johanna wurde langsam panisch, wie konnte sie ihn loswerden, ohne ihn kurzerhand in die Wellen zu stoßen?

„Ja, schön. Also ich bin hier mit jemandem verabredet, ich geh dann mal ..." Sie hoffte, wenn sie ein Stück weiter ginge, etwas Abstand zwischen sich und Tarnow schuf, würde der Entführer sich vielleicht zeigen.

„Ich weiß, Johanna." Tarnow hielt ihr eine Rose hin. Er stand jetzt direkt vor ihr.

Johannas Lächeln gefror. Sie starrte auf die Rose. Eine weiße Rose mit unregelmäßigen rosafarbenen Streifen. Dann wich sie zurück. „Sie!"

Sie hatte den Entführer gefunden.

„Was wollen Sie?"

„Was ich will? Ich will, was mir zusteht. Was ihr mir und meiner Familie seit einhundertundfünfzig Jahren vorenthaltet." Er sprach leise, vor dem infernalischen Lärm von Wellen und Wind konnte sie ihn kaum verstehen.

Johannas Gedanken wirbelten. Die Zahlungen. Die Zahlungen gingen also doch an die Familie der verstorbenen Frau Tarnow, es war keine zufällige Namensgleichheit. Jetzt bereute sie, nicht doch einen Blick auf den alten Brief geworfen zu haben, da musste es irgendeine uralte Geschichte zwischen ihren beiden Familien geben.

„Hören Sie, ob Sie mir das jetzt glauben oder nicht, aber ich habe keine Ahnung, was hier los ist. Ich weiß, dass Ihre Großmutter von unserer Familie regelmäßig finanziell unterstützt wurde, aber ich weiß nicht, warum und wozu." Johanna musste schreien, um sich gegen den Sturm bemerkbar zu machen. „Also erzählen Sie mir einfach, was los ist und wir finden eine Lösung." Verhandeln, Kompromisse und Lösungen finden, das konnte sie.

Tarnow lachte und kam wieder näher. „Sie haben ganz recht, ich glaube Ihnen nicht, dass Sie nicht wissen, was los ist. Sie stecken doch alle unter einer Decke. Sie haben zusammen mit Ihrer Großmutter und Ihrer Cousine meine Großmutter ermordet. Damit endlich Schluss ist mit den

Zahlungen. Glauben Sie, ich weiß nicht, was die Restaurierung eines solchen Gemäuers kostet? Da war für die Unterstützung einer alten Frau aus dem gemeinen Volk nichts mehr übrig."

Johanna schloss aus seinen Reden allerdings, dass er im Gegenteil nicht die geringste Ahnung hatte, was das Schloss sie und vor allem Oma Adelheid gekostet hatte. „Gemäuer? Das Schloss? Die Renovierung ist so gut wie abgeschlossen, der Betrag, den Ihre Großmutter erhielt, hätte mich da im Übrigen auch nicht gerettet. Und meine Oma hat Ihre Oma gern gehabt! Wie kommen Sie darauf, wir hätten sie umgebracht? Das ist absurd. Wann und wie hätten wir das wohl tun sollen?"

Tarnow lachte auf. „Halten Sie den Mund. Ich weiß es. Ich weiß, dass Ihre Cousine Ilka meine Oma vergiftet hat. Nur dachte ich bislang, es sei ein Versehen gewesen, ein Unfall. Aber als ich in dem Brief von Hedwig las, worum es bei den Zahlungen der von Musing-Dotenows ging, war mir klar, es war kein Unfall. Sie wollten uns loswerden."

Johanna stand einen Moment stumm. „Vergiftet?" Ilkas depressive Verstimmungen fielen ihr ein, ihre plötzlichen Stimmungsumschwünge. Jörns Verdacht, dass irgendetwas sie fürchterlich belastete. „Ilka hat Ihre Großmutter vergiftet?"

„Davon wissen Sie natürlich gar nichts. Dass sie die Ampullen vertauscht hat, dass meine Oma eine zu hohe Dosierung bekam. Eine Dosierung, die sie umbrachte. Aber das wird nicht wieder passieren. Dafür habe ich gesorgt."

Johanna klappte der Mund auf. „Sie ... Sie haben Ilka erschlagen? Weil ... warum? Weil sie ... was getan hat? Einen Fehler bei den Medikamenten?"

„Fehler! Das ich nicht lache. Selbst wenn – auch für Fehler muss man bezahlen! Ihre Cousine und ihr Helfershelfer, dieser Buhk. Bei ihm hat es leider nicht so geklappt, ich dachte, wenn ich die Latte von seinem Schuppen nehme, wird er verhaftet. Nachdem er den Fahrradunfall schon unbeschadet überstanden hatte. Aber eigentlich spielt das jetzt keine Rolle mehr. Jetzt habe ich ja dich."

Unvermittelt trat er auf Johanna zu, stand direkt vor ihr, ergriff ihre Arme.

Johanna versuchte, sich loszureißen, aber er war zu kräftig. „Und was wollen Sie jetzt von mir?", fragte sie in einem Ton, der trotz der notwendigen Lautstärke nach Plauderton klingen sollte. „Und meiner Oma?"

„Das liegt doch auf der Hand. Sie haben ein Leben in Luxus, wohnen im Schloss, verdienen einen Haufen Geld und ich vegetiere in einer Mietwohnung dahin und jage Ratten! Noch nicht einmal die Entschädigung, die Sie seit 1873 an meine Familie zahlen, soll ich noch bekommen!"

Ja, so etwas hatte Herr Dr. Bremer auch gesagt.

„Ach, und Sie glauben, wenn Sie in unsere Familie einheiraten, können Sie an meiner Seite ebenfalls dem Luxus frönen?"

„An Ihrer Seite." Er lachte kurz. „Oh ja."

Johanna registrierte zweierlei. Zum einen erkannte sie an der Art des Lachens, dass nicht geplant war, dass er sehr lange an ihrer Seite den Luxus genießen wollte. Vermutlich sollte sie ihre Hochzeit nicht länger als nötig überleben.

Zum anderen spürte sie, dass sein Griff sich beim Lachen lockerte.

Sie riss sich mit aller Gewalt los, stieß ihn von sich und hastete davon. Weit kam sie nicht, da wurde sie an ihrer Jacke gepackt. Rasch zerrte sie den Reißverschluss auf, streckte die Arme nach hinten. Die Jacke rutschte von ihren Schultern, sie war frei. Sie stürmte vorwärts und wurde wieder gestoppt.

Sie war in die falsche Richtung gelaufen, stand jetzt vor dem letzten der beiden Bäume. Hastig wandte sie sich um, ihre einzige Chance war, in den Wald zu fliehen, wo sie sich mit Sicherheit besser auskannte als Tarnow. Zu spät, gleich würde er sie erreicht haben. Dann blieb ihr nur noch ein Weg – nach oben.

Sie ergriff den untersten Ast, zog sich hoch und war noch nie so dankbar, dass sie als Kind nichts mehr geliebt hatte, als auf Bäume zu klettern. Ast für Ast zog sie sich nach oben, stieg immer weiter in die Krone. Zu anderen Zeiten hätte sie sich gefreut über einen derart idealen Kletterbaum.

Als sie bemerkte, dass Tarnow bereits den untersten Ast erklommen hatte, war ihr klar, dass sie in der Falle steckte. Zum Springen war sie längst zu hoch. Es sei denn ... Sie biss sich auf die Lippen, als sie hinuntersah in die aufgewühlte See. War das Wasser tief genug? Würde sie einen Sturz in das eiskalte Wasser überstehen? Käme sie gegen die Wogen ans Ufer? Die Antworten lauteten der Reihe nach:

Möglicherweise.

Mit Glück.

Ausgeschlossen.

Eine Sturmbö erfasste den Baum, die Krone schwankte. Johanna klammerte sich mit beiden Armen an den Stamm, sie hockte rittlings auf einem Ast, von dem sie hoffte, er würde halten. Woge um Woge rannte gegen die Steilküste an, Johanna sah Brocken um Brocken von der Kante abbrechen, ins Meer stürzen und dort verschwinden. Im Dämmerlicht sah sie, wie sich eine gewaltige Welle auftürmte, auf die Küste zurollte, sich aufsteilte. Ihr Kamm zerfiel in weißen Schaum, die Gischt sprühte Johanna ins Gesicht. Dann schlug die Welle über, krachte gegen den Hang. Eine Erschütterung lief durch den Stamm, sie spürte das Zittern des Baums in ihren Armen.

Ihre Sitzhaltung veränderte sich. Sie saß nicht mehr aufrecht. Rasch versuchte sie, wieder in die Senkrechte zu kommen. Doch wieder neigte sich ihr Sitz.

Da begriff sie es. Der Baum neigte sich. Der Baum neigte sich Stück für Stück hinunter zur See.

Er war im Begriff, von der Steilküste zu stürzen.

Dann knirschte es. Ein reißendes Knirschen erklang vom Boden, als die Wurzeln des Baums sich lösten. Wurzel um

Wurzel wurde aus der Erde gezerrt. Tarnow schrie auf, ließ sich fallen, landete auf den letzten Zentimetern des festen Bodens. Hastig krabbelte er zurück, weg von der Kante.

Das war für Johanna keine Option mehr. Der Baum hing jetzt waagerecht von dem Steilhang, klammerte sich mit den letzten Wurzeln an die Erde, die ihm über Jahrhunderte Halt und Nahrung geboten hatte. Die Krone lag im Wasser, ein Spielball der tobenden Wellen. Johanna klammerte sich krampfhaft an dem in Wind und Wasser schwankenden Ast fest. Ihre Beine wurden immer wieder von Wellen überspült, rasch drang die Kälte durch die nassen Klamotten. Und dann, gerade als Johanna dachte, sie hätte über dem Brausen des Sturms Dackelgebell gehört, kletterte Tarnow über die Wurzeln hinweg auf den Stamm und begann, auf sie zu zu robben.

*

Katharina saß am Steuer ihres Trabbis, Levke neben sich. Sie wollten zurück, um gemeinsam mit Pannicke die nächsten Schritte zu besprechen. Kurz vor Musing-Dotenow machte sich mit Möwengekreisch Katharinas Handy bemerkbar. „Mach du mal, ich fahre", bat Katharina.

„Und wenn es jetzt dein heimlicher ..."

„Nu mach schon!"

Levke zog Katharina ihr Handy aus der Hosentasche und nahm das Gespräch an. „Finn, was gib..."

Als sie nicht weitersprach, warf Katharina einen Blick hinüber. Levke saß da mit offenem Mund, ihre Augen wurden immer größer. Schließlich beendete sie das Telefonat wortlos und starrte Katharina an.

„Was?", rief diese ungeduldig.

„Johannas Oma wurde entführt", flüsterte Levke.

Katharina riss das Steuer herum, machte eine 180°-Wendung und raste, so schnell ihr Trabbi konnte, zurück zum Abzweig nach Moordevitz. Levke hatte derweil das mobile

Blaulicht aufs Dach gesetzt, dem der Trabbi bereits einen Eintrag in einem Reiseführer unter „Kurioses aus der Region" zu verdanken hatte.

Katharina schoss auf die Schlossmauer zu, brachte ihr Auto mit quietschenden Bremsen eine Handbreit vor dem Gitter zum Stehen, sprang aus dem Wagen, stürzte in der Hektik, rappelte sich wieder auf, schloss mit bebenden Händen das Tor auf, sprang wieder ins Auto und raste auf den Hof. Das Tor ließ sie offen, sie würde gleich im selben Tempo wieder davonrasen müssen.

Vor dem Portal angekommen, stürmten Katharina und Levke die Treppe empor und in die Halle. Hertha hatte sie bereits gehört und eilte ihnen aus der Küche entgegen.

„Gut, dass Sie kommen. Natürlich steht da ‚Keine Polizei', aber wir wissen doch alle, dass das Blödsinn ist."

„Zeigen Sie her, wo ist der Brief?"

Hertha hielt ihnen den Brief hin. Katharina studierte ihn hastig. Ihre ohnehin geringe Hoffnung wurde enttäuscht, das Original enthielt keinerlei Hinweise auf den Absender. „Oder siehst du hier irgendeine Spur?", wandte sie sich an Levke.

Die schüttelte den Kopf. „Aber das kann doch dann nur dieser Tarnow sein!"

„Wo ist Johanna – nee, ist klar, sie ist allein zum Steilen Ort, was sonst." Katharina fluchte. Kläffend kam Goliath angerannt. Nur Goliath.

„Sie hat David mitgenommen?" Katharina wurde etwas hoffnungsvoller, bis Hertha ihr erzählte, dass David verschwunden war.

„Der Hund auch entführt?"

Levke war nicht überzeugt. „Du glaubst, der hat den Hund auch entführt? Wer entführt so eine Riesentöle?"

„Wahrscheinlich genau deswegen. Damit Johanna garantiert ohne Hilfe am Steilen Ort auftaucht."

„Ohne Hilfe? Das wollen wir doch mal sehen!" Levke raste durch die Schlosstür, die Treppe hinunter.

Katharina überholte sie, aber es war Hertha, die zuerst den Hof erreichte. „Warten Sie gefälligst, Sie wollen doch wohl keine Verfolgungsjagd im Trabbi gewinnen! Und der Dackel muss auch mit, der findet Johanna im Wald besser als wir."

Sekunden später brausten sie mit Herthas Kombi ohne anzuhalten durch das Tor.

12. Nov. 1872

Mitternacht

Wustrow, 13. November. Eine der auf der Düne
stehenden Fischerbuden brach zusammen und
war im Umsehen verschwunden. Der Rettungsschuppen
mit dem Rettungsapparat leistete lange Widerstand,
doch gegen 9 Uhr sank auch dieser zusammen und
ward zum Theil in das wogende Meer vertrieben.
Schiffe mit gekappten Masten und zerfetzten Segelns
kamen in Sicht und konnten sich kaum vor Anker halten.
Von der pommerschen Küste trieben Jachten und Boote
auf den hiesigen Strand. Inzwischen war für diejenigen
Bewohner unseres Orts die Noth gekommen,
welche unten im Dorfe am Wasser wohnten.
Das Wasser drang in die Häuser, riß Wände und
Oefen nieder, stürzte Schornsteine um,
während der Orkan an den Dächern
seine Zerstörung anrichtete.

Rostocker Zeitung, Sonnabend, den 16. November 1872

Ottilie hatte die Bauersleute nicht mehr zu Gesicht bekommen. Sie hatte mitunter hastige Schritte und hektische Stimmen gehört, bis Ruhe eingekehrt war. Zumindest war von den Menschen nichts mehr zu hören, der Sturm heulte unvermindert, das Donnern der Wellen schien immer noch zuzunehmen. Schließlich streckte Ottilie sich auf dem Sofa aus, so gut es ging, und versuchte zu schlafen. Aber mehr als ein unruhiger Wechsel aus Einnicken und Aufschrecken war nicht möglich.

Ein ohrenbetäubendes Krachen, gefolgt von einem Knirschen ließ sie auffahren. Das Wasser brüllte, als stünde es direkt vor der Tür.

Ottilie schwang die Beine auf den Boden und keuchte auf. Wasser. Auf dem Boden stand zweifingerbreit das Wasser. Sie raffte die Röcke und stolperte durch das strömende Meerwasser auf die Tür zu, wollte sie öffnen, aber das Wasser drückte dagegen. Sie stemmte sich mit all der Kraft, die die Panik ihr verlieh, dagegen und endlich gab die Tür so weit nach, dass Ottilie auf die Diele hinauskam.

„Wasser!", brüllte sie in die Diele. „Wasser! Das Wasser steht im Haus!"

Aus den Kammern längs der Diele tauchten die Bauersleute und Christian auf. Alle waren vollständig angezogen, geschlafen hatte sicher niemand. Sie wateten durch das Wasser in die Diele, deren Lehmboden bereits schlammig wurde.

„Los, da rauf!" Wilhelm zeigte auf die Leiter, die etwa in der Mitte der Diele neben der Wand nach oben führte. Sie endete in einem viereckigen Loch in der Decke. Entsetzt sah Ottilie hinauf. Die Decke bestand nur aus einer Lage lose verlegter Rundhölzer, unverputzt und unbefestigt. Maria Lüttin scheuchte ihren Sohn zur Leiter, der stieg die ersten Sprossen hinauf, wandte sich dann zurück, um seiner Mutter die Hand zu reichen.

„Rauf mit dir, ich bin schon Leitern gestiegen, da gab es dich noch nicht!", rief die.

Christian tat wie befohlen, Maria raffte ihren Rock und stieg rasch hinterher.

Ottilie sah ihr fassungslos nach. Mit ihrem langen Rock konnte sie unmöglich die Leiter erklimmen, aber ihn so zu raffen, vor den Augen dieses Bauerntölpels ...

„Worauf warten Sie? Auf eine Einladung mit vergoldetem Pergament?", knurrte der Bauerntölpel jetzt. Ottilie spürte die Kälte ihre Wade hochkriechen. Ein Blick nach unten zeigte ihr, dass sie jetzt bis über die Knöchel im Wasser stand. Zum Teufel mit der Schicklichkeit. Sie hob ihre Röcke und war mit einer Schnelligkeit die Leiter hinauf, die sie sich selbst nicht zugetraut hatte. Als auch Wilhelm auf den Rundbohlen hockte, sah von den beiden Truhen nur noch eine Handbreit ihrer Deckel hervor. Und das Wasser stieg weiter rasend schnell.

Zitternd vor Kälte hockten sie auf den Rundbohlen. Ottilie verzog das Gesicht, das versprach ja eine ganz entzückende Nacht zu werden. Ihr taten jetzt schon die Glieder von den harten Hölzern weh, die ihr in die Beinmuskeln und die Knie drückten. Und dazu diese eisige Kälte. Selbst durch das dicke Reetdach pfiff der Sturm hindurch. Oder – sah sie da ein Loch im Reet?

Christian rutschte weiter in Richtung Giebel, dort lag ein größerer Haufen Heu. Er zog einige Armvoll herunter und breitete eine dicke Schicht auf den Bohlen aus. „Mutter, komm hierher, hier ist es jetzt bequemer."

Maria kroch hinüber. „Danke dir, mein Junge."

Ottilie stieß schnaubend die Luft aus. Und was war mit ihr? Ihre Haut und ihre Knochen waren um so vieles zarter und edler, sie sollte dort auf dem weichen Heu sitzen.

Eine Bö ließ das Haus in seinen Grundfesten erzittern, Wilhelms Kopf flog nach oben, hastig sah er sich um, aber das Dach hielt. Ottilies banger Blick klebte an dem Loch, das sich weiter vorn im Reet aufgetan hatte. Gewaltiges Rauschen umfloss sie. Ottilie wagte einen Blick nach unten und schrie auf. Noch eine Armlänge, und das Wasser würde sie erreichen.

Vom Giebel her erklang ein Schrei. Dort hockte Christian vor dem Uhlenloch, einer kleinen Öffnung, die zum Rauchabzug ins Mauerwerk gelassen waren. „Oh Gott, seht!"

Alle robbten, so schnell es ging, hinüber. Zu viert drängten sie sich vor das kleine Loch. Maria schlug die Hände vor den Mund, Wilhelm starrte nur, als könnte er nicht fassen, was er sah.

Ottilies erster Impuls war schallendes Lachen. Zu aberwitzig war das, was sich ihr da draußen bot. Aus dem Lachen wurde jedoch bald ein hysterisches Kreischen.

Ein Stück weiter Richtung See stand die Scheune.

Im Stroh des Scheunendaches steckte ein Boot. Menschen befanden sich darin, winkten und schrien.

Das Wasser stand jetzt mehr als mannshoch, die Gebäude der Nachbargehöfte ragten wie winzige Inseln aus der brodelnden Ostsee.

„Das Vieh! Die Rinder! Wir müssen ..." Maria wollte zurück zur Luke, aber Wilhelm packte sie und hielt sie zurück.

„Wir müssen gar nichts. Wir können nichts tun. Nichts, als beten."

Schweigend starrten sie auf die rollenden Wellen, die wieder und wieder gegen die Scheune schlugen, bis deren aufgeweichte Lehmwände schließlich nachgaben und das Wasser Dach und Boot mit sich nahm.

Heute

Der starke Finn hatte die Uniformjacke ausgezogen und gegen Angelpulli und olivgrüne Regenjacke eingetauscht. Möglichst lautlos ging er durchs Unterholz, was in der zunehmenden Dunkelheit nicht einfach war. Die Taschenlampe zu benutzen verbot sich von selbst. Er schlug einen großen Bogen, um von der anderen Seite zum Steilen Ort zu gelangen.

Im Augenwinkel rechts tauchte etwas Grünes auf, ein Grün, das weder für den Wald noch für die Jahreszeit das richtige Grün war. Er huschte hinter einen Baum und beobachtete das grüne Auto eine Weile. Nichts passierte. Langsam schlich er näher.

Autos hatten hier nichts zu suchen, aber die Schranke an der Fuchsortschneise war kaputt und ließ sich ohne Schlüssel öffnen, das wussten etliche Pilzsucher und Liebespaare.

Endlich hatte Finn das Auto erreicht, sah sich um, aber der Wald um ihn herum schien menschenleer. Nichts war zu hören bis auf das Rauschen der Bäume im Sturm. Das Fenster hinten rechts stand ein Stück offen. Finn trat näher, bückte sich und sah durch das Fenster ins Wageninnere.

*

Es war schlimmer. Viel schlimmer, als Katharina erwartet hatte. Sie hatten den Küstenwald durchquert und standen jetzt auf der Steilküste, ein paar Meter von der Kante entfernt. Hier war es noch etwas heller als im Wald, trotz der dunklen Wolken, die der Sturm über den Himmel jagte. Unten vor dem Steilhang jagte der Wind die Wellen, peitschte sie gegen den Hang, wieder und wieder brachen sie schäumend und strömten zurück, überrollt von den nachfolgenden.

Der Anblick machte Katharina schier fassungslos. Eine der großen Buchen hing von der Steilküste zum Strand hinab, ihre Krone schwamm im brandenden Wasser, hin- und hergestoßen von den meterhohen Wellen. Mit einigen letzten Wurzeln hielt sie sich immer noch zäh am Hang fest, doch die See riss an ihr, holte sich Stück für Stück den Sand aus dem Hang. Nicht mehr lange würde der Baum sich halten können. Aber es war nicht das Schicksal der Buche, das Katharina in Bann schlug. Auf dem Stamm saß dieser Tarnow. Und hinter ihm, in der Baumkrone, klammerte Johanna sich an einen Ast, die Wogen schlugen immer wieder gegen ihre Beine, sie war bereits bis zu den Oberschenkeln nass. Der Rückweg zum Ufer war ihr durch Tarnow versperrt.

Wieder fiel ein Brocken Erde in die tobende See. Der Baum neigte sich ein wenig mehr.

„Los – rollen Sie die Leine aus!" Hertha hatte ihren gewohnten Befehlston wiedergefunden.

Katharina wandte sich um. Hertha hatte Goliath losgemacht und hielt ihr das Ende der Leine hin.

„Was? Wir brauchen doch jetzt keine Hundeleine", protestierte Katharina.

„Doch! Da ist David! Finn hat David!", rief Levke und deutete den Weg jenseits des umgestürzten Baums hinunter.

Tatsächlich, da kam endlich Finn und ein merkwürdig schlaftrunken tapernder David. Bei ihrem Anblick bellte er kurz, setzte zum Laufen an, verhedderte sich in seinen eigenen Beinen und wankte weiter im Schritttempo. Goliath rannte kläffend auf ihn zu und brachte ihn mit seinem Ungestüm zu Fall.

Tarnow hatte das Bellen gehört, sah sich um, geriet auf dem nassen Stamm im Sturm kurz ins Wanken, tat ihnen aber nicht den Gefallen, ins Wasser zu stürzen.

Finn griff nach seiner Waffe.

„ROLLEN. SIE. ENDLICH. DIE. LEINE. AUS!"

Wenn Hertha diesen Ton anschlug, leistete jeder Folge, gleichgültig, wie viele Beine er hatte. Beide Hunde standen still und hielten die Schnauze. Levke packte das Ende der Leine und zog, während Hertha den Griff festhielt und schließlich die Leine arretierte.

Endlich begriff Katharina.

Rasch suchte sie ein Stück Holz, schlang das Ende der Leine darum und lief damit bis zu dem umgestürzten Baum.

„Finn, steck die Waffe weg, du bist der Kräftigste von uns!", rief sie.

Levke hatte von Hertha den Griff der Leine übernommen, kam herbeigespurtet und drückte Finn den Griff in die Hand.

„Gib her!", sagte sie dann zu Katharina und fügte, als die zögerte, hinzu: „Schulmeisterin im Weitwurf."

Bei Seebad Niendorf während des Hochwassers 1872
zeitgenössische Zeichnung, unbekannter Autor
erschienen: illustrirter Kalender für 1873

13. Nov. 1872

früher Morgen

Stralsund, 13. November. Von den kleineren Fahrzeugen im
Hafen sind mehrere gesunken, von den größeren Seeschiffen haben
verschiedene beträchtlichen Schaden erlitten. [...]
Ein englischer Schooner kam los und stampfte gegen das
Dampfschiff ‚Hertha‘, das, nachdem die Dampfschiffbrücke
fortgeschwemmt war, mit dem Vordertheil gegen die Fährbrücke
lief, während der Schooner auf das Hintertheil der ‚Hertha‘
loslief; die ‚Hertha‘ ist vollständig gesunken,
der Schooner stark beschädigt.

Stralsundische Zeitung, Donnerstag, den 14. November 1872

Niederschlag: 0,5 mm
Temperatur: 3,5 °C
Windrichtung: NO
Windstärke: 97 km/h
Wasserstand: 240 cm

Allmählich kam Hedwig zu sich. Sie fasste sich an die Stirn, aber nein, es war der Hinterkopf, der schmerzte. Vorsichtig öffnete sie die Augen. Es blieb dunkel. Nein, da war ein winziges helles Rechteck in der gegenüberliegenden Wand. Es gab also eine Wand. Dann war sie in einem Zimmer. Sie lag auf einem Bett, aber nicht auf ihrem. Ihr Bett schwankte nicht so.

Sie fuhr auf. Nicht nur das Bett schwankte, das ganze Zimmer wälzte sich von einer Seite auf die andere. Ein Stoß fuhr durch den Raum, er kippte nach links. Hedwig fand sich unvermittelt auf dem Holzboden wieder. Sie griff nach der Bettkante, versuchte, sich daran hochzuziehen. Und stürzte erneut, als das Zimmer sich wieder nach rechts neigte. Was war hier los? Und was war das für ein infernalischer Lärm? Sie blieb sitzen und lauschte.

Heulen. Brausen. Der Sturm tobte um das, worin sie sich befand.

Sirren, ein höherer Ton in all dem Heulen. Als würde der Wind Seile zum Singen bringen.

Klappern, Scheppern.

Und über all dem das Donnern und Rollen der See.

Hedwig schrie auf, als sie begriff. Sie war auf einem Schiff auf hoher See. Mitten im schlimmsten Sturm, den sie je erlebt hatte. Wie war sie hierhergekommen? Wenn das der Segler nach Amerika war, wo war Ludwig? Hier stimmte etwas nicht. Nichts war, wie es hätte sein sollen. Der Schreck wich einer aufwallenden Furcht, die ihr die Kraft gab, sich gegen das Schwanken hochzustemmen und zu dem hellen Rechteck zu taumeln. Sie klammerte sich am Fensterrahmen fest und starrte hinaus in die Dämmerung.

Schnee und Gischt rasten vor dem Fenster vorbei, schlugen gegen das Glas. Nur hin und wieder erhaschte sie einen Blick auf das Wasser, das in meterhohen gischtweißen Wogen um sie herum tobte. Immer wieder rannte es gegen die Stadtmauer an, die sie links ausmachen konnte.

Die Stadtmauer von Musing-Dotenow. Das bedeutete, sie war nicht auf hoher See, sondern im Hafen von Musing-Dotenow. Aber ... Sie strengte sich an, durch den Nebel aus Gischt und Schneeregen irgendetwas zu erkennen. Ein Schiff lag an der Stadtmauer, wurde von der rasenden See immer wieder dagegen geschleudert. Dort war das Osttor. Wo war sie? Wenn ihr Schiff im Hafenbecken lag, dann sollten vor ihr die beiden Molen sein. Aber da war nichts außer tobendem Wasser. Als sie es begriff, verlor sie vor Schreck das Gleichgewicht, konnte sich gerade noch abfangen. Die Mole war vor ihr. Aber sie war begraben unter Bergen von Wasser, die alles daransetzten, zu verschlingen, was sich ihnen in den Weg stellte.

Ein Schlag fuhr durch das Schiff, ein Krachen und Splittern von links ließ Hedwig herumfahren. Sie wagte kaum zu atmen. Sie bemerkte, dass der Boden schimmerte. Im spärlichen Tageslicht, das inzwischen durch das Fenster drang, bildeten sich Schlieren um ihre Füße. Dann spürte sie die Kälte. Wasser. Wasser floss in den Raum. Sie wich zurück, bis die Wand sie aufhielt. Ihr Atem ging keuchend, gleich würde ihr Herz stehen bleiben ... Unsinn. Sie schloss die Augen einen Moment, zwang sich zu mehreren ruhigen Atemzügen und öffnete die Augen wieder. Das Schiff war leck geschlagen. Wasser würde zuerst unter einer Tür hindurch in den Raum fließen. Eine Tür böte ihr einen Fluchtweg. Sie hastete hinüber zu dem Ursprung des fließenden Wassers, fand die Tür im grauer werdenden

Dämmerlicht und auch die Klinke. Sie fasste sie und drückte sie nach unten. Nichts. Noch einmal, diesmal stemmte sie sich mit aller Kraft gegen die Tür. Sie regte und rührte sich nicht.

Sie war eingeschlossen.

Sie trommelte mit den Fäusten gegen die Tür, rief erst, schrie schließlich um Hilfe.

Und wurde erhört.

Sie hörte einen Schlüssel im Schloss, dann wurde die Tür nach innen aufgedrückt. „Kommen Sie, rasch!"

Das Gesicht eines blonden jungen Mannes war kurz aufgetaucht.

„Ludwig?" Zögernd trat Hedwig aus dem Zimmer in einen dunklen Gang.

Der Mann war schon vorausgelaufen, hatte eine Leiter erreicht, die nach oben in ein weiteres helles Rechteck führte. Eine offene Luke, durch die Gischt hereinsprühte. Er hatte bereits die Sprossen gefasst. Es stimmte nicht. Er war zu klein. Jetzt wandte er sich wieder um. „Nun kommen Sie doch endlich! Wir sinken!"

Seine Stimme. Es war nicht Ludwigs Stimme.

Das Wasser um ihre Füße stieg, sie stand jetzt bis zu den Knöcheln im strömenden eisigen Nass. Das brachte seine Worte in ihr Bewusstsein. Das Schiff sank. Die Frage, wer ihr Retter war, musste zurückstehen. Sie watete durch das Wasser, die nassen Röcke wurden an ihre Beine gedrückt, machten jeden Schritt zu einem noch größeren Kampf. Kurz entschlossen hob sie die Röcke vorn hoch, machte einen Knoten hinein. Für Schicklichkeit war dies nicht der richtige Augenblick. Damit kam sie die Leiter genauso rasch hinauf wie der Mann vor ihr.

Kaum steckte sie den Kopf aus der Luke, schlugen ihr Schnee und Gischt ins Gesicht. Der Sturm zerrte an ihren Haaren. Sie kämpfte sich weiter nach oben, krabbelte von der Leiter an Deck, bis sie auf allen Vieren auf den Planken hockte. Sie kauerte sich gegen die Elemente zusammen, sah mit zusammengekniffenen Augen um sich. Dann entdeckte sie den Mann, der nicht Ludwig war, am Mast. Er klammerte sich fest, winkte mit dem freien Arm. Sein Mund stand offen, er rief irgendetwas, aber gegen das Heulen und Rauschen drang seine Stimme nicht zu ihr. Sie versuchte, sich aufzurichten, tat ein paar Schritte, dann warf der Wind sie wie ein willenloses Spielzeug wieder um. Sie blieb unten, kroch auf allen Vieren hinüber zum Mast. Sich an irgendwelchen Seilen hochziehend stand sie auf, klammerte sich dann ebenfalls fest. Sie starrte den Mann an, der irgendetwas von ihr wollte. Nein, das war nicht Ludwig. Aber er sah ihm durchaus ähnlich. Sehr ähnlich.

„Ludger? Sind Sie Ludger Lüttin?"

Kurz stockte er, nickte. „Ja, verdammt. Wir müssen jetzt da hoch! Rasch!"

Hedwig sah hinauf in die Seile. Ihr wurde flau beim Gedanken, in die schaukelnden, schwankenden und vom Wind gebeutelten Taue zu klettern. Weiter oben sah sie die kleine Plattform, die zwischen Untermast und Bramstenge saß. Gischt spritzte ihr ins Gesicht, eine Welle brach über die Reling und überschwemmte das Deck. Hedwig wurde mitgerissen, gerade so gelang es ihr, sich am Mast festzuhalten und sich dem Wasser entgegenzusetzen. Ludger hatte recht, nur oben hatten sie eine Chance. Sie nickte.

„Treten Sie immer dahin, wo ich hintrete!", schrie Ludger gegen den Sturm an und begann den Aufstieg.

Hedwig verbot sich, an ihre Angst zu denken; sie verbot sich, überhaupt irgendetwas zu denken. Im Gischtnebel tat sie den ersten Schritt in die Seile. Stück für Stück, Tritt für Tritt stieg und zog sie sich hinauf. Ihre ganze Konzentration war nötig, um Ludger nicht aus den Augen zu verlieren, die schaukelnden Seile mit Hand und Fuß zu erwischen und nicht abzustürzen.

Endlich erreichten sie die Plattform. Ludger hielt sich rechts davon und deutete darauf. „Dorthin! Da können Sie sich halten!"

Hedwig tat wie befohlen und mit Ludgers Hilfe gelangte sie hinauf. Schließlich hockte sie auf der Plattform, klammerte sich am Mast fest, mit Händen, die sie vor Kälte kaum noch spürte. Er zeigte ihr ein Seil, das in ihrer Reichweite baumelte. Sie griff es und band sich damit am Mast fest.

Ein Ruck ging durch das Schiff. Hedwig schrie auf, spürte, wie sie auf der Plattform ins Rutschen geriet, klammerte sich mit aller Gewalt fest. Ludger reichte ihr eine Hand und zog Hedwig wieder zurück.

Dann merkte sie, dass das Schaukeln des Schiffes deutlich abgenommen hatte. Der Mast schwankte noch im Sturm, aber das Schiff selbst stand beinahe still. Sehen konnte sie es nicht mehr, der Mast, auf dem sie hockten, ragte geradewegs aus dem tobenden Wasser.

Das Schiff stand auf dem Grund.

Sie hob die Augen und wagte einen Blick in den Aufruhr der Elemente um sich herum. Überall sah sie zerbrochene Masten, Schiffe bis an die Stadtmauer geworfen, Fässer und Balken trieben im Hafen und im Sund. Da schwamm ein ganzes Dach, auf ihm hockten zwei Menschen und schrien um ihr Leben. Und dann schien ihr der Wahnsinn perfekt: Dort hinten, wo vor der Stadtmauer die Kalkbrennerei gestanden hatte, loderten Flammen. Mitten auf der brodelnden Wasserfläche toste ein gewaltiges Feuer.

So saßen sie und in Hedwig begann die Panik wieder zu steigen. Sie spürte ihr Herz klopfen, ihr wurde flau im Magen. Sie begriff, dass sie sich schleunigst ablenken musste, um nicht von der Angst übermannt zu werden. Sie zwang sich, weiter die Umgebung zu beobachten, blinzelte weiter durch Schnee, Regen und Gischt. Da fiel ihr Blick auf Ludger.

Und jetzt hatte sie in all dem Wahnsinn ihre Ablenkung. Wo war Ludwig?

„Wo ist Ludwig? Was ist das hier für ein Schiff?", brüllte sie Ludger zu.

Der sah auf, wie in Trance. Er schien sie im ersten Augenblick gar nicht zu erkennen. „Das Schiff", antwortete er dann, „gehört Eduard Behrendt. Und Ludwig ..."

Hedwig war versucht, ihn zu schütteln, besann sich im letzten Moment eines Besseren. „Was? Was ist mit Ludwig? Wann kommt er?", brüllte sie

Ludger schüttelte den Kopf. „Er kommt nicht."

Sprachlos starrte Hedwig ihn an. Ludwig konnte doch nicht von ihrem Plan abgewichen sein? Er konnte sie doch nicht im Stich gelassen haben?

„Nein! Das glaube ich nicht! Das glaube ich nicht!"

„Er kommt nicht. Nie wieder." Ludger sah sie an, seine Augen drückten Schmerz aus, Hoffnungslosigkeit und – Schuld?

Hedwig starrte in das gischtweiße Wasser unter sich. Ihr Verstand weigerte sich zu begreifen, was ihr Herz längst begriffen hatte.

„Warum?", flüsterte sie. „Warum?", schrie sie dann.

Ludger schüttelte langsam den Kopf. „Ihre Schwester und Behrendt wollten ihn weghaben. Und ich dachte, wenn ich ... Der Hof, ich wollte doch nur, dass wir den Hof behalten! Damit die Eltern mich ... Ludwig konnte ja nicht mehr bei Ihrem Vater arbeiten. Aber nicht ich habe ihn umgebracht!"

Ludwig war tot! Das Begreifen zerschnitt Hedwig schier das Herz. Sie schrie und schrie und schrie. Irgendwann hatte sie keine Kraft mehr, apathisch hockte sie auf der Rah, nahm nichts mehr wahr. Ihre Finger glitten ab vom nassen Holz des Mastes, sie kippte nach vorn. Und wurde heftig wieder hochgerissen. Sie spürte den schmerzhaften Griff Ludgers, der sie am Arm gepackt und vor dem Sturz bewahrt hatte. Sie war zurück in der Wirklichkeit, nahm den brausenden Orkan, das tobende Wasser wieder wahr, klammerte sich entschlossen am Mast fest. Ihr Tuch löste sich und schoss davon, ein roter flatternder Fleck, der alsbald im Schneeregen verschwand. Sollte es.

Sie würde nicht abstürzen. Nicht, wenn sie es verhindern konnte. Sie hatte einen Grund, weiterzuleben. Auch wenn ihr Leben zu Ende schien, Ludwigs Kind sollte das hier überleben. Für Kummer und Schmerz war später noch ausreichend Zeit.

Ottilie und ihr Eduard. Da war die Erklärung für die wundersame Wandlung von Ottilie, ihre Schwester bei dem Wunsch, ins Strandhaus zu gehen, zu unterstützen. In Wirklichkeit hatten die beiden ihr eigenen perfiden Pläne gehabt. Und Ludger hatten sie als Helfershelfer benutzt und ihm sonst was versprochen. Aber Hedwig würde jede Wette eingehen, dass auch Ludger hatte geopfert werden sollen. Er mochte die Wahrheit sagen, dass nicht er Ludwig ermordet hatte. Aber ziemlich sicher sollte ihm der Mord dennoch in die Schuhe geschoben werden.

„Ich habe ihn nicht umgebracht. Glauben Sie mir das?"

Hedwig sah zu Ludger hinüber. Er sah sie eindringlich an, bittend, flehend. Das Seil um seine Taille, das ihn an den Mast gebunden hatte, flatterte lose im Wind.

Hedwig nickte. Ja, sie glaubte ihm. Auch wenn er mit Sicherheit ein Gutteil Schuld auf sich geladen hatte.

Auf ihr Nicken lächelte er kurz, dann ließ er los. Fiel und verschwand im schwarzen Wasser der See.

*Informationszentrum der Seenotrettung in Warnemünde im ehemaligen
Wohnhaus des Lotsenkommandeurs Stephan Jantzen*

Heute

Johanna spürte ihre Hände kaum noch, die Wollhand-
schuhe waren längst durchnässt. Ihren Plan, so weit
hinaus zu krabbeln, bis ihr schwererer Verfolger sie nicht
mehr erreichen konnte, hatte sie aufgegeben. Sie konnte
sich jetzt schon nur mit Mühe in der schwankenden
Baumkrone halten, die Wellen warfen sie hin und her.
Unter ihr rollten die Wogen schäumend gegen die Steilküste an. Ihre Beine waren eiskalt, längst brachen die
Wellen nicht mehr nur über ihre Beine, sondern schlugen
ihr bis zur Hüfte.

Was machten die da bloß so lange? Finn war endlich
gekommen, kurz erleichtert erkannte Johanna auch David.
Wieso holten sie sie nicht hier herunter? Ihr Verstand
meldete sich kurz und klärte sie darüber auf, dass das nicht
so einfach war.

Tarnow sah sich nach dem Gebell um, geriet ins Wanken – würde er ins Meer ... Nein, er richtete sich gegen den Wind wieder auf und wandte sich wieder ihr zu, rückte ein weiteres Stückchen näher. Er packte den nächsten Ast, zog sich weiter nach vorn. Johanna versuchte, sich noch etwas nach hinten zu schieben, aber sie kam nicht weiter. Sie steckte fest. Ohnmächtig sah sie zu, wie Tarnow sich Stück für Stück zu ihr schob. Eine Woge erfasste den Baum, warf ihn zur Seite, Johannas Hand rutschte ab, sie fiel zur Seite, erwischte im letzten Moment einen Zweig, zog sich an diesem wieder hoch, bis sie einen stärkeren Ast greifen konnte und diesen mit beiden Armen umklammerte. Der Baum wurde wieder zurückgerissen, die Krone neigte sich, Johanna hing über dem brausenden Meer, hielt sich krampfhaft fest, starrte auf das schäumende Wasser unter sich. Die nächste Woge drehte den Baum wieder, Johanna saß wieder aufrecht. Doch ihre Erleichterung hielt nicht lange an. Tarnow war jetzt weniger als einen Meter von ihr entfernt. Ihrer beider Gewicht würde der Baum nicht mehr lange halten, bald würden sich die letzten Wurzeln aus dem Steilhang lösen.

Hastig sah Johanna sich um. Sollte sie gezielt ins Wasser springen? Sie war Eisbaderin, an kaltes Wasser gewöhnt. Aber konnte sie sich in den Wellen halten? Nein. Sich dem Sog der zurücklaufenden Wogen entgegenzusetzen, war unmöglich. Sie riss den Kopf wieder hoch, sah gerade noch, wie Tarnow die Hand nach ihr ausstreckte, ihren Arm griff. Wie betäubt sah sie zu, wie er versuchte, ihren Arm von dem Ast zu lösen.

„FANG!", brüllte Levke und warf etwas. Der Wind ergriff es und schleuderte es wieder zurück. Aber der Ruf weckte Johannas Lebensgeister wieder. Sie packte Tarnows Hand, doch ihren eisklammen Fingern gelang es nicht, seinen Griff zu lösen. Jetzt begann er, an ihrem Arm zu zerren. Johanna hieb auf seine Hand. Das hatte keinen Effekt, als spürte er es überhaupt nicht. Mit den Zähnen zog sie ihren

Handschuh aus, krümmte die Finger und kratzte über seinen Handrücken, so fest sie konnte. Blut quoll hervor. Tarnow brüllte etwas, aber der Griff lockerte sich kein Stück. Wieder zerrte er an ihr. Sie packte einen toten Aststummel, den der Sturm schon halb abgerissen hatte. Die Angst verlieh ihr ungeahnte Kräfte, sie brach den Stummel ab und hieb das zersplitterte Ende mit aller Kraft auf Tarnows Hand. Wieder brüllte er, diesmal lockerte sich der Griff. Sie entriss ihm ihren Arm, schlug ihm den Ast ins Gesicht.

Wieder brüllte jemand: „FANG!" und im nächsten Moment kam etwas geflogen. Johanna reckte sich dem fliegenden Ding entgegen, löste beide Hände von den Ästen, um es zu fangen.

Sie verlor den Halt, rutschte auf dem nassen Stamm ab. Sie griff in die Luft, bekam einen Ast zu fassen, stürzte aber bis zur Brust ins eisige Wasser. Ohne ihr Zutun holte sich ihre Lunge einen mächtigen Atemzug, ihre Atmung beschleunigte, ihr Herz raste. Panisch klammerte sie sich an dem Ast fest, während eine einlaufende Woge ihren Körper nach vorn trieb. Die Woge rauschte zurück, riss sie mit sich. Der Ast brach, Johanna stürzte vollends ins Wasser. Es gelang ihr, den Kopf über Wasser zu bekommen, aber gezieltes Schwimmen war unmöglich. Eine Welle warf sie Richtung Küste, Zweige schrammten über ihr Gesicht. Blind versuchte sie, die Zweige wieder zu greifen, spürte, wie der zurückströmende Sog sie wieder mit sich nehmen wollte. Über ihr im Baum hockte Tarnow und hielt sich den Kopf.

„Fass zu!", brüllte es vielstimmig vom Ufer.

Etwas schrammte über ihre rechte Schulter, schlug ihr dann von hinten gegen das Schulterblatt. Etwas dünnes schnitt ihr von oben in die Schulter, sie griff danach. Jetzt schnitt es ihr in die Hände.

„FESTHALTEN!"

Johanna tat, wie geheißen, der Schmerz in Händen und Schulter wurde erstickt von der alles beherrschenden

Kälte, als Johanna fühlte, wie sie durch das Wasser gezogen wurde. Eine Welle rollte von hinten heran, hob sie mit sich hinauf. Die Steilküste raste auf Johanna zu, sie kniff unwillkürlich die Augen zu, gleich würde sie dagegen prallen. Ihre Finger umkrampften das Seil, sie durfte auf keinen Fall loslassen.

Dann spürte sie ein Kratzen wie von Zweigen und hartem Gras im Gesicht, ein Ziehen an den Armen, sie hing in der Luft – und dann lag sie auf sicherem Boden.

Jemand bog ihre steifen Finger zurück und holte den Hühnergott heraus. Stumpf sah Johanna hinüber, es war Levke, die den Stein jetzt achtlos fallen ließ. Willenlos ließ Johanna geschehen, dass Hertha und Levke sie aus den nassen Klamotten pulten und in Finns dicken Pulli packten, um ihre Beine sah Johanna Herthas dicke Jacke, ohne mitbekommen zu haben, wie die da hingekommen war. Augenblicke später fand sie sich in einer Rettungsdecke wieder, wie sie in Autoverbandskästen steckte.

Finn und Katharina standen vor dem Baum.

„Darf ich die Waffe wieder nehmen?", fragte Finn.

„Ich bitte darum." Katharina zog ihre ebenfalls.

„Umdrehen und herkommen!", befahl sie dann dem Entführer.

Der wandte sich zwar zu ihr um, aber ohne sich auf dem Stamm ganz umzudrehen, und schon gar nicht machte er Anstalten, ans Ufer zu kommen.

„Wir können gern noch eine Weile auf Sie warten", rief Katharina hinüber. „Aber in absehbarer Zeit wird der Baum hier den Halt verlieren und dann fallen nicht wir ins Wasser. Und glauben Sie mir, ohne Johannas regelmäßiges Training im Eisbaden sind Ihre Überlebenschancen eher mäßig."

Wie um ihre Worte zu unterstützen, brach eine Woge herein, schlug über Tarnow und den Stamm, strömte zurück, riss an der Krone. Mit einem unerträglichen Knirschen lösten sich weitere Wurzeln aus der Steilküste. Aber noch hielt der Baum sich am Ufer fest.

Tarnow gab sich unbeeindruckt. Er saß auf dem Stamm und rührte und regte sich nicht. Von seiner Stirn troff Blut. Dann begann er, sich noch weiter vom Ufer wegzuschieben. Mitleidlos beobachtete Katharina, wie er mühsam den Stamm entlang robbte. Ohne die Füße irgendwo abstützen zu können, robbte es sich recht schwer.

„Wo ist die Freifrau?", brüllte sie gegen den Sturm an. „Wo haben Sie sie versteckt?"

Sie erntete bloß ein abschätziges Lächeln.

Katharina hob ihre Waffe. „Raus mit der Sprache!"

„Sie schießen doch sowieso nicht."

Womit der Kerl leider recht hatte.

„Aber ich tu's." Es ging das Gerücht, Finn wäre schon mit diesem unbewegten Gesicht zur Welt gekommen. In jedem Fall beherrschte er es perfekt.

Tarnow sah ihn nur mit hochgezogenen Brauen an. „Nein!", schrie er dann. „Sie ist da, wo sie hingehört! Mein Platz ist das Schloss! Und sie gehört auf das Gehöft!"

Er wandte sich wieder Richtung See, sah hinaus auf die Wellen. Vermutlich sah er wie Katharina die Woge auf den Baum zu rollen, eine Woge, die anderthalb mal so hoch war wie die davor. Kurz bevor sie über ihm zusammenbrach, ließ er den Stamm los, reckte sich der Welle entgegen, dann war da nur noch Schaum und Wasser.

Der Boden unter Katharinas Füßen erzitterte, ein Riss tat sich zwischen ihnen und dem Rand der Steilküste auf. Der Boden neigte sich nach vorn und unten, ein zweiter Riss schoss unter ihren Füßen hindurch. Finn und Katharina konnten gerade noch zurückspringen, als unter ihnen der Boden nach vorn wegkippte. Die Steilküste zerfiel, in Brocken stürzte sie in die tobende See. Die Wurzeln kamen frei, der Baum fiel, Fontänen brandeten auf, als der Stamm ins Wasser stürzte und in den Fluten verschwand. Die See spie ihn wieder aus, er trudelte in den Wellen, schwankte, drehte sich, wurde von Wellen überspült, hinabgedrückt und wieder an die Oberfläche geschwemmt. Die nächste Woge nahm ihn mit sich hinaus in die See.

Katharina sah den Baum mit den weiß-grauen Wellen verschwinden, aber von Tarnow keine Spur.

Sie drehte sich um, sah in vier bleiche Gesichter, in denen sie die gleiche Frage sah, die sie sich selbst stellte.

Wo war Oma Adelheid?

Die Antwort kannte nur Tarnow.

Okay. Tatenlosigkeit half nicht weiter. In jedem Fall erst mal die Seenotrettung verständigen, vielleicht gelang es den Leuten von der Deutschen Gesellschaft zur Rettung Schiffbrüchiger ja doch noch, den vermissten Entführer zu retten. Oder wenigstens zu bergen. Ein dünner Strohhalm, aber immerhin einer.

„Wir kommen, wir kommen!" Schnaufend brach der kurze Meier jetzt durchs Unterholz, seine kurzen, stämmigen Beine bewegten sich mit einer Schnelligkeit, die ihm niemand zugetraut hätte. Er selbst am allerwenigsten. Der lange Meier schnaufte mindestens genauso, seine Beine waren zwar länger, aber von Sport hielt er genauso wenig wie sein kurzer Cousin.

Katharina nickte ihnen zu. Sie hatte die beiden noch während der Fahrt über Handy zum Steilen Ort beordert. Gut. Dann konnten die beiden als Feuerwehrleute hier am Einsatzort die Leitung übernehmen und mit der Seenotrettung in Kontakt treten. Alle anderen brauchte sie jetzt bei der Suche.

Aber wo sollten sie suchen?

Tarnow war hier ortsfremd, wo würde er eine Entführte verstecken? Wo hatte er sich seinerseits die nötigen Hinweise holen können?

Er hatte von Schloss und Gehöft gesprochen.

Katharina zog ihr Handy aus der Tasche, tippte Pannickes Nummer an. „Was steht – ja doch, guten Tag, – was steht in dem Brief?"

„Zunächst einmal, Frau Kollegin, darf ich mir die Bemerkung erlauben, dass es nicht Sütterich, sondern Sütterlin heißt und es sich im Übrigen um Kurrent handelt. Wenn ich nun ...“

„Pannicke, ich muss wissen, was in dem Brief steht, und zwar schnell!“

„Nun, werte Frau Kollegin, es handelt sich um eine äußerst tragische Geschichte, die einmal mehr zeigt, was ...“

„Stopp! Von wem ist der Brief? An wen?“

Pannicke räusperte sich missbilligend. „Absenderin ist eine Hedwig von Musing-Dotenow zu Moordevitz. Wir dürfen sicher davon ausgehen, dass es sich um eine Vorfahrin der geschätzten Joha...“

„Gut, der Brief ist von hier. Jetzt Orte. Werden in dem Brief irgendwelche Örtlichkeiten genannt?“

„Orte?“ Pannicke war einen Moment sichtlich verwirrt.

„Orte!“

„Nun, lassen Sie mich sehen, werte Kollegin, da wird an irgendeiner Stelle – ja, hier wird ein Hof genannt. Die Ländereien eines Hofes sollen zur Hälfte dem Adressaten des Briefes in Erbpacht überlassen werden. Des Hofes einer Familie Lüttin. Wobei der Hof selber wohl nicht mehr existierte. Die andere Hälfte soll ein Christian Lüttin ...“

Katharina wandte sich an die Umstehenden. „Der lüttinsche Hof – Hertha, Sie wissen doch, wo der lag? Kann dort ...“

Hertha schüttelte den Kopf. „Da ist nichts mehr. Nein, auch keine Kellergewölbe oder dergleichen. Nichts, außer Wiese und Bäumen.“

„Hat er Oma im Rollstuhl mitten in den Wald gestellt? Dann müssen wir sofort hin, bei dem Wetter erfriert sie!“ Johanna wollte aufspringen, aber die Rettungsdecke verhinderte jede Bewegung.

Katharina brachte sie mit einer Handbewegung zum Schweigen. „Weiter, Pannicke, was noch?“

Pannicke seufzte abgrundtief. „Wenn Sie mich meine Ausführungen beenden lassen würden, wäre ich sehr dankbar, werte Kollegin. Weiter steht hier, dass die Ländereien überlassen werden mit Ausnahme des Eiskellers."

Katharina war wie elektrisiert. Eiskeller. Das Fledermausprojekt. Das ideale Versteck.

„Johanna, dieser Fledermauskeller, wo ist der genau?"

Sekunden später waren alle verteilt auf Polizeiwagen und Herthas Kombi und rasten mit Blaulicht und Martinshorn durch den Wald. Sofern man auf Waldwegen rasen konnte. Johanna bekam unterwegs von Hertha eine Wolldecke umgewickelt und Katharina stiftete ihr trockene Wollsocken.

So ausstaffiert stand Johanna mit den anderen schließlich vor der Tür zum Eiskeller und versuchte, durch den Schlitz, der den Fledermäusen das Ein- und Ausfliegen ermöglichte, im Finsteren etwas zu erkennen. Katharina schob sie schließlich sacht zur Seite und leuchtete mit der Taschenlampe hinein. Ihr entfuhr ein Schrei. „Da ist sie! Oder jedenfalls steht da ein Rollstuhl mit einer alten Frau."

Was sie Johanna nicht erzählte, war, dass diese alte Frau völlig reglos in ihrem Stuhl mehr hing, als dass sie saß, der Kopf war nach vorn gesunken, das Kinn lag auf der Brust. Was, wenn sie zu spät waren? Sie rüttelte an der Tür, aber natürlich war die durch ein stabiles Vorhängeschloss gesichert. „Wir brauchen ..." Ratlos sah sie sich um.

Finn und Levke hatten das Polizeiauto im Laufe der Zeit in eine wahre Fundgrube an Dingen verwandelt. Neben Angelzeug, E-Reader und Wolldecken fand sich selbstverständlich auch ein Bolzenschneider darin. Ruckzuck hatte Finn das Schloss zerschnitten. Johanna riss die Tür auf und stürmte hinein, mit beiden Händen ihr Wolldeckengewand raffend.

„Oma? Oma!" Sie rüttelte die Freifrau vorsichtig an der Schulter.

Ein regelmäßiges Geräusch in dem Eiskeller wies auf den Grund hin, warum die alte Dame so eingesunken da saß.

„Sie schnarcht einigermaßen undamenhaft, oder?", stellte Katharina fest, dann prustete sie los.

„Eine Freifrau schnarcht nicht." Johannas gespielte Empörung ging in einem Tränenstrom der Erleichterung unter. „Oma, geht es dir gut?"

Endlich blinzelte die ältere Freifrau ins Lampenlicht. „Hm? Oh, das ist aber lieb, dass ihr mich noch besucht. Und – nein. Es geht mir gar nicht gut. Einen solchen Kater hatte ich nicht mehr, seit ich meinen einundzwanzigsten Geburtstag gefeiert habe. Es war ein wunderbarer Abend bei den beiden Herren Meier. Das sind zwei ganz entzückende Menschen. Aber nun würde ich doch langsam gern mein Bett aufsuchen. Wärst du so lieb, mich hinzubringen? Ich kenne mich noch nicht aus bei Herrn Langer Meier."

Johanna musste lachen. Noch nie hatte jemand das Adjektiv „entzückend" im Zusammenhang mit den Meier-Cousins verwendet. Sie war heilfroh, dass Oma Adelheid ihre Entführung dank des Whiskeys offenbar komplett verschlafen hatte. Sie packte den Rollstuhl und schob ihn in Richtung Treppe, an der sie allerdings scheiterte. In Fledermausquartieren war Barrierefreiheit offenbar noch kein Thema. Aber der stumme starke Finn wuchtete mit Katharinas Hilfe Oma Adelheid hinauf ins Freie. Noch auf der Hälfte der Treppe war die alte Dame wieder eingeschlafen und schnarchte vor sich hin.

Kaum hatten sie den Eiskeller verlassen, erfasste sie der Wind mit unverminderter Stärke. Mit Johannas Kräften war es nun jedoch vorbei. Beim ersten Windstoß sackten ihre Beine weg und sie stürzte, zum Glück genau in Finns Arme.

Finn hielt Johanna umfangen. Vielleicht etwas länger, als nötig gewesen wäre. Ziemlich sicher etwas länger, als nötig gewesen wäre. Um einiges länger, als nötig gewesen wäre.

Levke stützte die Arme in die Seiten.

„Sieh mal an. Kommentieren wir das?"

Katharina verschränkte die Arme. „Nee. Aber wir werden es beobachten."

Der Eiskeller vom Jagdschloss in Gelbensande

13. Nov. 1872

Morgens

Hinter den Anlagen, wo der See ein Durchbruch
durch die Dünen gelungen war, stürzte mit großer Gewalt
das Element seine Fluthen in die Niederung,
zunächst den Weg nach Diedrichshagen,
dann in augenblicklicher Schnelligkeit auch die Chaussee
nach Rostock, die beiden einzigen Landwege
unter Wasser setzend. Warnemünde war nun im buchstäblichen
Sinne eine Insel, und die Bewohner mußten sehen, wie ihre
Scholle Land von Stunde zu Stunde kleiner wurde. [...]
Das ganze Rostocker Ende, die Mühlenstraße mit dem
Mühlengehöft standen um 10 Uhr schon fensterhoch
unter Wasser. Männer, denen die Wellen bis unter
die Arme schlugen, schleppten ihre Frauen und Kinder
aus den Häusern und suchten sie nach höher gelegenen
Stellen des Ortes oder nach der neuen Kirche zu bringen [...].
Das von Hunderten ausgeführt, unter markerschütterndem
Schreien der Fliehenden, welch' ein entsetzliches Bild!

Gustav Quade: Die Sturmfluth vom 12.—13. November 1872 an der
deutschen Ostseeküste. Gedenkbuch.

Ostseehochwasser, 13. 11. 1872, in Südfalster/Dänemark
zeitgenössische Zeichnung, Autor unbekannt
erschienen in: Illustreret Tidende, Jahrgang 14, Nr. 688

ℬankier Weizmann stand am Fenster der Pension und starrte fassungslos auf das Bild, das sich ihm vor dem Haus bot.

Gestern Abend hatte hier zwar auch schon knöchelhoch das Wasser gestanden und der Sturm hatte die Schiffe durchgeschüttelt, aber es schien nicht mehr als eines der gewöhnlichen Hochwasser zu werden, wie jeder Winter sie mit sich brachte. Man hatte sogar den Eindruck, das Schlimmste sei bereits überstanden. Als er den Fährmann nach einer Überfahrt fragte, meinte der recht zuversichtlich, am nächsten Morgen würde er wieder fahren. Also hatte Weizmann seine Suche nach der Vermissten zunächst abgebrochen und sich in der neu erbauten Pension am Ostufer der Graadenitz für eine Nacht eingemietet. Die Klappbrücke über die Graadenitz war vor Tagen durch einen umgestürzten Baum stark beschädigt worden und immer noch war dort kein Durchkommen hinüber nach Musing-Dotenow. Sein Zimmer bot ihm einen wunderbaren Blick auf die Graadenitz und die unerreichbare Stadtmauer von Dotenow am anderen Ufer und er hoffte, dass die beiden Flüchtigen bei ihrer Weiterreise ebenfalls vom Wetter aufgehalten worden waren. Was ihn mit Zweifel erfüllte, war die Tatsache, dass die beiden Musing-Dotenow ebenfalls nicht hätten erreichen können und wie er am Ostufer hätten stranden müssen. Und doch war er der einzige Gast hier. Vergnügungsreisen in die Fischerorte der

Ostseeküste kamen gerade erst in Mode und weitere Gasthäuser gab es am Ostufer der Graadenitz noch nicht. Nördlich seiner Unterkunft zog sich eine Reihe kleiner Werften bis an die Mündung hin. Am Kai vor ihm lagen einige Segler, eine hübsche Brigg lag ein Stück landeinwärts vor seinem Fenster, ein Schoner etwas weiter Richtung Graadenitzmündung. Man hatte gestern noch hie und da die Boote am Kai und in den Werften ordentlich vertäut und war dann zu Bett gegangen; hatte sich auf die scheinbare Beruhigung des Wetters verlassen. Auch Weizmann war nichts anderes übrig geblieben, als sich auszuruhen, um am nächsten Tag die Suche wieder aufnehmen zu können.

Und jetzt enthüllte der düstere Morgen ein entfesseltes Chaos. Wasser. Aufgewühltes Wasser, so weit das Auge reichte. Bis an die Erdgeschossfenster stand es, meterhohe Wellen schäumten um die Häuser. Neben der Pension hatte ein niedriges Fachwerkhaus gestanden, nun ragten dort nur noch einige Balken aus dem tobenden nassen Element. Unwillkürlich schrie Weizmann auf, als er das Dach des Hauses sah. Es trudelte im Strom vorbei, weggeschwemmt vom Wasser, das mit Macht landeinwärts strömte. Auf seinem First hockten die schreienden Bewohner. Seewärts trieben die ehemals ordentlich aufgereihten Bootsschuppen als Wirrwarr aus Balken, Bootstrümmern und Mobiliar in den Wellen. Dem Gebäude auf der anderen Seite fehlte die halbe Vorderfront, in der anderen Hälfte steckte ein Balken. Die durchweichten Lehmwände boten dem, was die Flut mit sich schleppte, keinerlei Widerstand.

Weizmann glaubte sich im ersten Stock des aus Stein erbauten Hauses so sicher, wie man es in diesen entfesselten Elementen überhaupt sein konnte, er würde einfach bleiben, wo er war, und hoffen.

Ein fürchterliches knirschendes Knacken übertönte das Heulen und Brausen des Sturms. Dann krachte es über ihm. Weizmann riss den Kopf hoch und fuhr zurück. Der

Großmast des Schoners war gebrochen und lag nun mit seinem oberen Ende auf dem Dach der Pension, lose Leinen flatterten im Wind. Vorsichtig beugte Weizmann sich wieder vor. Der Schoner hatte sich losgerissen, trieb nun mit der Strömung stromaufwärts. Wieder dieses Knirschen, der angebrochene Mast riss vollständig vom Rumpf ab. Das Schiff legte sich schräg, der untere Teil des Mastes klatschte in die Wellen, der Schiffsrumpf richtete sich wieder auf und der Mast rutschte vom Dach ins Wasser. Die See nahm den Schonerrumpf mit sich, warf ihn am anderen Ufer gegen ein kleines Dampfschiff. Holz splitterte, Metall kreischte, dann sank der Schoner.

Weizmann wandte den Kopf hin und her, überall bot sich ihm dasselbe Bild. Menschen saßen winkend und schreiend auf den Dächern ihrer Häuser, totes Vieh trieb vorbei, Schiffe mit zerbrochenen Masten waren zu wehrlosen Spielbällen der Flut geworden. Auch die Brigg war verschwunden.

Nein. Weizmann glaubte seinen Augen nicht zu trauen. Sie war nicht ganz verschwunden. Da, wo sie gestern Abend gelegen hatte, ragten zwei Masten aus dem Wasser. Das gesunkene Schiff musste auf Grund stehen, denn die Masten schwankten im Wind, aber nicht so, als würde das ganze Schiff hin und her geworfen. Weizmann bemerkte, wie auf dem gegenüberliegenden Ufer die Männer der Seenotrettung den Raketenapparat auf einer Anhöhe in Stellung brachten. Er sah die Leute diskutieren und die Köpfe schütteln.

Wen in all diesem Chaos wollten die Männer retten? Sein Blick wanderte zurück zu den beiden Masten, die aus dem tobenden Wasser ragten. Ihm stockte der Atem. Oben auf der Plattform des vorderen Mastes hockten zwei Menschen. Etwas flatterte davon, etwas Rotes, ein Tuch vielleicht.

Scharf sog Weizmann die Luft ein.

Er hatte Hedwig gefunden.

Dann schob die eine Person ein Bein über den Rand der Plattform. So weit Weizmann es im düsteren Morgenlicht ausmachen konnte, war es kein Bein, das in einem Rock steckte, sondern in Hosen. Was hatte der Mann vor? Wollte er weiter nach unten, um die Leine des Raketenapparats in Empfang nehmen zu können ... Bevor Weizmann den Gedanken zu Ende denken konnte, ließ der Mann los und stürzte in die aufgewühlte See.

Hedwig musste völlig erschöpft sein, sie wäre allein auf gar keinen Fall in der Lage, mit den Leinen, der Rolle und dem Rettungstau des Raketenapparates zu hantieren.

Er musste etwas tun. Aber was? Hilflos ließ er den Blick schweifen, von einem zerborstenen Schiff zum nächsten, die Straßen hinunter, die zu reißenden Flüssen geworden waren, aber er fand nichts, was ihn einer Lösung näher gebracht hätte. Zwar schien es ihm, als ließe der reißende Strom landeinwärts etwas nach, als stiege das Wasser nicht weiter, aber noch konnte vom Ende des Hochwassers keine Rede sein. Er rannte aus seinem Zimmer, stürmte den Flur hinunter, wo das Giebelfenster etwas düsteres Licht hereinließ. Die Aussicht, die es bot, war nicht weniger düster. Links gesellte sich zum tobenden Wasser auch noch ein flammendes Inferno, haushoch schlugen die Flammen aus der Wasserfläche, Funken sprühend und genauso in Aufruhr wie die See. Er riss die Tür zum rückwärtigen Zimmer auf und lief zu dessen Fenster.

Er stand einfach da und fasste nicht, was er da sah. Östlich von Dotenow war die See durch die Dünen gebrochen, zwischen dem Ostufer der Graadenitz bis hin nach Moordevitz erstreckte sich eine wogende Wasserfläche kilometerweit ins Land hinein. Ein Segler trieb über die Wiesen Richtung Wald, von der Ostsee über die Dünen getragen, bis die Bäume der Graadewitzer Heide ihn aufhielten. Nein, die Wasserfläche reichte nicht nur bis Moordevitz, sondern darüber hinaus. Die See hatte die sonst so beschaulichen Flüsschen Moordenitz und

Graadenitz in eine einzige tobende Wasserfläche verwandelt, aus der die Häuser von Moordevitz herausragten.

Also auch hier keine Lösung in Aussicht. Weizmann lief zurück in sein Zimmer. Kaum hatte er sein Fenster erreicht, erklang ein Knirschen und Kratschen, etwas schabte an der Hauswand entlang. Er öffnete das Fenster und beugte sich hinaus. Sofort erfasste ihn der brausende Wind, trieb ihm Regen und Schnee ins Gesicht. Binnen Augenblicken war er klatschnass.

Direkt unter ihm trieb eine Jolle, ein sogenannter Tweismaker. Die Masten fehlten, waren wohl abgenommen. Das Boot tanzte auf den Wellen, schoss vorwärts, gegen den Fockmast der gesunkenen Brigg. Mit einem reißenden Geräusch brach der Mast und kippte schräg nach hinten über die Jolle und riss dann ein weiteres Loch in das Dach der Pension. Die Jolle trieb noch ein kleines Stück weiter, dann hielt der Großmast der Brigg ihre Fahrt auf. Das Heck der Jolle trieb weiter, bis es gegen den Vorbau der Pension prallte. Zwar tanzte das kleine Boot immer noch herum, hing aber nun fest vor dem Großmast und dem Vorbau. Weizmann sah zwischen der Jolle und dem Großmast hin und her. Die Idee, die er hatte, war der reine Wahnsinn. Aber die ganze Situation war der reine Wahnsinn.

Eine Bewegung im Augenwinkel ließ Weizmann den Kopf wenden. Ein baumlanger Kerl war auf dem Dach des Vorbaus aufgetaucht und klettert hinab in das Boot. Schon stand er mit einem Fuß in der Jolle.

Weizmann überlegte nicht lange, schwang sich aus dem Fenster und sprang in das kleine Schiff. Er landete gleichzeitig mit dem langen Kerl. Das Boot tat einen Satz und als hätte die See seinen Plan geahnt und wollte ihn mit Macht verhindern, warf sie das Boot hoch und runter. Beide Männer kamen zu Fall und klammerten sich an Bänken und Reling der Jolle fest. Weizmann musterte den langen Fischer. Wenn er sich nicht irrte, konnte er den Langen zur Mithilfe bei seinem wahnwitzigen Plan überreden.

„Deine Jolle?", fragte er.

Der Lange sah ihn kurz an. „Worüm?"

„Ich muss darüber. Auf die Brigg."

„Dei, wo de Fru in Mast hockt?"

Weizmann nickte. „Also willst du die Jolle wiederhaben? Du bist doch Hinrich Meier? Hilfst du mir da hoch auf den Mast?"

„Œwer de Jolle kladdern, von de Jolle taun Mast un denn da hoch? Bi den Wellen un den Stüm? Dat schaffen wi ni nich."

Der Lange sah hoch zu dem schwankenden Mast. „Wenn ik di liekers tau din Diern bring, denn krich ik de Jolle trüüch?"

Weizmann nickte heftig. Wenn er Behrendt diese nicht abkaufen konnte, würde er für eine gleichwertige aufkommen. „Aber wir müssen nicht nur hin, wir müssen die Frau auch runterholen. Die Schussleine vom Raketenapparat zu fassen kriegen, die Umlenkrolle rüberziehen und das Rettungstau befestigen, damit die sie von drüben in der Hosenboje rüberziehen können."

Der Fischer winkte ab und nickte dann. „Kenn ik all, heff ik schon måkt. Du krichst din Diern, ik krich min Boot."

Zur Antwort streckte Weizmann Meier die Hand entgegen. Der schlug ein.

Heute

„Von wegen Sanatorium. Nach einer verbotenen Affäre hatte Hedwig offenbar einen ganz anderen Grund, für ein Jahr von der Bildfläche zu verschwinden." Johanna schlürfte vorsichtig ihren heißen Kakao und scrollte sich durch die Kopie des Briefes. Alles verstand sie auf die Schnelle nicht, sie würde die alte Schrift noch mal in Ruhe auf Papier oder einem größeren Bildschirm lesen müssen. Hedwigs Kind musste der Schlüssel sein, die Verbindung zwischen ihrer Familie und der Tarnows.

Katharina interessierte sich mehr für die Kürbissuppe, von der sie allerdings hoffte, es sei nur die Vorspeise. „Ja, sie musste wohl eher die Schwangerschaft verbergen, von der die vornehme Gesellschaft nichts wissen durfte." Sie hatte sich inzwischen von Pannicke einen ausführlicheren Bericht vom Inhalt des Briefes geben lassen.

Finn verzichtete gleich ganz auf die Kürbissuppe und wartete auf die Schnitzel, die Hertha anschließend braten wollte, während Levke eine Keksdose auf den Tisch stellte. „Von meinen Großtanten. Extra für unseren Gast."

„Die Seenotrettung hat Tarnow tatsächlich gefunden, vielmehr seine Leiche. Der bedroht niemanden mehr", berichtete sie. Dann hob sie von allen Töpfen die Deckel an, um den Inhalt zu inspizieren, bis Hertha ihr auf die Finger schlug.

Katharina und Johanna blickten alarmiert auf. Kekse von Levkes Althippie-Tante Isolde hatten im besten Fall nur einen etwas zu hohen Hanfgehalt. Unauffällig rückte Johanna die Kekse weiter weg von Omas Platz. Sie verzog einen Moment vor Schmerz das Gesicht und wechselte den Arm. Die rechte Schulter tat immer noch weh und trug einen ansehnlichen Bluterguss.

Levke sah sie schuldbewusst an. „Es tut mir leid, das Holz zu werfen, ging bei dem Gegenwind einfach nicht. Dann lag da dieser mächtige Hühnergott. Aber ich bin beim Zielen wohl nicht mehr so gut wie früher."

„Alles gut. Ich lebe lieber mit blauem Fleck als dass ich fleckenlos in der Ostsee treibe."

Eine Weile löffelten alle schweigend (bis auf Finn, der schweigend die Schnitzel beobachtete, die sich leider nicht von selbst in die Pfanne legten). Schließlich erbarmte Hertha sich seiner und panierte die Fleischstücke, um sie endlich zu braten. Katharina tauschte die Suppenschalen gegen Teller aus, während Johanna einen Papierstapel vom Tisch räumte. Dabei fiel ihr der Zeitungsartikel über Hedwigs Rettung in die Hände.

„Das wollte ich überhaupt noch fragen, Oma: Dieser Bankier Weizmann, der Hedwig von dem gesunkenen Schiff rettete – ist das der Bankier von unserer Bank? Dem Brief zufolge hat Hedwig ihn geheiratet."

Oma Adelheid nickte. „Ja, Weizmann brachte die Bank in die Familie von Musing-Dotenow zu Moordevitz. Und sorgte auf die Weise wohl dafür, dass sie Schloss Moordevitz halten konnten, soweit es mir erzählt wurde. Hedwig und er haben sich ein Jahr nach dem Hochwasser verlobt und 1874 geheiratet." Dann schüttelte sie den Kopf. „Vielleicht sollte ich mich doch gelegentlich etwas mehr für die Familiengeschichte interessieren. Dieser Brief von Hedwig enthüllt ja eine durchaus interessante Geschichte. Das erklärt auch, warum mein seliger Gustav der Familie Tarnow die Flucht aus der DDR bezahlt hat. Als ich gefragt habe, hat er nur etwas von moralischer Verpflichtung gesagt, ohne genauere Erklärung. Und ich dachte, er meinte ganz allgemein die Verpflichtung zu helfen, wenn man selbst finanziell gut situiert ist. In jedem Fall hat er gut daran getan. So konnte Frau Tarnow wenigstens noch für kurze Zeit im Seniorenheim meine Freundin werden."

„Na, das ist doch mal romantisch. Das mit Weizmann und Hedwig." Levke verteilte das Besteck. „Kann aber eigentlich nicht sein. Wenn Hedwig einen Weizmann heiratete, wäre sie keine von Mu-Dot zu Moo mehr gewesen. Und du damit auch nicht."

„Doch. Laut Historie der Bank hat das mit einer Adoption zu tun. Weizmann wurde vom Freiherrn adoptiert und damit adelig."

Katharina schüttelte den Kopf. „Geht auch nicht. Dann wären Hedwig und Weizmann Geschwister und dürften nicht heiraten."

„Naja, doch. Es war der Bruder des damaligen Freiherrn. Also der Adoptivvater war der Bruder vom Freiherrn. Cousin und Cousine durften heiraten. Der Bruder wurde aber dann selbst Freiherr, nachdem der eigentliche Freiherr bei einem Reitunfall gestorben war. Du weißt, bei uns ist immer alles ein bisschen komplizierter. Aber überlegt mal – ein Kind von Hedwig und Ludwig. Oh Mann. Das muss ein Superkind geworden sein. Ich meine, aus unseren beiden Familien! Bei dem Genpool ist es vermutlich ein verkannter zweiter Einstein geworden." Johanna lachte.

Katharina warf nüchtern ein: „Herausgekommen ist dabei aber ein Typ, der Leute umbringt und entführt. Aus einer verqueren Vorstellung heraus, ihm gebühre eine Adelskrone."

„Okay." Johanna nickte nachdenklich. „Eine Vermischung unserer DNA ergibt also keinen zweiten Einstein, sondern einen Psychopathen. Na gut. Genie und Wahnsinn liegen ja bekanntlich dicht beieinander."

Klappbrücke bei Nehringen über die Trebel

21. Dez. 1872

Halifax-Schlittschuhe, sowie verschiedene andere Schlittschuhe, ohne Riemen zu befestigen, empfiehlt billigst
Carl Bade

Tannenbaum-Decorationen
von Glas, Fantasie-Früchte darstellend, à Carton von 7 ½ *Sgr.* an, coul. Weihnachtslichter, Wachsstock, Lichterhalter empfiehlt billigst
C. F. Putzbach

Stralsundische Zeitung, Sonnabend, den 21. December 1872

Weihnachts-Ausstellung
der Conditorei von E. Ahrens, Ossenreyerstraße 34, empfiehlt sich einem geehrten Publikum mit einer großen reich sortirten Ausstellung von Baum- und Dessert-Confect, sowie Süßkuchen und Pfeffernüsse aller Art. Bestellungen nach außerhalb werden pünktlich effectuirt.

Stralsundische Zeitung, Sonntag, den 22. December 1872

Heilig-Geist-Spital in Wismar

$\mathfrak{J}$st dir nicht kalt, Kind? Du sagst es mir doch, wenn du wieder hinein möchtest?" Besorgt betrachtete Tante Charlotte den gebeugten Kopf ihrer Nichte. Aber Hedwig schüttelte denselben bloß. Sie spürte die Kälte nicht. Sie spürte gar nichts, seit sie in diesem Sanatorium mit seinem weitläufigen Park untergebracht war, fernab von allen neugierigen Fragen. Vor allem fernab von allen Fragen, die irgendwelche Anwälte oder Polizisten ihr stellen wollten. Seit zwei Wochen war sie nun hier, hatte ihr Zimmer nicht verlassen, noch nicht einmal zu den Mahlzeiten hatten die Schwestern sie herauslocken können. Bis Tante Charlotte aufgetaucht war und mit ihrer üblichen Energie Hedwig geradezu hinausgejagt hatte auf einen langen Spaziergang an frischer Luft.

„Und du kannst dich wirklich an gar nichts erinnern? Du weißt nicht, wie du auf das Schiff gekommen bist?"

Der Ort, an dem sie vor Tante Charlottes Fragen sicher war, war bei der Erschaffung der Welt vergessen worden. Trotzdem war sie dankbar, dass ihr Vater seine Schwägerin geschickt hatte und nicht selbst gekommen war, um all diese Fragen zu stellen.

Denn ja, natürlich erinnerte sie sich an alles, an jedes Detail. Aber was würde es bringen, darüber eine Aussage zu machen? Ludger war tot, Ottilie war tot, Eduard Behrendt war tot. Und Ludwig ... An seinen Tod zu denken schaffte Hedwig noch nicht.

Dank ihres Fluchtplans und des Abschiedsbriefs gingen die Behörden davon aus, dass Ludwig sich umgebracht hatte, aus Verzweiflung über die Unerreichbarkeit seiner großen Liebe. Aber wem würde es noch nützen, wenn herauskam, dass Ottilie ihn getötet hatte? Dass Ottilie und Eduard gemeinsam mit Ludger hinter all dem steckten? Wenn irgendjemand Hedwig diese Geschichte überhaupt glauben würde, würden die Skandalblätter sich die Mäuler zerreißen. Und wenn ihre Flucht mit Ludwig ohnehin gescheitert war, brauchte sie ihrem Vater damit nicht das Herz schwer zu machen.

Also schwieg Hedwig.

Aber sie hatte nicht mit Charlottes wacher Beobachtungsgabe gerechnet. „Es war nicht zu übersehen, dass du dich in diesen Gärtnerjungen verliebt hast. Diesen Ludwig Lüttin, der sich umgebracht haben soll. Dann wurdest du auf einem Segler aufgefunden, zusammen mit Ludwigs Bruder, dessen Leiche man inzwischen aus dem Wasser des Musinger Hafens geborgen hat. Und du bist – mein Kind, du bist unübersehbar in anderen Umständen."

Das erste Mal auf diesem Spaziergang zeigte Hedwig eine Reaktion. Sie hob den Kopf, sah die Tante an. „Wie kommst du ... woher weißt du ..."

„Hedwig, du weißt, ich unterstütze die Heime für Waisen und gefallene Mädchen nicht nur mit Geld." Das stimmte, zum Missfallen ihres Mannes half sie auch tatkräftig bei der Betreuung der Hilfsbedürftigen. „Und ich erkenne die Anzeichen. Was glaubst du denn, weshalb ich darauf gedrängt habe, dich in genau diesem Heim unterzubringen?" Charlotte wies auf das schlossähnliche Gebäude. Die meisten der gefallenen Mädchen waren allerdings in einem weniger herrschaftlichen Nebengebäude untergebracht. Im ehemaligen Gutshaus selbst waren Unterkünfte für Frauen höherer Abstammung, die offiziell gar nicht hier waren, sondern in Sanatorien Lungenleiden oder Blutarmut auskurierten.

„Man ist hier erfahren in solchen Dingen. Und äußerst verschwiegen."

Eine Weile gingen beide schweigend nebeneinander her. Hedwig hatte schon die Hoffnung, das wäre es gewesen, aber Charlotte würde sie erst in Ruhe lassen, wenn sie eine Lösung für alle Probleme hatte.

„Was stellst du dir denn vor, wie es weitergehen soll?" Charlottes Ton machte deutlich, dass das kein Vorwurf war, sondern eine ehrliche Frage nach Hedwigs Plänen.

Nur – Hedwig hatte keine Pläne. Sie hatte nicht die geringste Ahnung, was sie nun tun sollte. Eigentlich hatte sie auch gar nicht das Bedürfnis, etwas zu tun.

Charlotte seufzte. „Dir ist sicher klar, was es bedeuten würde, wenn du ein uneheliches Kind von einem Gärtnerjungen zur Welt bringst? Für deinen Ruf, deine Zukunft und auch das Ansehen deines Vaters?"

Hedwig tauchte auf. Zuerst langsam, wie durch zähen grauen Sirup. Dann brach ihr Bewusstsein wie eine Fontäne hervor. Sie vertrat Charlotte den Weg. „Du meinst, ich soll das Kind weg... TÖTEN? Ludwigs Kind umbringen lassen?"

Charlotte nickte. „Gut, jetzt zeigst du etwas Leben. Dann können wir das Problem jetzt wohl angehen. Denn auch wenn es noch ein paar Monate dauert, du hast nicht ewig Zeit." Dann fuhr sie fort: „Töten – nein. So weit müssen wir nicht gehen. Da ist noch die Möglichkeit der Adoption. Es gibt Familien, die sich sehnlich ein Kind wünschen und denen dies versagt bleibt. Und im Gegensatz zu dir, unter diesen Umständen, könnte solch eine Familie dem Kind eine ehrbare Zukunft bieten. Zu diesen gehört zum Beispiel die Familie Tarnow. Die Schwester von Ludwigs Mutter. Sie haben das Unglück vergleichsweise unbeschadet überstanden. Und sie sind auch die Familie des Kindes."

„Aber – das kann doch nicht geheim bleiben!"

„Wie gesagt. Man ist hier sehr verschwiegen. Und im Übrigen abhängig von meiner finanziellen Unterstützung."

„Und – Vater?"

„Glaub mir, mein Kind, es gibt viele Dinge, die weder mein Mann noch sein Bruder zwingend wissen müssten. Ich habe sehr überzeugend ausgeführt, dass du nach dieser furchtbaren Erfahrung, allein den Elementen ausgesetzt zu sein, viel Ruhe brauchst. Mein Hausarzt war gern bereit zu bestätigen, dass es Monate dauern kann, bis du dich erholt hast. Und dass man in dieser Zeit von Besuchen auf jeden Fall absehen sollte."

Hedwig lachte freudlos. „Dein Hausarzt ist auch abhängig von deiner finanziellen Unterstützung?"

„Vielleicht nicht direkt er, aber das Krankenhaus, welches er gerade einrichtet. Denk darüber nach. In Ruhe, du musst nicht gleich entscheiden."

Kurz bevor sie sich auf den Rückweg zum Sanatorium machten, griff Charlotte in ihre gewaltige Handtasche. Sie zog einen Packen von drei oder vier Briefen heraus, die sie Hedwig reichte. „Hier, die sind für dich. Einer ist von deinem Vater. Die anderen beiden sind von Herrn Dr. Weizmann. Er wurde bei uns vorstellig, um sich nach deinem Befinden zu erkundigen, angenehm und zuvorkommend wie immer. Ach was sage ich. Er hat sein Leben riskiert, um deins zu retten. Und bleibt dabei so bescheiden. Mein Friedhelm und selbst Gustav sind sehr angetan von seinem Benehmen und auch seiner Bildung. Man ging bereits gemeinsam auf die Jagd. Ich könnte mir vorstellen, dass mein lieber Friedhelm endlich einen geeigneten Kandidaten für seine Adoption gefunden hat."

Hedwig runzelte die Stirn. „Weizmann schreibt mir?"

„Ja, ich habe mir erlaubt, ihm zu gestatten, dir Briefe zu schreiben, als er höflichst darum bat. Sie sind im Inhalt und im Stil untadelig. Selbstverständlich habe ich sie gelesen, bevor ich sie mit zu dir brachte."

„Selbstverständlich." Hedwig wagte einen zaghaften Widerstand. „Tante Charlotte, ich denke nicht, dass dies der geeignete Zeitpunkt ist für deine unermüdlichen Versuche, mich unter die Haube zu bringen."

Charlotte blieb stehen, fasste Hedwig an den Armen und sah ihr ernst ins Gesicht. „Es ist im Gegenteil der geeignetste Zeitpunkt überhaupt. Ja, dies ist eine diskrete Einrichtung, es wird nichts nach außen dringen, von dem wir nicht wollen, dass es nach außen dringt. Aber natürlich werden viele da draußen ihre eigenen Schlüsse ziehen, wenn du neun Monate verschwunden bleibst. Die Klatschweiber werden sich wie die Hyänen auf diese Geschichte stürzen. Wenn du jedoch einen akzeptablen Verehrer hast, wird sie das vielleicht nicht ganz zum Schweigen bringen, ihnen aber gehörig den Wind aus den Segeln nehmen. Und", Charlotte seufzte, „wie ich schon mal sagte, er ist wohlhabend. Besser gesagt – er ist reich."

Hedwig schüttelte den Kopf. „Das müsste er auch sein. Denn wenn ich einen Bürgerlichen heirate, entgeht mir ja offenbar Tante Elfriedes Erbe. Und dann fehlen mir die Mittel, das Schloss zu halten. Und … ich hörte, Ludwigs kleiner Bruder Christian hat das Unglück überlebt?"

„Ja, das hat er. Die Familie Lüttin, der Bruder des verstorbenen Wilhelm, hat ihn bei sich aufgenommen."

Hedwig dachte nach. „Geht er zur Schule? Ludwig erzählte, Christian sei der Intelligenteste der drei Lüttin-Brüder, er könne es weit bringen. Wenn … Jemand müsste ihm die Ausbildung bezahlen." Sie versank in Gedanken. „Und der Hof der Lüttins?"

Charlotte schüttelte den Kopf. „Vom Erdboden verschwunden. Zudem ist das Land über Jahre unbrauchbar. Das Seewasser hat zu viel Salz hereingetragen. Aber ich werde zu gegebener Zeit deinen Vater auf den Gedanken bringen, darüber nachzudenken, das Land an Christian in Erbpacht zu übereignen."

Hedwig nickte langsam. Sie würde dafür sorgen, dass Christian den elterlichen Hof übernehmen konnte, wenn er alt genug war und das wollte. Und sie würde dafür sorgen, dass es Ludwigs Kind an nichts mangelte. Wie auch immer sie das anstellen sollte.

Sie ließ Weizmanns Briefe durch die Finger gleiten.

Tante Charlotte hatte recht. Weizmann und dieser Fischer hatten ihr Leben riskiert, als sie zu ihr in den Mast hinaufgestiegen waren. Sie erinnerte sich noch, wie die beiden neben ihr auftauchten und wie wild winkten und gestikulierten, hinüber zum anderen Ufer. Dann wurde von dort geschossen. Raketen flogen über sie hinweg, bis der Fischer bei der dritten rief: „Ik heff sei!" Er hatte die Leine gegriffen, die an der Rakete gehangen hatte. Dann zogen die beiden, bis sie eine Rolle mit noch mehr Seil herangezogen hatten. Mit der Rolle und den Seilen bauten sie eine Art Schwebebahn. Hedwig wurde in ein hosenartiges Ding verfrachtet, aus dem ihre Beine unten herausbaumelten und dann von der an Land befindlichen Rettungsmannschaft hinübergezogen.

Ja, ohne Weizmann und diesen Fischer wäre sie jetzt erfroren oder ertrunken.

Sie würde selbst einige Briefe schreiben. An den Bankier Weizmann.

Vor allen anderen jedoch würde sie einen Brief an ihr ungeborenes Kind schreiben.

Johanniskloster in Stralsund

Für Neugierige

Die dunkelgrauen Flächen geben die Überflutungen wieder, die bei einem ähnlichen Hochwasser wie dem von 1872 in Rostock auftreten würden, wenn die Hochwasserschutzeinrichtungen nicht halten.
Nach Daten vom Kartenportal Mecklenburg-Vorpommern und dem Helmholtz-Zentrum hereon

Das Sturmhochwasser von 1872

Die Zeitungen waren damals voll von Schilderungen der Katastrophe. So schreibt zum Beispiel die Stralsundische Zeitung am Donnerstag, dem 14. November 1872 (in diesem Artikel findet sich auch die wahre Begebenheit der beiden Menschen im Mast, die mich zur Geschichte von Hedwig und Ludwig inspirierte):

Stralsund, 13. November

Der starke Nord-Ost-Wind hatte schon in der Nacht vom Montag auf den Dinstag solche Wassermassen gegen unsere Küste getrieben, daß gestern Vormittag das Wasser im Hafen etwa 3 Fuß über den gewöhnlichen Wasserstand gestiegen war. Da der Sturm den gestrigen Tag über in gleicher Richtung anhielt, stieg das Wasser bis gestern Abend um 9 Uhr auf 4 Fuß über den mittleren Wasserstand, da aber inzwischen das Barometer rasch in die Höhe ging, schien es, als wenn der Sturm etwas nachlassen wolle, so dass man sich der Hoffnung auf ein baldiges Sinken des Wassers hingeben konnte. Diese Hoffnung sollte indeß auf das Fürchterlichste getäuscht werden. Der Wind wuchs in der Nacht und namentlich gegen Morgen zum Orkan an, das Wasser stieg bis heute früh auf 7 ½ Fuß über den mittleren Wasserstand, während der höchste bisherige Wasserstand am 6. November 1864 5 Fuß betrug.

So bot denn heute früh der Hafen ein trostloses Bild der Ueberschwemmung dar; von der äußeren Stadtmauer an war Alles eine tobende Fluth, aus der nur die Speicher am Hafen hervorragten; brausend und brandend rollten mächtige Wogen bis auf die Zugbrücken der äußeren Thore. Die Schiffe im Hafen und im Canal wurden von Wind und Wellen hin und her und gegeneinander geschleudert. Aber noch nicht genug des Schreckens und der Gefahr, dem einen schrecklichen Elemente, dem bereits jede menschliche Kraft rathlos gegenüberstand, gesellte sich auch noch das Feuer. Bald nach 6 Uhr gerieth durch das Wasser die Kalkniederlage der Herren Seitz & Kindt außerhalb des Baden-thores in Brand. An Löschversuche war bei dem ringsum überflu-theten Platze nicht zu denken, nur mit größter Mühe konnte noch das dort ebenfalls stehende Klobenholz auseinandergerissen wer-den, damit dem Feuer weniger Brennstoff geboten werde. Den angestrengtesten Bemühungen glückte es, das Spirituslager von dem Lagerplatz zu entfernen. Ganz erschöpft und erstarrt kehrten einzelne Feuerwehrleute, die bis zu den Hüften im Wasser gestanden hatten, von der Feuerstelle zurück. Bald dehnte sich der Brand soweit aus, dass die Brandstelle heute Vormittag um 11 Uhr eine Ausdehnung von etwa 200 Fuß hatte. Anfänglich schienen die zunächstliegenden Gebäude der Wasserstraße be-droht, da der Sturm sie mit Funken und brennenden Holz-stückchen überschüttete, glücklicher Weise waren sie jedoch durch den gleichzeitigen Regen so stark benetzt, dass eine weitere Gefahr für sie nicht eintrat. Das Feuer wird voraussichtlich noch bis zum Abend fortbrennen, doch wird es nun zweifelsohne auf seinen jetzigen Umfang beschränkt bleiben.

Es war ein grauenerregendes Bild, das jeder Beschreibung spottet, diese funkensprühende Flammeninsel inmitten der to-benden, Alles überfluthenden Wassermassen, überall Gefahr und Zerstörung. Außerhalb des Hafens, hart an der Pfahlreihe, be-finden sich auf dem Mast eines gesunkenen Schiffes zwei Men-schen, verzweifelnd um Hülfe rufend; aber alle Rettungsversuche erweisen sich bei der Brandung und dem rasenden Sturme als unausführbar und bis gegen Mittag war es noch nicht möglich gewesen, ihnen Hülfe zu bringen. Von den kleineren Fahrzeugen im Hafen sind mehrere gesunken, von den größeren Seeschiffen haben verschiedene beträchtlichen Schaden erlitten. […] Ein eng-lischer Schooner kam los und stampfte gegen das Dampfschiff ,Hertha‘, das, nachdem die Dampfschiffbrücke fortgeschwemmt war, mit dem Vordertheil gegen die Fährbrücke lief, während der Schooner auf das Hintertheil der ,Hertha‘ loslief; die ,Hertha‘ ist vollständig gesunken, der Schooner stark beschädigt. Etwa *sechzig Fischerboote sollen gesunken sein. [...] Nachdem von den Navigationsschülern mit höchster Aufopferung und unter beständiger Lebensgefahr zweimal vergeblich ein Versuch gemacht war, die beiden Menschen aus den Masten zu retten, gelang es Mittags einem norwegischen Schooner, dem gesunkenen Schiff nahe zu kommen und die beiden Personen (eine Frau und ein Mann) zu bergen.*

Die Dünen waren sowohl östlich wie auch westlich von Warnemünde an mehreren Stellen durchbrochen. Am Rostocker Ende, das von allen Seiten von Wasser umgeben war, waren alle Häuser unbewohnbar. Die Lehmwände waren durchgeweicht und zum Teil von Balken und Treibholz durchbohrt, die Brunnen durch Meerwasser verdorben. Eine dramatische Rettungsaktion wird aus Warnemünde berichtet. Der nachfolgende Text entstammt einem Gedenkbuch, dessen Erlös den Hochwasseropfern zugute kommen sollte (Gustav Quade: Die Sturmfluth vom 12.–13. November 1872 an der deutschen Ostseeküste. Hinstorff'sche Hofbuchhandlung, Wismar, Rostock, Ludwigslust, 1872)

Warnemünde und Umgegend

Der 13. November war für Warnemünde ein Tag, der dem, welcher ihn erlebt, nie aus der Erinnerung schwindet. [...] Jetzt aber können die Warnemünder aus Erfahrung reden, ist ihnen doch der Tod in grauenhafter Gestalt so nahe vor die Augen getreten, daß es nur noch Stunden bedurfte, um den Ort mit seinen 1600 Menschenleben zu vernichten.

Schon am Dinstag wehte es stark aus Nordost. Die hochgehende See jagte eine solche Menge Wassers in den Strom, daß dieser schon Abends gegen 5 Uhr bis zur Höhe der Molen vollstand und die Ost- und Westniederungen bereits mehrere Fuß unter Wasser gesetzt waren. Aus Vorsicht hatten mehrere Lootsen und Fischer

ihre Böte aufs Land gezogen, andere aber die ihrigen nur sorg-
fältiger am Bollwerk befestigt, weil diese zum nächsten Morgen
auf besseres Wetter hofften. Aber es sollte anders kommen! Der
nordöstliche Sturm verwandelte sich um Mitternacht in einen
nordöstlichen Orkan, der durch seine zerstörende Kraft und
seinen fürchterlichen Druck auf die Dächer, Fensterscheiben,
Verandas etc. bald alle Bewohner des Ortes, Groß und Klein, aus
den Betten zu scheuchen wußte, die einen zur Ausbesserung
ihrer Häuser, die andern zur Rettung ihrer Jöllen trieb, die noch
in dem schrecklich zurücktobenden Strome lagen. Unter diesen
Anstrengungen, jedoch in fieberhafter Aufregung vergingen die
Stunden der Nacht. Als es aber Tag war, da bot sich dem Auge
Schreckliches. Die beiden Baken auf den Enden der Molen, sowie
letztere selbst waren verschwunden. [...] und hinter den Anlagen,
wo der See ein Durchbruch durch die Dünen gelungen war,
stürzte mit großer Gewalt das Element seine Fluthen in die
Niederung, zunächst den Weg nach Diedrichshagen, dann in
augenblicklicher Schnelligkeit auch die Chaussee nach Rostock,
die beiden einzigen Landwege unter Wasser setzend. Warnemünde war nun im buchstäblichen Sinne eine Insel, und die
Bewohner mußten sehen, wie ihre Scholle Land von Stunde zu
Stunde kleiner wurde. Im Orte selbst stieg Gefahr und Angst
zusehends höher. Das ganze Rostocker Ende, die Mühlenstraße
mit dem Mühlengehöft standen um 10 Uhr schon fensterhoch
unter Wasser. [...]

Am schlimmsten jedoch sah es auf der Ostseite, auf dem
Zimmerhofe aus. Hier war Hülfe Noth, wenn nicht 6 Menschenleben sollten vor Aller Augen ertrinken. Die See stürzte mit
ihrer ganzen Wucht auf die Ostbucht, hatte unmittelbar hinter
dem Zimmerhofe die Dünen ebenfalls durchbrochen, sämmtliche
Schuppen und Stallungen niedergerissen und jagte ihre Wogen
bereits durch die Fenster in das Wohnhaus. Den Bewohnern
dieses Hauses war nur noch ein Stück Land von der Größe ihrer
verlassenen Wohnung übrig, das aber von Minute zu Minute
immer kleiner wurde. Hier galt schnelles Handeln, und das
verstand am besten der Lostsen-Commandeur Jantzen. Selbst mit

seinem Hause, das hart an der See gelegen, in der größten Gefahr,
und sehen müssen, wie die Wellen ein Stück nach dem andern
davon ablösen, giebt er dasselbe preis, um Menschenleben zu
retten. Das Experiment, mit dem Raketen-Apparat eine Leine auf
den Zimmerhof zu werfen, mißglückte. Es mußte also mit dem
Rettungsboot ein Versuch gemacht werden. Wie gewagt diese
Fahrt bei dem in jäher Heftigkeit einlaufenden Strom, der
überdies mit Balken, Schiffstrümmern jeglicher Art bedeckt war,
aber sein mußte, das können nur Augenzeugen wissen. Bei fast
übermenschlicher Anstrengung und der größten Umsicht gelang
es dem Lootsen-Commandeur mit seinen Leuten auf jener Seite
anzulegen, wo die 6 Unglücklichen, bis unter die Arme im Wasser
watend, unter unglaublicher Mühe ins Boot und dann nach
unserer Seite geschafft wurden. [...]

Aus Wustrow wird berichtet, dass die Düne am frühen
Morgen des 13. Novembers nur noch als schmaler Saum aus
der aufgewühlten Wassermasse hervorsah. Zwischen 6 und
7 Uhr morgens brach die Düne dann an mehreren Stellen,
die See spülte den Dünensand weg und in kurzer Zeit war
zwischen Wustrow und Dändorf nur noch Meer. Auch
zwischen Althagen und Ahrenshoop floss das Wasser in
einem wilden Strom. Bei Heiligendamm hatten die Wogen
ein schwedisches Schiff auf das Land geschleudert. Die
sechs Mann Besatzung saßen in der Takelage und warteten
um ihr Leben bangend darauf, dass die Brandung sich
soweit beruhigte, dass sie mit dem Schiffsboot über die
Wiesen (!) rudern und sich in Sicherheit bringen konnten –
was ihnen glücklicherweise auch gelang.

Bei den von Balken durchbohrten Häusern muss man
sich daran erinnern, dass die Wände aus Lehm bestanden.
Der war vom Wasser aufgeweicht und entsprechend leicht
wegzureißen oder zu durchbohren. So gewaltig strömte das
Meer landeinwärts, dass es die Fließrichtung der Warnow
(die normalerweise natürlich in Richtung Ostsee strömt)

umkehrte. Nach Abflauen des Sturms floss das Wasser dann wieder warnowabwärts, was an anderer Stelle im bereits zitierten Buch von Quade recht eindrucksvoll beschrieben wird:

Auf See kreuzten 8 Schiffe, doch war an ein Einlaufen nicht zu denken, da der Strom mit furchtbarer Schnelligkeit und dem Geräusch eines Bergstroms ausfloß, Holz und allerlei Trümmer mit sich führend. Es gewährte einen wirklich großartigen Anblick, wie der Strom gegen die andrängende See kämpfte und mit hochaufbäumenden Wellen bis weit in die See hinein erkennbar blieb.

Die Feuersbrunst in Stralsund (in Rostock passierte das Gleiche) erklärt sich durch etwas Chemie: In einer Kalkbrennerei wird Calciumcarbonat (Kalkstein) in Öfen erhitzt. Dabei entsteht gebrannter Kalk oder auch Calciumoxid. Dieses wiederum reagiert mit Wasser (von dem es während der Hochwasserkatastrophe ja reichlich gab) zu gelöschtem Kalk, Calciumhydroxid. Geschieht dies kontrolliert, erhält man einen notwendigen Grundstoff für Mörtel oder Kalksandsteine. In unkontrollierten Situation kann die frei werdende Wärme brennbare Materialien in Brand setzen.

Wie kam es 1872 zu dem außergewöhnlichen Sturmhochwasser an der Ostsee?

Häufig ist von Sturmflut die Rede – der Begriff ist jedoch im Fall der Ostsee nicht korrekt. Da die Ostsee keine Gezeiten hat, kann streng genommen auch keine Sturmflut auftreten.

Die Gravitation von Mond und Sonne bewirkt auch in der Ostsee einen Tidenhub, der ist aber mit ca. 10 cm Höhe vor dem Hintergrund von windbedingten Wasserstandsänderungen und Wellen nicht wahrnehmbar.

Es war der Wind, der die Katastrophe auslöste.

Anfang November, vom 1. bis zum 10. 11., bliesen starke, zeitweise stürmische Winde aus westlichen oder südwestlichen Richtungen. Die Stürme trieben Wasser von der Nordsee in die Ostsee, es gelangte also zusätzliches Wasser in die Ostsee. Zudem blies der Wind das Ostseewasser selbst natürlich auch vor sich her Richtung Finnland und Baltikum. Während dort also Hochwasser herrschte, sank der Wasserspiegel an den südlichen und westlichen Ostseeküsten, so auch in Mecklenburg. Am 7. November wurde der tiefste Wasserstand mit etwa 1 Meter unter NN erreicht. Dadurch konnte noch mehr Wasser von der Nordsee in die Ostsee strömen und das lokale Defizit in der westlichen Ostsee auffüllen.

Am 9. November begann der Südwestwind abzuflauen, bis hin zur annähernden Windstille am 10. November. Am folgenden Tag jedoch frischte der Wind wieder auf und wuchs am 12. November bis auf Orkanstärke. Zudem drehte der Wind – der Orkan blies aus Nordost. Dieser Orkan hielt zwei Tage an und trieb die im Nordosten der Ostsee aufgestauten Wassermengen zurück nach Südwesten. Die Strömungsrichtung von NO nach SW sorgte dafür, dass das Wasser quasi am Kattegat vorbeigeschoben wurde, sodass es nicht so einfach wieder in die Nordsee zurückströmen konnte. Stattdessen überflutete es die Küsten von Dänemark, Schleswig-Holstein, Mecklenburg und Pommern.

Begleitet wurde der Orkan von einem Temperaturabfall: Hatten Anfang November relativ hohe Temperaturen geherrscht von bis zu 10 °C, fielen die Temperaturen auf wenige Grad über Null, sodass der einsetzende Niederschlag als Schnee, Schneeregen oder Graupel herabkam.

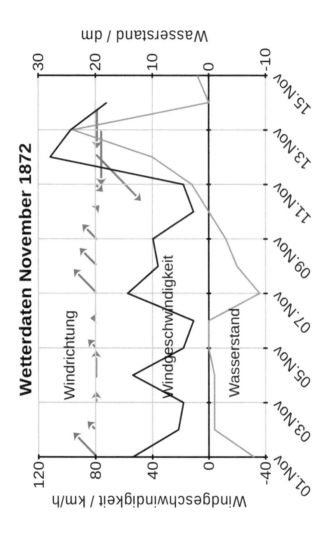

Die Daten sind entnommen aus G. Rosenhagen und I. Bork (2008): Rekonstruktion der Sturmflutwetterlage vom 13. November 1872; MUSTOK Workshop 2008

Die dunkelgrauen Flächen geben die Überflutungen wieder, die bei einem ähnlichen Hochwasser wie dem von 1872 in der Region Fischland-Darß-Zingst auftreten würden.
Nach Daten vom Kartenportal Mecklenburg-Vorpommern und dem Helmholtz-Zentrum hereon

Glossar

Altenteil

Übergab ein Hofbesitzer seinen Hof an einen Nachfolger oder seinen Erben, behielt er oft ein Wohnrecht auf dem Hof. Darüber hinaus konnten die Rechte des Altenteilers auch Versorgung mit Nahrung, Heizung, Kleidung und Pflege im Alter und bei Krankheit umfassen.

Ausbau

Ein ausgebauter Ort oder ein ausgebautes Gebäude befindet sich außerhalb des Hauptortes bzw. des Ortes. Meist ist der ausgebaute Teil eine jüngere Erweiterung des Hauptortes. Mitunter ist „Ausbau" Bestandteil des Namens eines Ortsteils, wie z. B. in Breege Ausbau.

Deutsche Gesellschaft zur Rettung Schiffbrüchiger

Abgekürzt mit: DGzRS. Die DGzRS ist die deutsche Seenotrettungsorganisation. Das sind also die Menschen, die in den deutschen Seegebieten in Seenotfällen helfen, z. B. Schiffbrüchige suchen und retten. Die DGzRS ist nicht staatlich, sondern eine gemeinnützige Hilfsorganisation, was insbesondere bedeutet, dass sie finanziell auf Spendengelder angewiesen ist. Von den knapp 1000 Angehörigen, die pro Jahr um die 2000 Einsätze leisten, sind ca. 800 Freiwillige – zur Verdeutlichung: „freiwillig" bedeutet „unbezahlt"!

Warnemünde wurde 1867 der erste Standort einer Rettungsstation der DGzRS. Der oben genannte Lootsen-Kommandeur Stephan Jantzen war auch der Vormann der DGzRS in Warnemünde. Zu seinen Ehren wurde der Seenotrettungskreuzer Vormann Jantzen benannt, der von 1990 bis 2021 Dienst tat, sowie auch der größte Eisbrecher der DDR, die Stephan Jantzen, die 2005 außer Dienst gestellt wurde und zurzeit im Rostocker Stadthafen lieg. In seinem ehemaligen Wohnhaus in Warnemünde (siehe Grafik) befindet sich heute eine Bäckerei sowie das Informationszentrum der Seenotretter.

Informationszentrum der Seenotrettung in Warnemünde im ehemaligen Wohnhaus des Lotsenkommandeurs Stephan Jantzen

Erbpacht und Erbstandsgeld

Ein Erbpächter war nicht Eigentümer eines Grundstückes, sondern nach wie vor nur der Pächter. Dennoch hatte er fast die gleichen Rechte wie ein Eigentümer. Er konnte sein Land vererben, verkaufen oder verpfänden und war Eigentümer der Ernte. Hinterließ er keine Erben, fiel das Land an den eigentlichen Eigentümer (Obereigentümer) zurück. Im Falle der Familie Lüttin im Roman wäre das der Freiherr gewesen. Bei einem Verkauf hatte der Obereigentümer das Vorkaufsrecht. Bei Übernahme eines Hofes in Erbpacht, musste der Erbpächter dem Obereigentümer das Erbstandsgeld zahlen. Darüber hinaus war auch eine jährliche Pacht in Naturalien oder Geld fällig. Konnte oder wollte der Erbpächter diese Pacht nicht zahlen, konnte ihm das Land entzogen werden. Das konnte auch dann passieren, wenn der Erbpächter schlecht wirtschaftete und das Land veröden oder brach liegen ließ.

Die Verbesserung gegenüber der vorher üblichen Zeitpacht lag darin, dass die Erbpacht (wie der Name sagt) vererbbar war und nicht automatisch nach einer gewissen Zeitspanne endete. Für den Erbpächter war die Zukunft damit nicht für ihn selbst sicherer, er konnte auch recht sicher sein, dass der Hof in der Familie blieb. Aber auch für den Obereigentümer hatte dies Vorteile, denn ein Pächter, der nach 12 Jahren wieder gehen muss, hat kein Interesse an der langfristigen Verbesserung der Böden und der Erträge.

Ende der 1860er Jahre wurde in Mecklenburg-Schwerin die Vererbpachtung eingeführt. Großherzog Friedrich Franz II erließ am 16.11.1867 die Verordnung über die Grundzüge der Vererbpachtung, die dann zwischen 1868 und 1875 umgesetzt wurde. Was für viele Bauern eine Verbesserung darstellte, dürfte viele auch die Existenz gekostet haben – es wurden nämlich ganze Dörfer zwangsweise auf Erbpacht umgestellt. Das war deswegen praktisch, weil vorher auch alle Bauern eines Dorfes Zeitverträge mit identischen

Laufzeiten hatten. Das bedeutete, die bisherigen Zeit-
pächter mussten ab einer bestimmten Grundstücksgröße
entweder binnen weniger Jahre die sogenannten Erb-
standsgelder zahlen (quasi den Kaufpreis für die überlasse-
nen Gebäude und deren Inventar) oder den Hof verlassen
und an den Grundherrn zurückgeben.

Gemeindeversammlung,

nach der revidierten Gemeindeordnung von 1869 im
Großherzogtum Mecklenburg-Schwerin
Zu den Aufgaben der Gemeinde gehörte das Armenwesen,
das Schulwesen, die Instandhaltung der Landstraßen und
der Dorfwege, das Entwässerungswesen, Räumung von
Flüssen und Bächen, Anlegung und Erhaltung von Gräben
und Deichen, die Haltung der Nachtwächter, das Feuer-
löschwesen, die Sorge für das Vorhandensein ausreichen-
der Begräbnisstätten, die Haltung einer Hebamme und
Totenfrau.
Die Gemeindeverwaltung war Sache des Gemeindevor-
stands und der Dorfversammlung.
Der Gemeindevorstand bestand aus dem Dorfschulzen und
einigen Schöffen. Das Schöffenamt war wie das Schulzen-
amt ein Ehrenamt, das man für 6 Jahre innehatte.
Die Gemeindeversammlung bestand aus dem Gemeindevorstand, den in der Gemeinde wohnenden Grundstücksbesitzern, den Kirchendienern (Prediger, Organist, Küster),
den Großherzoglichen Forstbediensteten und dem Inhaber
der Schulstelle. Zu den Grundstücksbesitzern gab es die
Einschränkung, dass nur die Besitzer der Hufen der Dorfversammlung angehörten; die Büdner und Häusler dagegen
Deputierte in die Dorfversammlung wählen mussten.
Ausgeschlossen von der Dorfversammlung waren u. a.
Frauenzimmer und Personen, die wegen einer entehrenden
Handlung rechtskräftig verurteilt waren.

Die Dorfversammlung durfte nicht in Schenken oder Krü-
gen stattfinden, es sei denn, dabei handelte es sich gleichzeitig um das Schulzenhaus. Für eine Beschlussfähigkeit
musste mehr als die Hälfte der Mitglieder anwesend sein.
Einfache Stimmenmehrheit entschied, bei Stimmengleich-
heit entschied die Stimme des Vorsitzenden. Die Be-
schlüsse mussten in ein Gemeindebuch geschrieben
werden, die sorgfältig aufzubewahren waren.

Halligan—Tool

Eine spezielle Brechstange, wie sie häufig von der Feuerwehr eingesetzt wird.

Hühnergott

Ein Hühnergott ist ein Stein mit einem auf natürliche
Weise entstandenen Loch. An der Ostseeküste findet man
gar nicht so selten Feuersteinknollen, aus denen die
Kreidebestandteile herausgewittert sind, sodass ein Loch
entstanden ist. Nach einem alten slawischen Volksglauben
hält so ein Stein, wenn man ihn im Hühnerstall aufhängt,
böse Geister vom Geflügel ab. Ähnliches ist auch aus
anderen alten Kulturkreisen bekannt.

Kruppe

der hintere Teil des Pferderückens

MTW

Abkürzung für Mannschaftstransportwagen von Feuerwehr, THW (Technisches HilfsWerk) und anderen Hilfsor-
ganisationen; oft Kleinbusse für bis zu neun Passagiere.

Quadratruthe

In damaliger abgekürzter Schreibweise: □ $\mathfrak{Rth}$
Die Ruthe ist ein altes Längenmaß, die Quadratruthe
entsprechend ein Flächenmaß.

Der Raketen-Apparat

war eine Vorrichtung, mit der Rettungsleinen zu einem
havarierten Schiff oder zu vom Hochwasser Einge-
schlossenen geschossen werden konnten. Im Heimat-
museum in Warnemünde kann man sich einen solchen
Raketen-Apparat anschauen.
Die Raketen hatten eine Reichweite von 300 bis 400 Metern,
je nach Wind. Häufig waren mehrere Versuche nötig, bis
die zu Rettenden die Leine, die mit der Rakete kam, zu
fassen bekamen bzw. die Rakete bis zum Schiff gelangte.
Am anderen Ende war eine Rolle und eine weitere Leine,
das Jolltau, befestigt. Die zu Rettenden zogen nun die Rolle
mit dem Jolltau zu sich herüber und befestigten die Rolle
möglichst hoch, z. B. am Mast. Damit die Leute auch
wussten, was sie zu tun hatten kam mit der Rolle eine
Anleitung mit. Das Jolltau lag um die Rolle und war so lang,
dass die Rettungsmannschaft am Ufer beide Enden greifen
konnte (wobei das Jolltau von einer Trommel abgewickelt
wurde). An ihm wurde nun das dritte Seil, die Rettungstrosse befestigt. Mit dem Jolltau, das um die Rolle am Mast
des Havaristen lief, konnte die Rettungsmannschaft nun

die Rettungstrosse zum Schiff hinüberziehen. Die zu Rettenden mussten die Rettungstrosse oberhalb der Rolle befestigen, denn sie musste als Tragseil für die Hosenboje dienen. An Land wurde die Rettungstrosse an einem Dreibein befestigt. Nun wurde am Jolltau die Hosenboje zum Schiff gezogen. Die Hosenboje hatte tatsächlich die Form einer Hose, mit einem Ring aus Kork am „Hosenbund". In die Hosenboje wurden nun die Leute gesetzt und von der Rettungsmannschaft an Land gezogen. Da man dort an beiden Enden des Jolltaus ziehen konnte, ließ sich die Hosenboje zum Schiff hin und wieder von dort weg ziehen.

In der Anweisung zur Handhabung des Raketen-Apparates der Deutschen Gesellschaft zur Rettung Schiffbrüchiger heißt es:

Der Erfolg hängt von der Besonnenheit und der genauen Befolgung dieser Vorschriften ab.
Frauen, Kinder und Fahrgäste sind vor der Mannschaft zu retten.

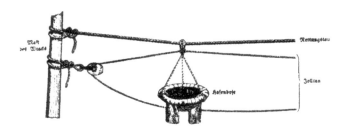

Darstellung aus der Handhabungs-Anleitung für den Raketenapparat: Am Mast des Wracks (links) sind die Rettungstrosse (oberes Seil) und die Rolle befestigt. Die Hosenboje hängt am Rettungstau und wird mithilfe des Jolltaus hin und her gezogen.

Rauchhaus

Rauchhäuser, ein früher im Nord- und Ostseeraum verbreiteter Bauernhaustyp, hatten keinen Schornstein. Als Hallenhäuser vereinten sie Stall und Wohnräume unter einem Dach, in der großen Diele stand der Herd mit dem offenen Feuer. Dessen Rauch strömte dann durch das ganze Haus und zog durch die Dielentore oder durch kleine Öffnungen im Giebel ab, Eulenloch oder Ulenlock genannt.

Auch der ständig durchs Haus ziehende Rauch war nicht nur von Nachteil, denn er schützte die Balken des Hauses gegen den Befall durch Schädlinge, trocknete das unter dem Dach gelagerte Heu und räucherte aufgehängte Würste. Dennoch war die Luft in den Rauchhäusern nicht gerade gesund.

Schwibbogenherd

Ein Schwibbogenherd hatte eine offene Feuerstelle in bequemer Arbeitshöhe. Über der Feuerstelle befand sich ein gemauerter Bogen, der den Funkenflug vom Reetdach abhalten sollte.

Soll

Sölle sind Kleingewässer, die meist kreisrund oder oval sind. Sie sind aus eiszeitlichen Toteislöchern entstanden. Beim Zurückweichen der Eiszeitgletscher konnten Eisblöcke abgetrennt werden und liegen bleiben. Solche Eisblöcke ohne Verbindung zum Gletscher nennt man Toteis. Strömte nun vom eigentlichen Gletscher weiterhin Schmelzwasser ab, lagerte es Sand und Kies über dem Eisblock ab, sodass dieser unter einer Sedimentdecke verschwand. Derart isoliert schmolz der Eisblock langsamer, aber er schmolz natürlich auch und hinterließ einen Hohlraum. Die darüberliegende Sedimentdecke brach ein und ein Toteisloch entstand.

In der Regel haben Sölle weder Zu- noch Abfluss und können im Sommer daher auch trocken fallen. Mecklenburg-Vorpommern ist geradezu gesprenkelt von Söllen. Sie fallen auch von der Straße her sofort auf – wann immer mitten in einem Acker ein Gebüsch oder einige Bäume stehen, um die die Traktorspuren mehr oder weniger exakt kreisförmig verlaufen, hat man ein Soll vor sich.

Schwibbogenherd

Stoff

plattdeutsch für Staub

Tweismaker

Ein Tweismaker ist eine Jolle mit zwei Masten. Die Beplankung des Rumpfes erfolgte in Klinkerbauweise, d. h., die obere Planke überlappte die jeweils untere. Als Segel hatte der Tweismaker zwei Sprietsegel, also Segel, die diagonal vom Schiffsmast abgespreizt wurden. Die Spiere (Rundholz, für Laien wie mich: Stange) setzte also unten an der einen Ecke des Segels am Mast an und reichte oben zur gegenüberliegenden Ecke des Segels. Von diesen Segeln hat der Tweismaker seinen Namen, denn die Sprietsegel wurden auch Smaker genannt und Twei bedeutet auf Niederdeutsch Zwei.
Der Tweismaker war ein für Warnemünde typisches Schiff. Das Fischen auf der Warnow war den Rostockern vorbehalten, sodass die Warnemünder Fischer ein Schiff brauchten, mit dem sie auch auf die Ostsee hinausfahren konnten. Von den Originaljollen ist keine mehr erhalten, aber am Schifffahrtsmuseum Rostock wurde nach Fotos sowie schriftlichen und mündlichen Überlieferungen ein Tweismaker nachgebaut.

Überflutungsmoor

An sich sind Moore Landschaftsformen, in denen ständiger Wasserüberschuss herrscht. In Überflutungsmooren sorgt ein stark schwankender Wasserstand für nur zeitweise Überflutungen, an Flüssen oder an Küsten. Bei niedrigem Wasserstand kann ein Überflutungsmoor auch trocken fallen.

Im Roman handelt es sich genauer gesagt um ein Küstenüberflutungsmoor. Die Besonderheit ist hier, dass das hereinflutende Wasser Salz- bzw. Brackwasser ist.

Uhlenlock

Das Uhlenlock, auf Hochdeutsch Eulenloch, ist eine Öffnung auf der Giebelseite alter Häuser, direkt unter dem First. Schleiereulen und Schwalben nutzten das Loch, um im Dach ihre Nester bauen zu können. Das war nicht ungern gesehen, weil die Vögel Jagd auf Ungeziefer mach(t)en. Die eigentliche Funktion der Öffnungen lag aber im Rauchabzug in Gebäuden, die keinen Schornstein besaßen (s. Rauchhaus).

Tweismaker oder Warnemünder Volljolle

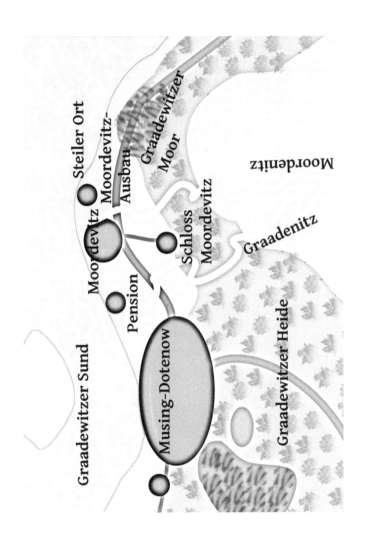

Karte der fiktiven Gegend um Moordevitz und Musing-Dotenow

Danksagungen

So ein Buch entsteht nicht ohne die Hilfe und Unterstützung zahlreicher weiterer Menschen:
Fürs Testlesen danke ich ganz herzlich *Susanne Kreitmann, Thomas Salzmann* und *Stefanie Zill.* Ohne eure Hinweise wäre die Geschichte nur halb so gut geworden!
Yvonne Schlatter hat das Manuskript lektoriert und wesentliche Hinweise zur Verbesserung gegeben. Herzlichen Dank dafür!
Für fachliche Unterstützung danke ich Herrn *Uwe Ahlgrimm* vom Schifffahrtsmuseum Rostock für Auskünfte und eine Führung in der traditionellen Bootswerft des Schifffahrtsmuseums zum Tweismaker, der Warnemünder Volljolle. Ein Nachbau ist dort in der Bootswerft zu bewundern.
Herr *Jörg Westphal* vom Informationszentrum der Deutschen Gesellschaft zur Rettung Schiffbrüchiger in Warnemünde nahm sich viel Zeit, um mir mit Informationen zum Einsatz von Lotsenkommandeur Stephan Jantzen am 13. November 1872 weiterzuhelfen – auch dafür herzlichen Dank.

Quellen der historischen Wetterdaten:

Windgeschwindigkeit, Windrichtung und Wasserstand nach G. Rosenhagen und I. Bork (2008): Rekonstruktion der Sturmflutwetterlage vom 13. November 1872; MUSTOK Workshop 2008; Temperatur und Niederschlag: Datenbasis Deutscher Wetterdienst.
Die Daten sind Tageswerte bzw. beim Niederschlag die Tagessumme. Der Wasserstand bezieht sich auf Stralsund, alle anderen Daten auf Putbus.
Es handelt sich um grobe Werte, da ich sie teilweise aus Grafiken abgelesen oder besser abgeschätzt und zudem gerundet habe.

Zum Weiterlesen

Mord in Moordevitz

Der erste Band der Moordevitz-Reihe

als Hardcover, Softcover, Großschriftausgabe, Hörbuch und E-Book

erhältlich im Buchhandel, im Shop von tredition.de und im Shop der text-wirkerei.de

Johanna reist in den kleinen Ort Moordevitz an der Boddenküste in Mecklenburg-Vorpommern. Sie spielt mit dem Gedanken, Schloss Moordevitz, den früheren Sitz ihrer Familie, zu kaufen. Doch nicht nur der schlechte Zustand des Schlosses verspricht Probleme – im Seitenflügel trifft Johanna auf die Leiche eines Erhängten. Im Dorf Moordevitz geht es derweil hoch her – eine Immobilienfirma versucht, das Land im Ort aufzukaufen. Auch Hauptkommissarin Katharina Lütten verliert ihre Wohnung. Für Katharina ist klar, dass die schlosskaufende Freifrau Johanna von Musing-Dotenow zu Moordevitz hinter den Machenschaften der Immobilienhaie steckt. Doch dann häufen sich die Unfälle um Johanna, sie gerät in Lebensgefahr und Katharina muss einsehen, dass Johanna nicht die Täterin, sondern das Ziel ist – und sie begreifen, dass der Schlüssel zu den Geschehnissen in der Vergangenheit von Johannas Familie liegt.

Mehr von Johanna und Katharina, aber auch andere Krimis gibt es in der Text-Wirkerei. Insgesamt vierzehn Krimikarten und Westentaschenkrimis sind dort bislang entstanden, acht davon mit Abenteuern um die beiden Protagonistinnen dieses Romans. Weitere sind in Arbeit.

Die Krimikarte — der handliche Regio-Krimi zum Versenden und Verschenken!

Die Krimikarte ist eine 6-seitige Klappkarte im DIN-lang-Format, also wie ein herkömmlicher langer Briefumschlag. Auf der Klappkarte finden Sie Informationen und Fotos zum jeweiligen Originalschauplatz und natürlich Platz für Ihre persönlichen Grüße.

Das Geheimnis: In ihrem Innern verbirgt sich jeweils ein Heftchen mit einem Kurzkrimi!

Mehr Informationen und Leseproben zu den Krimikarten unter:

text-wirkerei.de

Die Mutter des Klabautermanns

Die Mutter des Klabautermanns

Idis erfährt, dass der Tod ihres Großvaters mitnichten ein Unfall war, dann steckt jemand ihr Haus an. Warum haben ihre Brüder es auf sie abgesehen? Hilfe bekommt sie von unerwarteter Seite – der Klabautermann höchst persönlich taucht auf. Der hat seine eigene uralte Last zu tragen und zudem überaus peinliche Probleme mit dem Zeitalter der Metallschiffe.

Fenedow

Fenedow

Es gelingt Insa nicht, das Haus ihrer Großmutter zu verkaufen – alle Kunden wurden verscheucht. Dann findet auch Insa Drohbriefe und das Fell eines toten Hundes und nachts streift ein rothaariger verzweifelt suchender Geist durch das alte Haus. Insas Freundin ist überzeugt, dass Insas Haus das letzte der sagenhaften Stadt Fenedow ist. Insa muss um ihr Leben fürchten, ihre einzige Chance ist das untergegangene Fenedow.

Altweibersommer

Ein Krimi um fantastische Sanddornmarzipankekse. – Die drei Großtanten von Polizeiobermeisterin Levke Sörensen backen nicht nur legendäre Sanddornmarzipankekse, sie haben es auch faustdick hinter den Ohren ... Natürlich finden Sie auch das Rezept für die Kekse in der Karte.

Die Bernsteinperle im Hünengrab

Großsteingräber gibt es viele in Mecklenburg-Vorpommern. Bei Liepen im Recknitztal stehen zwei recht dicht beieinander und inspirierten mich zu diesem Krimi. – Irmtraut Papke wird ermordet in einem verlassenen Haus gefunden und bald gerät ihr Neffe Olli in Verdacht, seine Tante getötet zu haben. Dann verschwindet Olli spurlos. Ist er auf der Flucht? Und welche Rolle spielen die Bernsteinperlen?

Das bleiche Mädchen

Ein Krimi zu einer Sage aus der Marienkirche in Rostock. –
Ein Toter liegt vor dem Altar, seine Freundin kommt kurz
darauf bei einem Brand ums Leben. Was hatte der Tote
mitten in der Nacht in der Kirche zu suchen? Kommissarin
Katharina Lütten kommt einer Mutprobe mit furchtbaren
Folgen auf die Spur.

Der Hund von Ildenow

Ein Krimi zu einer Sage aus dem Kloster Eldena in Greifswald. – Seit langem schon hält niemand mehr die Sage um
den Schatz und den Klosterhund für wahr. Doch dann
beschließen vier Studenten aus einer Partylaune heraus,
den Schatz zu suchen und stoßen auf die Bestie. Drei können sich aus der einstürzenden Klosterruine retten. Aber
was geschah mit Philipp?